김말봉 소설의 여성성과 대중성

◆◆◆ **박산향** 朴山香

부경대학교에서 문학박사 학위를 받았다. 논문으로 「김말봉 소설 『꽃과 뱀』에 나타난 양면성 연구」 「김말봉 단편소설의 서사적 특징 연구」 「김재영의 「코끼리」에 나타난 흉내 내기와 이주민의 정체성」 「권정생의 『몽실언니』로 본 여성에 대한 폭력」 「고려인의 디아스포라와 장소애─문영숙의 『까레이스키, 끝없는 방랑을 중심으로」 「「무진기행」의 체험공간과 장소정체성」 등이 있다. 현재 부경대학교에서 학생들을 가르치고 있다.

김말봉 소설의 여성성과 대중성

인쇄 · 2015년 10월 16일
발행 · 2015년 10월 23일

지은이 · 박산향
펴낸이 · 한봉숙
펴낸곳 · 푸른사상사

주간 · 맹문재 | 편집 · 지순이, 김선도 | 교정 · 김수란
등록 · 1999년 7월 8일 제2-2876호
주소 · 서울시 중구 충무로 29(초동) 아시아미디어타워 502호
대표전화 · 02) 2268-8706~7 | 팩시밀리 · 02) 2268-8708
이메일 · prun21c@hanmail.net
홈페이지 · http://www.prun21c.com

ⓒ 박산향, 2015
ISBN 979-11-308-0566-5 93810
값 23,000원

현대문학
연구총서

41

김말봉 소설의
여성성과 대중성

박 산 향

The Femininity and Popularity in Kim Malbong's Novels

푸른사상
PRUNSASANG

이 도서의 국립중앙도서관 출판예정도서목록(CIP)은 서지정보유통지원시스템 홈페이지(http://seoji.nl.go.kr)와
국가자료공동목록시스템(http://www.nl.go.kr/kolisnet)에서 이용하실 수 있습니다.(CIP제어번호: CIP2015027768)

김말봉 소설의 여성적 읽기

『찔레꽃』의 소설가로 이름난 김말봉은 부산에서 자라고 부산에서 주로 집필 활동을 하였다. 제2기 근대 여성 작가로 1930년대에 활발하게 작품을 발표하였으며 그의 소설은 대중에게 인기가 매우 많았다. 김말봉이 활동하던 식민지 현실에서는 일제의 검열 강화로 문인들이 자신의 신념대로 분명한 자기의 입장을 표현할 수 없는 어려운 상황이었다. 시대상이나 사상적 논리를 뚜렷하게 내세우는 작품이 없다는 사실은 그가 비판을 받는 이유가 되기도 한다. 그렇지만 김말봉은 이 시기에 신문이나 잡지를 통해 대중소설을 발표하며 누구보다도 폭넓은 독자층을 가지고 있었다. 본격문학에 접근하기 어려웠던 대중 독자들에게 문학을 향유할 기회를 제공한 것이다. 그런데 소설의 인기에 비해 김말봉에 대한 평가나 연구는 매우 저조한 실정이다. 이런 측면에서 소외되고 배제되었던 여성 작가에 대한 연구의 필요성이 요구되기도 하는 부분이다.

이 책에서 소설을 여성적으로 읽겠다는 것은 기본적으로는 페미니즘의 시선으로 보겠다는 말이다. 남성적인 것을 진리로 보며 여성의 종속을 당연하고 자연스러운 것으로 생각했던 가부장적 사고에 대한 문제점을 찾아보고 여성의 눈으로 다시 읽기를 시도하려는 것이다. 그동안 우리 문학사는 작가의 성별이나 작중인물의 성별, 특히 여성을 왜곡하고 소외시킨 채 남성 중심적 가치관을 보편성으로 규정하는 것이 일반적이었다. 이에 여성적 다시 읽기는 문학비평뿐만 아니라 사회구조에 대한 재인식을 가져올 수 있을 것이라고 본다.

문학작품 속에서 여성이 얼마나 왜곡되어 재현되는가의 문제는 팸 모리스의 여성 이미지 비평이 대표적이다. 그녀는 첫째, 남성이 만들어낸 여성 이미지 읽기, 둘째, 서사적 관점에서 저항하기, 셋째, 여성의 운명 다시 짜기 등의 세 가지 방법으로 여성의 시각에서 다시 읽기를 구체적으로 제안하였다.

소설에서 남녀의 이미지 문제는 개인의 생존 방식뿐만 아니라 도덕, 법, 사회, 역사, 경제, 정치 등 인간들 사이의 여러 문제들을 탐구할 수 있는 주체라고 할 수 있다. 그런데 가부장적 사회에서 여성들은 그 주체성이 부정되어왔다. 남성은 주체이고 여성은 대상이자 객체로 존재한다. 실제로 여성의 이미지는 독립적으로 존재하는 것이 아니라 그것이 존재하는 사회적 맥락 속에서 위치하고 있다. 사회가 여성을 어떤 시각으로 그려내느냐에 따라 여성을 규정짓는 방식도 달라진다. 한 대상을 어떻게 보았는가 하는 문제는 그 대상이 어떻게 보여졌는가 하는 문제와 관련이 있다. 우리가 무엇인가를 본다는 것은 우리 역시 바라다보이는 대상일 수 있다는 말이 된다. 이렇게 이미지에는 보는 방식이 드러나게 마련이다.

그런데 미디어가 발달한 현대사회에서는 사회 문화적으로 보면 보여지는 대상이 주로 여성들이라는 모순과 편견을 발견하게 된다. 남녀의 시선의 문제가 여성주의 문화이론과도 맥락을 같이하는 이유가 여기에 있다. 성별이 갖는 이미지와 함께 인습적 가치관이 남녀 이미지의 재현에 어떤 영향을 주는지는 여성을 이해하는 방식뿐만 아니라 남성의 이해에도 도움이 되리라 본다.

이 책의 1부에서는 김말봉 장편소설 속의 남녀 이미지를 분석하고 있다. 가부장적 사고에 의해 남성에게는 우월하고 절대적인 이미지를, 여성에게 열등한 타자의 이미지를 부여하고 있음을 등장인물과 서사를 통해 확인하게 된다. 2부는 단편소설의 대중성과 문학성을 엿볼 수 있는 소논문으로 구성하였다. 사실 김말봉은 대중성이나 통속성이 강한 작가로 치부되어 문학성에 대해서는 비판이 많았다. 그런데 단편의 고찰을 통해 김말봉 소설의 특징적인 서사와 반전·위트의 매력을 찾을 수 있었는데, 이런 점이 바로 그의 작품이 갖는 독자 흡입력이 아니었을까 한다.

김말봉의 문학적 토양은 부산이었다. 부산시에서는 지역 문인의 발굴 등 문화 사업을 활발하게 전개하고 있는데, 김말봉의 문학과 인생이 재조명받을 수 있는 기회가 되어 연구자로서 무엇보다도 기쁘다. 『동아일보』 연재작 『밀림』이 부산에 살 때 집필되었고, 『조선일보』 연재작인 『찔레꽃』

역시 부산에서 쓴 작품이다. 이 연구가 문학사에서 배제된 여성 작가에 대한 재조명과 함께 지역 문화 발전에 도움이 되었으면 한다. 이 책이 나오기까지 도움을 주신 많은 분들께도 감사한 마음이다. 학문의 길로 이끌어주신 송명희 교수님과 여러 선배님들께 깊은 사랑의 마음을 전하고 싶다. 늘 마음을 다해 응원을 아끼지 않는 부모님과 가족에게도 머리 숙여 인사를 드린다.

2015년 8월 한여름에
박산향

제2부

김말봉 단편소설의 대중성과 문학성

제1부

김말봉 장편소설에 나타난 남녀 이미지

제1장

여성의 시선으로 다시 읽기

1. 왜 여성적 읽기가 필요한가?

1930년대는 한국 문학사에서는 전성기였지만 여성 문학과 여성 작가들은 주변적 존재로 머문 시기였다. 1910년대부터 나혜석, 김명순, 김일엽 등 여성 작가가 등장하기 시작하였고, 1920년대는 박화성, 강경애, 백신애, 최정희 등의 활발한 활동에도 불구하고 기존의 문학사는 여성 작가의 활동을 객관적으로 평가하지 않고 폄하해왔다. 이를테면 여성 작가를 아예 언급하지 않거나 여성 문학가라는 하나의 항목으로 묶어 문학사의 특이한 현상의 하나로 평가절하시켰던 것이다. 그러다 1980년대 이후 페미니즘 이론의 도입으로 문학사와 문학 연구에서 여성 작가에 대한 재평가가 시도되었다. 1990년대에 와서는 그동안 제한적으로, 또는 소극적으로 거론되어온 여성 문학이 문학적 논의의 중심이 되었고, 다양한 관점에서 논의되기 시작했다. 이는 그동안 알게 모르게 축적된 여성주의적 의식이 역사적인 흐름 속에서 자연스럽게 포용되어 여성들의 목소리가 확대

된 것이라 할 수 있다.[1]

근대의 여성 문인[2]들은 이 땅의 선구적 여성으로서 체계적인 교육을 받았고, 여성해방과 자유연애 사상 그리고 개인주의를 부르짖었다.[3] 초창기 신여성 문학을 주도했던 김명순, 김일엽, 나혜석은 1910년대 후반기 이광수와 동시기에 문학 활동을 시작한 작가들이었다.[4] 그들은 전통적인 제도와 부조리한 현실의 온갖 규범에 항거하고 남녀평등·인간 회복을 주장하였다. 김명순, 김일엽, 나혜석 등의 초기 여성 작가들이 작품 활동과 함께 동시에 자신들이 몸으로 현실의 돌파구를 찾으려 하다 남성들의 완강한 가부장적 의식에 부딪쳐 현실적 힘을 잃은 반면, 그 후에 나타난

---

1   일레인 쇼월터에 의하면 여성 문학에는 여성다운 문학, 여성해방 문학, 여성적 문학 세 단계가 있다. 즉 여성다운 문학은 여성해방 의식이 나타나기 전까지의 여성 문학을 총칭하며, 남성이 규정해준 여성사에 따른 여성 문학을 말한다. 여성해방 문학은 여성이 자아 각성을 통하여 인간의 존엄성을 회복하려는 의식을 반영한 문학이다. 여성적 문학이란 여성주의 시각을 확보한 여성들의 주체적인 삶을 통하여 새로운 현실을 창조하려는 문학이다(이덕화, 『여성 문학에 나타난 근대체험과 타자의식』, 예림기획, 2005, 202~205쪽 참조).

2   일반적으로 여성 문학 연구에서 근대 여성 작가 제1기에는 김명순, 김일엽, 나혜석을 묶고, 박화성, 강경애, 백신애, 최정희 등을 제2기 여성 작가로 분류한다(윤광옥, 「근대 형성기 여성 문학에 나타난 가족연구 : 김명순, 나혜석, 김일엽을 중심으로」, 동덕여자대학교 박사학위 논문, 2008 ; 윤옥희, 「1930년대 여성 작가 소설 연구 : 박화성, 강경애, 최정희, 백신애, 이선희를 중심으로」, 성균관대학교 박사학위 논문, 1997 참조).

3   정영자, 『한국현대여성문학론』, 도서출판지평, 1988, 18쪽.

4   김명순의 「의심의 소녀」가 『청춘』지 11호(1917년 11월)에, 나혜석의 「경희」가 1918년 3월 『여자계』 2호에 발표됨으로써, 이광수의 『무정』(『매일신문』 연재, 1917년)과 거의 동시기의 작품으로 꼽힐 수 있다(한국여성문학학회, 『한국여성 문학의 이해』, 예림기획, 2003, 14쪽).

여성 작가들은 길을 달리했다.

1925년에서 1930년대 초까지 우리 문학을 지배한 것은 카프 문학이었다. 일본의 제국주의적 억압과 지주에 의한 이중적 착취로 인한 그 당시 빈곤의 문제는 가장 큰 사회적 이슈가 되었다. 여성 작가들 역시 예외일 수 없었다. 그러나 여성 작가들은 생래적 특징으로 현장성이 약하기 때문에 카프 문학에 동조한다고 해도, 자신이 체험하지 않은 노동자의 정서나 빈궁의 정서를 그리기에는 한계가 있었다.[5] 그럼에도 불구하고 카프의 동반 작가인 박화성과 카프 작가 강경애 등의 작가는 여성의 실존의 문제보다는 그 당시의 보편적 민족의 문제, 가난의 문제를 민족주의적 시각에서 다루기도 했다. 일제 식민지 후기의 시대적 상황에서 절대적 빈곤의 문제가 민족적 당면 과제였기 때문에 1930년대 여성 소설의 두드러진 특징으로 빈곤의 문제가 중심이 되었다.[6] 바로 이 시기에 박화성, 강경애는 빈곤을 통하여 드러나는 이중으로 타자화된 여성을 집중 조명하고 있는 것이다.

그러나 그 이후 활동한 작가는 또다시 여성의 문제로 회귀한다. 여성의 실존의 문제가 해결되지 않고는 근본적인 인간의 문제가 해결되지 않는다고 생각한 것으로 보인다. 대표적으로 백신애, 이선희, 최정희, 지하련 등의 작가가 자유연애 문제, 모성의 문제, 자아실현의 문제 등, 초창기

---

5 이덕화, 「자기 길 찾기로서의 여성 문학」, 『현대문학이론연구』, 현대문학이론학회, 2002, 204쪽.

6 정영자, 『한국현대여성문학사』, 세종출판사, 2010, 20쪽. 1920년대의 여성 문인들은 시, 소설, 수필 등을 함께 창작하다가 1930년대에는 소설가와 시인이 전문화되는 양상이 시작된다. 이런 작가의 분화는 여성 문학 발전의 한 결과로 볼 수 있다.

신여성의 문학 이슈를 재현하며 활동하였다.[7]

제2기 근대 여성 작가에 속하는 김말봉은 1925년『동아일보』신춘 가정소설 모집에「쇠집사리」가 3등으로 당선되고,[8] 1932년에는『중앙일보』신춘문예에「망명녀」가 당선되면서 공식적으로 문단에 데뷔하게 된다. 이후 1935년『동아일보』에 장편『밀림』이, 1937년에는『조선일보』에『찔레꽃』이 연재되면서 김말봉과 그의 소설은 대중에게 폭발적인 인기를 얻었다. 1930년대 다른 여성 작가들이 빈궁에 대한 관심을 직접적으로 표현했다면, 김말봉은 빈궁을 애욕이라는 커다란 주제 속에 집어넣고, 서양문학을 전공한 여성답게 서구적인 상류층의 생활 패턴과 대조시키는 기법으로 소설을 전개하고 있다.[9]

김말봉은 "나는 대중소설가다"라고 공공연하게 천명하였으며, 당시 두드러지게 드러나는 소설의 장편화 현상과 대중소설의 활성화에 선두적인 존재였다. 대단한 인기를 누렸던 김말봉은 여성 문학의 대중화에 큰 역할을 하였고, 이후 대중소설의 발전에 밑거름이 되었다. 이때의 문단은 대중소설의 호황기를 맞아 풍성한 수확을 거둬들이고 있었다. 즉 30

---

7   이덕화,『여성 문학에 나타난 근대체험과 타자의식』, 예림기획, 2005, 209쪽.
8   「쇠집사리」는 필자가 이문옥(李文玉)으로 되어 있고, 이 작품은『동아일보』에 1925년 4월 1~25일까지 노초(露草)라는 필명으로 8회 연재되었다. 응모할 때 쓴 이문옥의 이름과 주소(경주군 대왕면 둔전리)는 모두 허구였다는 점, 연재될 때 사용한 '노초'가 김말봉이 이후 발표한 글들에서 사용한 필명이라는 점 등으로 보아「쇠집사리」는 그의 작품이라고 단정된다(서정자,『한국 여성 소설과 비평』, 푸른사상사, 2001, 441~442쪽; 홍은희,「김말봉 소설 연구」, 대구카톨릭대학교 석사학위 논문, 2002, 15쪽 참조).
9   정영자,『한국현대여성문학론』, 도서출판지평, 1988, 158쪽.

년대를 걸쳐 맹활약을 한 방인근을 비롯하여 박계주, 김남천, 한설야, 박태원, 이태준 등[10] 본격 작가들의 작품과 함께 많은 대중소설이 창작되던 시기였다. 당시 대중소설의 유행은 일제강점기라는 시대적 상황과 함께 신문의 상업화와 출판계의 호황과도 밀접한 관련을 맺고 있다.[11] 이렇게 1930년대의 신문 연재소설은 대체로 대중소설의 경향을 지니고 있었으며, 김말봉도 『동아일보』 『조선일보』 등에 소설을 연재하면서 대중소설가로서의 입지를 굳히게 된 것이다.[12] 신문과 잡지에 소설을 연재하면서 독자와 가까워졌던 김말봉의 소설들은 통속소설 · 연애소설로 평가받았던 만큼 사랑과 연애에 관한 내용들이 많고, 이런 연애소설은 다분히 사랑에 대한 환상을 자극하면서 독자들에게 많은 인기를 얻었다. 그런데 인간의 세속적인 욕망과 밀접하게 관계되는 대중소설이 흥미 본위라며 김말봉 소설을 부정적인 가치로 인식하는 것은 문제가 있다고 본다. 다시 말하면

---

10 방인근의 『마도의 향불』 『방랑의 가인』과 박계주의 『순애보』, 김남천의 『대하』, 한설야의 『황혼』, 박태원의 『소설가 구보씨의 일일』 『천변풍경』, 이태준의 『달밤』 등 많은 작품들이 쏟아져 나왔다.

11 당시의 신문은 일제의 검열과 맞물려 급속하게 상업성을 띠게 된다. 신문사들은 문맹 퇴치 사업에 열을 올리고, 신문구독률을 높이는 방법으로 흥미에 부합하는 작품을 싣기 위해 노력하였다(강옥희, 『한국근대 대중소설 연구』, 깊은샘, 2000, 34쪽).

12 대중소설은 본격소설과 대립되는 의미에서 비교적 예술 감상력이 저급한 일반 대중에게 읽힐 목적으로 씌어진 소설이라 할 수 있다. 대개 대중소설이 통속적이고 불건전한 삶의 경향을 띨 때 이를 통속소설이라 부른다. 그런데 이런 대중소설과 통속소설에 대한 정의는 다 제각각이어서 대중소설과 통속소설을 같은 개념으로 보는 연구자가 있는가 하면, 엄격하게 구분하여 통속소설을 대중소설의 하위 부류로 보거나 별개의 것으로 보기도 한다(정한숙, 「대중소설론」, 『인문논총』 제21호, 고려대학교, 1976 참조).

대중소설은 문학성이 떨어지고 리얼리즘에서 멀어져 있다고 비난을 받곤 한다. 그러나 신문이나 잡지를 통하여 독자와 작가와의 거리가 밀착되고, 그만큼 독자층이 확대되었다는 사실은 대중소설 장르가 현실 세계의 리얼리즘에 완전히 등을 돌린 것은 아니라는 것을 말해준다. 김말봉 소설의 인기 요인이 바로 독자들의 일반적인 의식과 생활을 반영하면서도 주인공을 동경의 대상으로 감정이입하며 상상력을 자극하는, 독자와 밀접하게 소통한다는 점이었다.

대중소설이라는 용어는 통속소설, 저급소설, 오락소설, 베스트셀러 소설 등과 같은 유사 개념으로 혼용되고 있는데, 우르스 예기(Urs Jaeggi)는 통속소설의 특징으로 판에 박힌 인물 설정 방법을 들고 있다.[13] 소설 속의 남녀 인물들, 특히 여성 인물의 이미지는 거의 고정되어 나타난다. 여성은 남성에게 의존되어 있고 강하기보다는 유약하며 이성적이기보다는 감정적이고 적극적이기보다는 소극적이다.[14]

이처럼 남성들에 의해 규정되고 재현되는 여성은 언제나 그들의 타자로 간주되었기 때문에, 남성의 시선으로 규정된 여성에 대한 왜곡과 기만에서 벗어나 '있는 그대로의 여성'으로 바라보고자 하는 학문적 움직임이

---

13 우르스 예기는 통속소설의 특징을 다음의 여섯 가지로 제시하였다. ① 구성의 공식성, ② 언어의 인습적 사용, ③ 판에 박힌 인물 설정 방법, ④ 세계 형상과 사회 현상에 대한 허위 보고, ⑤ 자기 목표로서의 감각─감상성, 야만성, 관능성, ⑥ 가치 전도(송명희, 『현대소설의 이론과 분석』, 푸른사상사, 2006, 88쪽).

14 대중문화가 여성에게 주는 쾌락에 대한 연구에 따르면, 연애소설에 나오는 여성은 대개 수동적이다. 남성에게 의존함으로써 안전을, 복종함으로써 힘을 갖게 된다는 약속을 한다(존 스토리, 『문화연구와 문화이론』, 박모 역, 현실문화연구, 1994, 186~187쪽 참조).

페미니스트들에 의해 대두되었다. 소위 페미니즘 비평이 그것이다. 60년대 후반의 페미니즘은 여성들이 그들 자신에 대한 부정적인 언어, 시각적 이미지들에 똑같이 대항함으로써 문자 그대로 정치적 실천 속에서 그들 스스로를 재현해야 한다는 인식에서 출발하였다.[15] 페미니즘 비평, 즉 여성 이미지 비평은 남성이 창조한 이미지의 왜곡을 수정하고 바로잡는 것이 일차적 목표다. 이미 남성들에 의해 결정되어 있는 이미지가 아니라 새로운 이미지를 발견하고 가치를 창조하는 것을 지향한다.

케이트 밀렛은 문학 텍스트 속에서 여성 혐오적인 이미지가 반복해서 나타나는 것도 성관계에 있어 지배적인 위치를 차지하려는 남성들의 요구에서 비롯되었다고 하였다. 여성들은 순결한 처녀 아니면 창녀로, 불감증 아니면 색광으로, 순결하거나 음탕한 인물로 그려진다. 밀렛은 이러한 이미지들이 남성의 성적 권위뿐만 아니라 권위 유지를 위해 사용되는 강압이나 폭력까지도 정당화시켜준다고 주장한다.[16]

한편 이미지와 연관이 있는 최근의 여성주의 문화 분석은 '성별과 시선'의 관계에 대한 문제를 제기하고 있다. 우리가 무엇인가를 본다는 것은 곧 우리 자신 역시 바라다보일 수 있다는 것이다. 우리는 다른 사람의 시선과 나의 시선이 마주침으로써 우리가 바라다보이는 세계의 일부임을 알게 된다.[17] 세상을 보는 '시선'이나 '시각'은 이미지 수용에서 매우 중요한 부분이기 때문에, 이미지 바라보기가 성별의 차이와 가부장적 권력 관

---

15 팸 모리스, 『문학과 페미니즘』, 강희원 역, 문예출판사, 1997, 32쪽.

16 케이트 밀렛, 『성 정치학』, 김전유경 역, 이후, 2009 참조.

17 존 버거, 『영상 커뮤니케이션과 사회』, 강명구 역, 나남, 1987, 37쪽.

계에 의해 어떻게 구성되는지를 살펴보는 것은 매우 의미 있는 작업일 것이다. 이러한 접근은 여성의 재현이 어떻게 이루어지는가 하는 새로운 관심과 연결된다.[18]

사회적으로 통념화된 우리의 남성과 여성에 대한 생각들을 성찰해보면 남녀의 생각이 질적으로 차이가 나는 것을 알 수 있다.[19] 사회적으로 그려지는 남성의 현재적 모습은 힘과 힘의 행사라는 측면과 관련되어 그려진다. 이때 행사할 힘이란 여러 가지로 정의될 수 있겠으나 도덕적, 신체적, 성격적, 경제적, 사회적, 성적 측면을 모두 포괄하는 것이다. 이와는 대조적으로 여성의 현재적 모습은 '여성에 대한 자신의 태도'를 통해 드러나는 게 보통이다. 따라서 여성은 몸짓, 목소리, 의사 표시, 표현, 복장, 그녀의 주변 환경, 취향 등을 통해 드러난다.[20]

소설에서 남녀의 이미지 문제는 개인의 생존 방식뿐만 아니라 도덕, 법, 사회, 역사, 경제, 정치 등 인간들 사이의 여러 문제들을 탐구할 수 있는 주제이며, 개인과 사회가 함께 만나는 영역이다. 즉 구체적인 물적 토대 속에서 구성된 사회·역사적 산물이 이미지로 재현되고 있다. 남성의 타자로 존재하는 여성,[21] 남성과 관련하여 규정되어 구별되는 성질을 여

---

18 수잔나 D. 월터스, 『이미지와 현실 사이의 여성들』, 김현미 외 역, 또 하나의 문화, 1999, 72쪽.

19 존 버거, 앞의 책, 77쪽. 존 버거는 사회적으로 통념화된 남성과 여성을 그들의 '현재적 모습(presence)'이라 정의했다.

20 위의 책, 78쪽.

21 프랑스의 실존주의적 페미니스트인 시몬 드 보부아르는 『제2의성』에서 "여자는 여자로 태어나는 것이 아니라 여자로 만들어진다"라고 했다. 그는 인류의 대표는 남성이고, 여성은 그 남성들의 타자일 뿐이라는 성찰을 시작하여, 생물학적

성성이라 할 때, 남성성 또한 사회적 가설이며 여성들과의 대결과 구분을 통해 계획되고 생산되었다는 사실을 알게 된다. 그렇기 때문에 남성과 여성을 이분화하고 남성성에 우위를 부여하는 남성 중심주의를 극복하기 위해서는 성별 정체성이 구성되어온 사회구조적 조건에 대한 물음이 필요하다. 전통적으로 가부장적 사회의 여성들은 그들의 주체성이 부정되어왔다. 남성은 주체이고 여성은 대상이자 객체로 존재한다. 억압의 대상이며 상대적 피해자인 여성의 주체성이 구성될 수 있는가 혹은 타자성을 극복할 수 있는가라는 질문은 여성운동 초기부터 지금까지 계속되는 질문이었다. 실제로 여성의 이미지는 독립적으로 존재하는 것이 아니라 그것이 존재하는 사회적 맥락 속에 위치하게 된다. 그러므로 당시 사회가 여성을 어떤 시각으로 그려내느냐에 따라 여성을 규정짓는 방식도 달라진다고 본다.

이런 문제의식에서 출발한 이 글은 김말봉 소설에서 남녀의 이미지가 재현되는 양상을 살펴볼 것이다. 그동안 김말봉 연구는 통속소설이란 관점이 대부분을 차지했고, 일부 연구자들에 의해 페미니즘적 요소를 발견하기도 하였다. 연구를 좀 더 확장시켜 이 글에서는 김말봉 장편소설의 남녀 이미지 연구를 통해서 작가의 페미니즘 의식을 규명해볼 것이다. 이를 위해 각 성별이 갖는 이미지와 함께 인습적 가치관이 남녀 이미지 재현에 어떤 영향을 주는지를 탐구하게 된다. 그러므로 이 글은 작품 속 남

성의 구별이 남녀의 차별에 합당한 것인가에 의문을 던졌다. 결국 보부아르는 여자가 주체로 설 수 없는 이유는 아무 것도 소유하지 못했기 때문이며, 이로 인해 인간의 존엄성까지도 박탈당한다고 보았다.

녀 인물들이 어떤 시선으로 보여지고 이미지화되는가 하는 문제에 초점을 맞추게 될 것이다.

이미지에는 우리의 바라다보는 방식이 드러나 있다. 남성성과 여성성은 후천적으로 획득된 문화적 성 정체성인데도 불구하고, 가부장제의 이데올로기를 발판으로 여성과 남성의 이미지는 고정화되어 나타난다. 여성에 대한 왜곡된 이미지는 남성이 여성의 종속을 유지시키고 이를 정당화하는 수단이 되며, 남성적인 것이 인간적 진리라는 절대적 이미지를 고착시킨다. 이에 이 글은 남녀 인물의 이미지를 여성적 읽기, 즉 페미니스트적으로 분석한다. 이 여성적 읽기는 여성만을 이해하는 것이 아니라 남성들의 이해 방식에도 도움이 될 것이다.

2. 김말봉은 어떻게 연구되어왔는가?

김말봉은 1901년 경남 밀양에서 태어나 어려서 부산으로 이사[22]를 했으며, 본명은 말봉(末鳳), 필명은 김보옥(金步玉) 또는 김말봉(金末峰)이고, 아호로는 끝뫼, 노초(路草)를 사용하였다. 그는 1932년 『중앙일보』 신춘문예에 「망명녀」가 당선되어 문단에 데뷔, 1961년 작고할 때까지 장편소설 30여 편, 단편소설 100여 편 외에도 시, 수필, 평론 등 많은 작품

---

22 정하은의 『김말봉의 문학과 사회』에서 밝힌 연보에는 1901년 4월 3일 부산 영주동에서 부(父) 김해 김씨 윤중(金允仲)과 모(母) 배복수(裵福守) 사이의 3자매 중 막내로 출생하였다고 서술하고 있으나 서정자, 정영자, 김태영 등의 연구에서 김말봉이 밀양에서 태어나 부산으로 이사를 하였다고 밝히고 있다.

을 발표하면서 왕성하게 창작 활동을 한 작가이다. 그러나 1930년대 활동하던 여성 작가[23]들과는 달리 김말봉에 대한 연구는 미미하여 문학사에서 그리 중요한 작가로 언급되지 않고 있다. 여성 작가라는 이유와 통속적 성향을 띤 대중소설가라는 이유로 외면을 당하던 김말봉에 대한 연구는 1970년대 대중소설의 유행과 함께 다시 주목받기 시작하여 논문 몇 편이 발표된 정도다. 1986년 6월에는 『김말봉의 문학과 사회』[24]가 김말봉 25주기를 기념하여 발간되었는데, 이로써 김말봉을 재조명하는 계기가 마련된 것은 매우 다행한 일이었다. 이 책은 작품론, 평전, 일화, 추모글, 생애와 작품 연보 등 다양한 내용으로 구성되었으며 이후의 김말봉 소설 연구에 많은 도움을 주고 있다. 그러나 김말봉의 문학 세계를 전체적이고 포괄적으로 규명하는 단계에 이르지 못하고 있는 실정이다.

김말봉에 대한 기존의 연구는 대중성·통속성에 관한 연구와 페미니즘 연구로 나누어볼 수 있다. 통속성에 대한 논의의 경우는 『찔레꽃』에 집중되어 있는 것이 특징이다. 물론 『찔레꽃』이 김말봉의 대표작이긴 하지만, 그에 대한 연구가 대부분 『찔레꽃』을 대상으로 한다는 사실로 볼 때, 얼마나 단편적이고 부분적으로 평가되고 있는지를 알 수 있는 부분이기도 하다.

대중성과 통속성에 대한 논의로 당대 비평가인 임화의 견해를 살펴보

---

23 1920년대 제1기 여성 작가군으로 분류되는 나혜석, 김명순, 김일엽, 1930년대에 등장한 제2기 작가인 박화성, 강경애, 백신애, 이선희, 최정희 등은 확고한 작가적 의식을 가지고 당대의 여성 문제를 구현하여 주목할 만한 문학사적 위치를 지니고 있다.
24 정하은 편, 『김말봉의 문학과 사회』, 종로서적, 1986.

면, 김말봉 소설이 새로운 시대정신을 표현하겠다는 의지나 문학적 사명감을 처음부터 포기한 데서 출발했다고 보았다. 말하자면 통속성 그 자체를 유일무이한 문학적 무기로 삼고 나선 '통속문학'이라 규정한 것이다.[25] 임화는 김말봉의 『찔레꽃』의 획기성, 즉 "여태까지 조선에서 전례를 보지 못한 순 통속소설, 상업문화의 길의 확립"이라며 주목하고 있다. 그는 통속소설에 대해 식민지 자본주의의 비약적인 성장과 마르크스주의의 후퇴에 따른 순응주의의 대두를 반영하는 퇴행적 현상임을 지적한다.[26] 결국 임화는 궁극적으로는 통속소설을 부정하면서도 김말봉을 '유니크한 존재'라고 평하고[27] 소설사적으로 중요한 작가로 분류하고 있다. 또 『찔레꽃』 등의 유행은 시대의 이념과 열정—부르주아의 문제든 프롤레타리아의 문제이든—이 사라졌다거나 그것을 실현할 조건이 열악하다는 증거라고 하면서 그런 이유로 통속소설이라는 존재가 무조건 거부되어야 할 일은 아니라고 보았다. 그것보다 우선해서 통속소설의 유행이 시대의 조류에 의한 당연한 결과라는 냉철한 인식을 가져야 한다고 주장하였다.[28] 그러나 그의 논의는 대중성과 통속성을 처음부터 하나로 묶어놓음으로써 편협한 사고로 김말봉을 논하는 한계가 있다.

김남천도 통속소설을 철저하게 부정하였다. 그는 '스푸도 못되는 인조

25 임화, 「통속소설론」, 『문학의 논리』, 학예사, 1940; 김창식, 「1920년~1930년대 통속소설론 연구」, 『국어국문학』 제28호, 문창어문학회, 1991, 330쪽.
26 조성면, 「한국의 대중문학과 서구주의 : '비서구 문화의 정전성과 타자성'의 맥락에서」, 『한국학연구』 제28호, 인하대학교 한국학연구소, 2012, 9쪽.
27 임화, 「통속소설론」, 『문학의 논리』, 서음출판사, 1989, 235쪽.
28 임화, 「정축문단의 회고」, 『동아일보』, 1938. 11. 17.

견을 금점꾼 모양으로 번지르르하게 감아 두르고 나선 분'[29]이라며, 인조견이 판을 치는 시대에 가짜 행세를 하는 작가라고 김말봉을 향해 비판을 쏟았다. 김남천도 임화와 마찬가지로 통속소설 자체의 가치를 인정하기 않고 있기 때문에 김말봉 소설의 구체적인 분석을 하지 않았다는 아쉬움이 남는다.

백철의 경우는 통속소설이 상업주의를 배경으로 1935년 이후에 등장하였으며, 이는 이 시대의 현실이 어두워서 그 전과같이 경향적으로 나갈 길이 막혀 버린 때문이라고 하였다. 그는 순수하게 흥미 중심의 통속소설가로 김말봉을 꼽으면서 '저어널리즘의 스타'로 논하고 있다.[30] 그러나 이 논의도 작품을 분석하기보다는 단지 인기 작가, 인기 소설을 우선으로 평하고 있다는 한계점을 보인다.[31]

대중성 · 통속성에 대한 연구 논문으로 정한숙은 『찔레꽃』『승방비곡』 『순애보』『청춘극장』『자유부인』 등 우리나라에서 대중소설로 많이 언급되는 소설들을 중심으로 대중소설의 특질을 살펴보았다. 그는 『찔레꽃』

---

29 김남천, 「작금의 신문소설」, 『비판』 제52호, 1938. 12, 68쪽(김창식, 「1920년 ~1930년대 통속소설론 연구」, 『국어국문학』 제28호, 문창어문학회, 1991, 331~332쪽 재인용).

30 백철, 『신문학사조사』, 신구문화사, 1992, 527~528쪽.

31 김말봉을 논의한 다른 비평가로 이원조와 이선희, 조동일, 신동욱 등이 있는데 이원조는 신문소설의 독자적인 발전을 주장하면서 김말봉의 소설을 중시하는 관점을 보였으며, 이선희도 김말봉의 장편을 장대하고 재미가 있는 소설이라 평하면서 남성작가들이 함부로 넘겨다보지 못할 경지라고 하였다. 이원조, 「신문소설분화론」, 『조광』, 1938. 2; 이선희, 「김말봉씨 대저(大著)『찔레꽃』 평」, 『조선일보』, 1933. 11. 9; 조동일, 『한국문학통사』 5, 지식산업사, 2005, 358쪽; 신동욱, 「여성의 운명과 순결미의 인식」, 『김말봉의 문학과 사회』, 종로서적, 1986.

등의 작품들이 선악의 이분법적인 인물 유형과 우연성의 방식으로 인간의 애정 문제와 함께 시대와 사회상을 적나라하게 묘사하고 있음을 밝혔다.[32] 정한숙의 글은 대중소설의 특성을 밝히는 선구적인 글이지만 아직은 시론적인 성격의 글이라 할 수 있다.

안창수는 1930년대 대표적인 대중소설의 하나로 지목되고 있는 『찔레꽃』을 대상으로 하여 이 작품이 소설의 발전에 기여할 수 없었던 이유는 무엇인가 하는 문제를 중점적으로 다루었다. 그 결과, 소설의 발전에 기여할 수 없게 한 『찔레꽃』의 작품 내적인 요인은 사건의 뒤틀림과 운명론 그리고 선택의 갈등이라고 하였다.[33] 그러나 『찔레꽃』만을 대상으로 하여 김말봉이 소설의 발전에 기여할 수 없었다는 결론에 이른 것은 설득력이 떨어지는 부분이다.

유문선은 『찔레꽃』의 창작 원리를 이루는 방법으로 과도한 사건 전개와 우연의 빈번한 개입, 작중인물·상황의 예외성을 들었다. 그리고 이러한 구조와 함께 내용 또한 모두 구체적인 현실의 외면 또는 현실로부터의 일탈에 공헌하고 있으므로 '흥미'만을 추구하는 통속화에로의 길을 걷게 되는 결과를 산출한다고 함으로써 『찔레꽃』의 현실 인식의 문제점을 지적하고 있다. 그러나 김말봉의 통속 선언에 대해서는 소설사적 의미를 두고 긍정적으로 평가하고 있다.[34] 이 논의는 흥미를 이유로 통속으로 분류해

---

32 정한숙, 「대중소설론」, 『현대한국소설론』, 고려대학교 출판부, 1977.
33 안창수, 「『찔레꽃』에 나타난 삶의 양상과 그 한계」, 『영남어문학』 제12호, 한민족어문학회, 1985.
34 유문선, 「애정갈등과 통속소설의 창작 방법—김말봉의 『찔레꽃』에 관하여」, 『문학정신』 6월호, 1990.

버린 채 소설의 독자를 염두에 두지 않은 분석이라는 점이 아쉽다. 또 대중소설의 의미는 의도된 이념보다는 의도되지 않은 이념이 드러나는 것이라고 하면서도, 대중소설이 당대의 지배 이념을 보여줄 뿐만 아니라 새롭게 부상하는 이념이 무엇인가를 드러내는 소설임을 밝히지는 못한 것도 아쉬운 점이다.

서영채는 『찔레꽃』의 서사 구조에 투영되어 있는 통속소설 일반의 서사적 문법을 점검하고 이 소설에 드러나는 통속성의 1930년대적인 양상을 분석하고 있다. 그는 근본적으로 식민지라는 특수한 상황 속에서 토대와 상부구조의 기형적인 결합의 산물이라는 점을 꼽으며, 파시즘과 비합리주의라는 당대의 지배 이데올로기와 밀접한 상관관계를 가지고 있다는 사실을 지적하였다.[35] 그러나 당대의 사회적 상황이 작품에 어떤 식으로 영향을 끼쳤는지에 대한 구체적인 언급이 부족하고, 당시 통속소설과 『찔레꽃』의 차이에 대한 진술이 없어 설득력이 떨어지고 있다.

김강호는 정한숙의 논의를 발전시켜 1930년대 한국 통속소설 연구를 하면서, 『찔레꽃』은 패배의 양상을 보인다고 하였다. 패배의 양상이라는 것은 불운을 당할 만한 아무런 일도 하지 않았는데도 불구하고 불운이 닥친, 그리하여 동정이 가는 순진한 사람들의 이야기로 전개되며, 독자들은 그의 곤경을 연민하거나 또는 주인공이 외적인 세력에 대해 갖는 그 꿋꿋함에 경탄하게 되는 경우를 말한다고 하였다.[36] 그러나 김강호의 연

---

35 서영채, 「1930년대 통속소설의 존재방식과 그 의미—김말봉의 『찔레꽃』론」, 『민족문학사연구』 제4호, 한국민족사학회, 1993.
36 김강호, 「1930년대 한국 통속소설 연구」, 부산대학교 박사학위 논문, 1994.

구는 대상 작품의 선정이나 유형 분류가 자의적이고 기준이 모호하다는 점에서 아쉬움이 남는다.

배기정은 『찔레꽃』에서 대중들의 좌절된 욕구와 소망, 의식이 어떻게 반영되었으며, 무엇이 독서 대중의 눈길을 끌게 되었을까 하는 점에 관심을 갖고 작품의 전개 양상과 방식상의 특성에 대해 살펴보았는데, 이 소설의 대중적 감동은 그것이 바로 자신들의 이야기라는 강한 흡입력에서 오는 거라 하였다. 또 자기 망각적인 오락적 내용물의 도피물이라는 대중소설의 일반적 평가에서 『찔레꽃』이 어느 정도 진전된 작품이라 평가한다.[37] 그러나 작중인물들이 겪는 여러 문제를 사회적인 관점으로 진행하지 못하고 개인적인 욕망으로 한정하는 한계를 보인다.

이정숙의 연구는 김말봉의 대중소설가로서의 문학적 태도를 기술하고, 비교적 다양한 김말봉 소설을 언급하면서 그 특징을 인도주의의 강조와 기성사회 및 남성 우월적인 사고방식이나 여성스러움에 대한 비판적 시각으로 규정하고 있으며, 작가의 기독교 정신을 토대로 한 휴머니즘 정신을 강조하고 있다.[38] 이 논문은 다만 기독교 신앙과 휴머니즘을 동일선상에 놓고 있어, 통속소설의 인간성 중시에 초점을 두는 논의가 갖는 이분법적 사고는 재고해야 할 부분으로 보인다.

한명환은 1930년대 신문소설의 통속성을 밝히기 위해 독자 공감적으로 보이는 전래의 모티브 분석 방법을 이용하여 유형별 양상으로 농촌 귀

---

37 배기정, 「『찔레꽃』의 전개 양상과 그 의미」, 『국어교육연구』 제26-1호, 국어교육학회, 1994.
38 이정숙, 「김말봉의 통속소설과 휴머니즘」, 『한양어문』 제13호, 한국언어문화학회, 1995.

향형, 연애 갈등형, 역사적 인물의 일대기형, 식민지 시대 여성의 시련형으로 나누고, 『찔레꽃』을 연애 갈등형 소설에 속한다고 하였다. 『찔레꽃』의 줄거리가 사건의 핵심에서 거의 벗어나지 않는다든지, 한 장소에서 다른 입장의 인물의 심리가 교묘하게 엇갈리는 장면의 묘사 등은 근대적 상황 설정의 기법이고 이것은 대단한 독자적 심미감을 불러일으키는 완벽하고 치밀한 형식이라고 보았다.[39] 그러나 이 연구는 독자 공감의 미적 특성이 전승적 모티프에 연원한다고 보았지만 현대의 대중 문학이 과거의 대중문학과 얼마나 밀접하게 맞닿아 있는지에 대한 좀 더 깊은 논의가 아쉽다.

홍성암의 연구는 1930년대 여류 소설의 형성기에 있어서 김말봉의 『찔레꽃』과 강경애의 『인간문제』를 텍스트로 하여, 주제적 측면, 인물적 측면, 배경적 측면, 서술 및 묘사적 측면으로 대비적으로 고찰하고 있다. 두 작가의 지향점은 극단적이며 김말봉은 관념적이고 개인적인 소설로서 주로 애정소설 내지 대중소설의 형태를 많이 드러내고 있고, 강경애는 이념적이며 사회 반영의 측면에서 집단적인 경향을 보인다고 하였다.[40] 그러나 두 작가의 작품 하나씩만으로 논의를 진행하고 있어 작가의 경향을 분석하는 데 더 많은 객관적인 논증이 필요하다고 생각된다.

손종업은 『찔레꽃』이 통속소설이라는 규정으로부터 조금 자유로운 위치에서, 소설의 주요 배경인 경성 공간이라든가, 저택의 기술 방식 등을

---

39 한명환, 「1930년대 신문소설 연구」, 홍익대학교 박사학위 논문, 1996.
40 홍성암, 「한국 여류소설의 두 경향」, 『한민족문화연구』 제5호, 한민족문화학회, 1999.

통해 작가 김말봉이 묘사보다는 서술에 치중한다는 점, 조선총독부라든 가 경성부청, 군부대나 감옥과 같은 식민지 장치들을 철저히 괄호 속에 집어넣음으로써 1930년대 후반의 현실에 기민하게 대응하고 있음을 지 적했다.[41] 이 논의에서 공간의 인식이라는 새로운 관점의 시도는 긍정적 이지만 당대의 다른 작품과의 비교 분석이 없어 아쉬움이 남는다.

한편, 이정옥의 연구에서는 대중소설은 현실 문제를 호도할 뿐 아니라 독자들을 속물근성에 빠지게 할 위험이 있다고 폄하하기도 한다. 또 대중 소설을 비교적 예술적 감상력이 저급한 일반 대중에게 읽힐 목적의 문학 이라 파악하고 있다.[42] 그러나 실제로 대중소설은 대중 전체를 대상으로 하는 문학이라고 해석해야 할 것이다.

이상과 같이 지금까지 논의들의 공통점은 김말봉의 소설을 대중성과 통속성의 잣대로, 『찔레꽃』과 『밀림』을 주 텍스트로 하여 단편적인 평가 를 하고 있다는 점이다. 통속소설과 본격소설의 사이에서 김말봉 소설은 대중적인 인기가 있지만 예술성이 떨어지는 다소 저급한 작품이라는 전 반적인 평을 받는다. 그러나 대중소설에 대한 편견을 먼저 갖고 시작한 논의라는 문제점이 보여 아쉬움을 주고 있다. 작품의 객관적인 분석과 심 도 있는 연구보다는 고정화된 대중소설가의 이름으로 김말봉을 평가한 다는 점은 다시 검토해봐야 할 문제이다. 작가의 작품 수가 상당하고 활 발한 활동을 했음에도 불구하고 우리 문학사에서 대중소설 작가라는 이

---

41 손종업, 「『찔레꽃』에 나타난 식민도시 경성의 공간 표상체계」, 『한국근대문학연 구』 제16호, 한국근대문학회, 2007.

42 이정옥, 「대중소설의 시학적 연구─1930년대를 중심으로」, 서강대학교 박사학 위 논문, 1999, 2쪽.

유로 제대로 평가받지 못하는 것은 문학사의 편협함이자 큰 문제점으로 여겨진다.

다음으로는 기존의 연구와는 달리 김말봉의 문학을 대중소설과 통속성이라는 잣대가 아닌 사회적 참여와 페미니즘 시각으로 접근한 연구들을 살펴보고자 한다. 이 연구들은 김말봉 문학 세계를 전체적으로 규명하려는 노력을 기울였으며, 그의 문학적 업적을 제대로 밝혀보려는 목적의 연구로 평가할 수 있겠다.

먼저, 이상진은 김말봉을 반페미니즘 경향의 작가로 분류하고 있다. 김말봉은 신정조 관념을 주장하며 여성해방을 부르짖었던 1920년대 여류 작가로부터 한 걸음 물러나 있으며, 한마디로 여성 작가로서의 여성 의식이 거의 드러나지 않는다고 비판하였다.[43] 대중소설과 여성 독자와의 관계를 중심으로 한 이상진의 연구는 대중의 인기는 가볍게 취급하고 대중을 위한 목적의식만을 강조하여 목적의식 부재를 문제 삼고 있다. 하지만 이상진의 연구는 가부장제 이데올로기가 요구하는 이상적인 여성상에 문제를 제기함으로써 김말봉 소설에 대한 페미니즘 연구의 본보기가 되었다.

서정자는 김말봉 소설에 대한 선행 연구들이 대중소설의 테두리 안에서 부정적으로 논의되어온 것에 문제를 제기하고 김말봉의 사상에 입각하여 그의 소설을 해명하고자 하였다. 그는 「아나키즘과 페미니즘」[44]이라는 글을 통해 김말봉 소설을 읽는 데 있어서 중요한 두 가지 코드를 제시하고 있다. 하지만 이 경우 작품 자체가 지닌 내적 구조와는 무관하기 쉬

43 이상진, 「대중소설의 반페미니즘적 경향」, 『페미니즘과 소설비평』, 한길사, 1995.
44 서정자, 「아나키즘과 페미니즘」, 『한국문학평론』 제5-34호, 범우사, 2001.

운 허점이 있을 수 있다. 다른 연구에서는 김말봉이 자신이 지녔던 아나키즘적 현실 의식을 『밀림』을 통해 소설화했으며, 『찔레꽃』도 단순한 흥미를 위한 애정소설이 아니라 삶의 비극적 인식으로 여성의 수난을 그리고 있다면서 이 역시 작가의 사상을 드러내는 하나의 구조로 파악하였다.[45] 서정자의 연구는 김말봉 연구의 질적·양적 발전을 보여준 점에서 긍정적으로 평가되고 있으나, 아직까지 많은 작품을 두루 다루지 못하는 점에서 남은 과제가 많다.

안미영은 김말봉의 전후소설을 다루면서 선과 악은 '여자 고학생'과 '자유분방한 미망인'에 의해 구현된다고 보았다. 또 반공 이데올로기와 아울러 미국에 대한 일방적인 찬탄이 노출되어 있어 정치적 강령이 삼투된 당대의 기독교의 보편 윤리를 대중들에게 전파한다고 보아 휴머니즘의 한계가 있다고 하였다.[46] 그러나 이 연구는 전후 고학생들의 구원 모티프를 종교적인 관점으로만 연결시킴으로써 페미니즘이나 탈식민주의 시각의 고찰에 대한 아쉬움이 남는다.

황영숙은 1950년대를 배경으로 한 소설인 『푸른 날개』와 『생명』을 텍스트로 하여 사랑의 대결 구도를 통한 연애의 양상, 주요 인물들의 고난의 의미와 작품에 나타난 사회성에 대하여 논하였다. 두 작품에 나타난 상황과 인물의 극단적인 대립을 규명하였으며, 두 작품에는 1950년대의 여성

---

45 서정자, 「삶의 비극적 인식과 행동형 인물의 창조―김말봉의 『밀림』과 『찔레꽃』 연구」, 『여성문학연구』 제8호, 한국여성문학학회, 2002; 서정자, 「김말봉의 현실 인식과 그 소설화」, 『문명연지』 제4-1호, 한국문명학회, 2003.

46 안미영, 「김말봉의 전후 소설에서 선·악의 구현 양상과 구원 모티프」, 『현대소설연구』 제23호, 한국현대소설학회, 2004.

의 문제와 사회적인 문제가 반영되어 있다고 지적하기도 하였다.[47] 두 작품 모두 서구 즉 미국의 영향을 반영한 것으로 파악하고 있어서, 당시 시대적 상황과 문제점에 대한 인식과 분석에 좀 더 치밀했더라면 완성도가 훨씬 높았을 것으로 보인다.

다음으로 최미진의 연구는 김말봉 소설 연구가 전반적인 검토가 답보된 상태에서 간헐적으로 이루어진 점을 상기하면서, 한국전쟁기에 발표된 김말봉의 『별들의 고향』을 대상으로 광복 후 김말봉의 문학적 특질을 새로운 공식성, 그러니까 사회적 멜로드라마의 특성과 관련지어 살피고 있다.[48] 또 『화려한 지옥』을 대상으로 김말봉 소설의 대중성을 고찰하였는데, 김말봉은 광복기의 혼란 속에서 종교와 이념을 초월하여 공창 폐지에 대한 신념을 끝까지 실천한 보기 드문 여성운동가라고 평가하고 있다.[49] 이 연구는 김말봉이 행동주의자 내지는 여성운동가라는 결론을 도출하기 위해 작품 외적인 생애 부분을 강조함으로써 작품 분석에 대한 아쉬움이 남는다.

최지현은 해방기 공창 폐지 운동을 다루고 있는 김말봉의 『화려한 지옥』을 중심으로 해방기 여성이 국민으로 포섭되는 과정에 있어서 여성 연대의 의미를 고찰하였다. 그는 『화려한 지옥』은 가정 내의 어머니, 아내로서

---

47 황영숙, 「김말봉 장편소설 연구─「푸른 날개」와 「생명」을 중심으로」, 『한국문예비평연구』 제15호, 한국현대문예비평학회, 2004.

48 최미진·김정자, 「한국전쟁기 김말봉의 『별들의 고향』 연구」, 『한국문학논총』 제39호, 한국문학회, 2005.

49 최미진, 「광복 후 공창 폐지 운동과 김말봉 소설의 대중성」, 『현대소설연구』 제32호, 한국현대소설학회, 2006.

의 역할을 강조하는 사회의 경계를 넘어 여성 단체의 조력으로 '창기 출신'의 여성이 '여성'으로 사회에 복귀하는 과정을 보여준다고 평하면서, 여성 해방을 위한 운동이야말로 '건국의 초석'이라고 인식하였다.[50] 이 연구는 문학작품이 논의의 중심이 아니라 여성 연대 연구가 주를 이루고 있어서 소설 자체의 구체적이고 체계적인 분석으로 나아가지는 못하고 있다.

이상의 연구에서 보면 통속성의 논의보다는 사회 현실의 적용과 페미니즘의 시각으로 김말봉을 다시 보는 경향이 뚜렷해졌다는 점을 알 수 있다. 『찔레꽃』과 『밀림』에 집중되어 있던 연구도 『푸른 날개』와 『생명』 『화려한 지옥』 등으로 그 텍스트가 확대되고 있으며, 방법론의 측면에서도 발전을 보이고 있다.[51]

지금까지 대중소설의 연구물에서 김말봉 작품을 대상에서 제외시킨 적은 없다. 그렇지만 대부분 『찔레꽃』에 한정해서 통속성을 논하고 있어서 김말봉의 문학을 단편적으로 볼 수밖에 없었다. 따라서 여성 문학의 연구에서 여성 작가의 작품을 여러 관점으로 분석하는 것은 필수적이라고 본다. 이 글에서의 여성적 시선도 그 과정의 하나이다. 페미니즘 이론의 발전에 따라 작품 속에 재현되는 여성과 남성의 이미지도 변화되어야 하며,

---

50 최지현, 「해방기 공창 폐지 운동과 여성 연대 연구—김말봉의 『화려한 지옥』을 중심으로」, 『여성문학연구』 제19호, 한국여성문학학회, 2008.

51 1970년대 대중소설의 유행과 함께 김말봉의 대중성이 다시 주목받기 시작하면서 간헐적으로 연구논문이 발표되었다. 천상병, 「사회와 윤리 : 김말봉의 '찔레꽃'론」, 『한국장편문학대계』 13, 성음사, 1970; 정한숙, 「대중소설론」, 『인문논총』 제21호, 고려대학교, 1976; 전영태, 「한국근대소설의 대중성에 관한 고찰 : 멜로드라마적 성격을 중심으로」, 『한국학보』 제33호, 일지사, 1983; 정영자, 「김말봉 소설의 양면성」, 『부산문학』, 부산문인협회, 1986.

독자의 독서 능력 향상에 따라 작가들의 의식도 바뀌어야 한다고 생각한다. 쇼월터가 주장했던 '여성의 단계(여성적 문학)'에 이른 글쓰기를 통해 여성의 정체성을 확립하고 남성들의 서사적 관점에 저항하여 여성 문학으로서의 위상을 정립하는 것도 중요하다는 것이다. 독자의 감성을 자극하는 김말봉의 여성적인 특질은 익히 아는 바이다.

본고에서는 김말봉이 여성 작가라는 점을 염두에 두고, 그의 '시선'이 여성적인지 아니면 남성적 시선으로 작중인물을 규정짓고 서사를 이끌어가는지에 집중해서 고찰하려고 한다. 즉 김말봉 장편소설을 여성주의 시각에서 남녀 인물의 이미지는 어떻게 재현되는지, 또 소설 속에 나타나는 남녀의 이미지를 통해 작가의 가치관은 어떻게 드러나고 있는지를 살펴볼 것이다. 텍스트는 장편 여섯 편으로 확대하여 그의 작품에서 보편적으로 나타나는 특징을 추출하여 논의의 설득력을 높이려고 한다.

3. 김말봉의 장편소설 속 페미니즘 의식 규명

이 글은 김말봉의 장편소설 속에 나타나는 남성과 여성의 이미지와 서사 방식을 통하여 작가 김말봉의 페미니즘 의식을 규명하는 데 목적이 있다. 페미니즘 연구의 많은 부분들이 가부장적 이데올로기, 다시 말해 남성에 대한 여성의 종속을 당연하고 자연스러운 것으로 만드는 방식들에 대한 비판에 초점을 맞추고 있다.[52] 남성적인 것을 진리로 보며 그들의

---

52 팸 모리스, 앞의 책, 18~19쪽.

관점으로 여성을 규정하고 바라보는 것은 단지 문학작품에만 적용되는 문제만은 아니다. 여성 비평가들은 남성에 의한 여성의 재현이 남성의 권력을 강화시키고 있다는 점을 차츰 인식하기 시작하였으며 여성의 눈으로 다시 읽기를 시도하였다.[53] 의도하였든 의도하지 않았든 그동안 여성을 있는 그대로 이해하지 못했다면 다시 읽고 다시 규정지어야 하는 작업은 반드시 필요할 것이다.

페미니즘 비평은 여성이 사회구조에서뿐만 아니라 문학과 비평의 영역에서도 남성과 평등한 위치에 서 있지 못하다는 인식에서 출발한다. 즉 사회는 남성 지배 체제이며, 인간학이라는 이름으로 남성학이 주류를 이루고 있으며, 기존의 문학과 문학비평이 여성을 왜곡하고 소외시키는 전통을 만들어왔으며, 가치 평가의 영역에서도 남성 중심적 가치에 지배되고 있다는 문제의식에서 비롯되었다.[54] 다시 말해 페미니즘 비평은 기존의 문학비평이 작가의 성별이나 작중인물의 성별을 왜곡한 채 이를 문학적 규범의 보편성으로 규정해왔음을 일깨우고 비판하는 데서 출발하고 있다.[55]

페미니즘 비평의 성과를 살펴보자면 메리 엘만(Mary Ellmann)의 『여성을 생각한다』(1968)와 케이트 밀렛(Kate Millett)의 『성의 정치학』(1969)

---

53 메리 엘만(Mary Ellmann)의 『여성을 생각한다』(1968)와 케이트 밀렛(Kate Millett)의 『성의 정치학』(1969)이라는 1960년대 후반에 출간된 두 권의 책으로 인해 여성 비평가들과 여성 독자들은 남성 텍스트를 다시 읽는 작업에 주의를 기울이게 되었다(팸 모리스, 위의 책, 35쪽).

54 송명희, 『문학과 성의 이데올로기』, 새미, 1994, 20쪽.

55 송명희, 『페미니즘 비평』, 한국문화사, 2012, 39~40쪽.

을 우선적으로 꼽을 수 있는데, 이들은 여성적 관점에서 여성을 바라보기 시작했다.[56] 주디스 패털리(Judith Fetterly)의 경우는 저서 『저항하는 독자』로 여성 이미지 비평을 이끌었다.

메리 엘만은 남성 작가나 비평가에 의해 제시된 전형적인 여성 이미지를 무정형성, 수동성, 불안정(히스테리), 제한성, 실용성, 순결성, 물질주의, 정신주의, 비합리성, 순종성, 반항성(말괄량이, 마녀)의 열한 가지로 요약하고 남성 작가의 권위적이고 단음조적인 언어와 여성 작가의 감수성의 언어를 비교한다. 엘만의 주장은 그리스 신화에서부터 현재에 이르기까지 서구 문학사에 나타난 여성은 현실성을 결여한 채 천사/마녀로 양극화되어 있다는 것이다. 천사형은 여성을 가사와 육아에 속박해놓고 집안의 평화를 위해 순종적인 천사로 미화한 것이며, 마녀형은 남성의 권위에 도전하는 주체적 여성을 억압하기 위해 고안한 것이다. 여성 인물을 천사와 마녀로 이분시켜놓은 것은 서구 사회뿐 아니라 동양에서도 마찬가지이며 현대의 대중문화에도 그대로 적용되어 여성 인물의 스테레오타입을 양성한다.[57] 엘만의 경우는 중요한 남성 작가와 비평가들의 '여성에 대한 사고방식'이 얼마나 틀에 박힌 진부한 가정들에 의존하고 있는지를 보여주었다.[58]

케이트 밀렛의 『성의 정치학』은 영미 페미니즘 비평[59]의 시초가 되었

---

56   팸 모리스, 앞의 책, 35쪽.

57   정순진, 『한국문학과 여성주의 비평』, 국학자료원, 1992, 200~201쪽.

58   팸 모리스, 앞의 책, 35쪽.

59   영미의 페미니즘 비평은 케이트 밀렛(Kate Millett), 일레인 쇼월터(Elaine Show-
     alter), 엘렌 모어스(Ellen Moers), 샌드라 길버트(Sadra Gilbert), 수잔 구바(Susan

다. 밀렛에게 정치라는 용어는 한 집단의 인간들이 다른 집단의 인간들에 의해 지배되는 권력의 구조적 관계들과 장치를 가리킨다. 즉 집단과 집단 사이의 지배의 역학이 권력 구조라면 남성과 여성의 관계도 지배적 남성이 종속적 여성에게 권력을 행사하는 지배/피지배의 관계라고 주장하는 것이다. 이에 따라 남녀 간의 지배/종속 관계를 '성의 정치'라고 명명하고 이러한 사회구조를 가부장제로 지칭한다.[60] 그녀는 여성의 인간화와 해방을 위해 성의 혁명, 즉 남성 우위의 이데올로기와 가부장제의 전통적인 사회화 과정의 폐기, 사유재산제도하의 일부일처제 가족 형태의 변혁, 성에 따른 역할 분담의 폐지, 여성의 완전한 경제적 독립, 성도덕의 변화를 요구하는 등 급진적인 여성해방론을 전개하였다.[61] 『성의 정치학』에서는 D. H. 로렌스, 헨리 밀러, 노먼 메일러, 장 주네의 작품을 텍스트로 해서 남녀의 권력과 지배의 이념이 어떻게 문학 속에 재현되는지를 분석하였다. 밀렛은 서사 관점도 항상 남성적이라는 점에 저항하며 여성으로서 문학작품을 읽어야 한다고 말한다. 또 독자들이 남성적 시선을 가지도록 만들어 여성이 아닌 남성의 감정에 공감하도록 하는 것을 경계해야 한다고 강조하고 있다. 이것이 바로 남성들이 규정해놓은 '여성'의 이미지를 다시 바라본다는 것의 의미이자 목표이다. 밀렛의 『성의 정치학』은 가장 대중적으로 읽혔고 그만큼 충격을 주었던 페미니스트 저서이다.

주디스 패털리의 경우는 여성들이 독서를 할 때 겪게 되는 곤란을 지적

Gubar) 등에 의해 형성되었다.

60   케이트 밀렛, 앞의 책, 71~76쪽.

61   송명희, 『페미니즘 비평』, 한국문화사, 2012, 43쪽.

하면서 저항하는 독자가 되기를 권한다. 여성 독자들은 여성이면서도 여성을 자유 실현의 장애로 보는 사회적 관습에 얽혀들어 여성 인물을 비난하게 된다고 지적한다. 따라서 패털리는 여성 비평은 동의하는 독자보다 오히려 저항하는 독자가 되는 것이며, 동의하기를 거절함으로써 우리 안에 자연스럽게 주입되어왔던 남성의 정신을 쫓아내는 과정을 시작하는 것이라고 하였다.[62]

케이트 밀렛 이후 여성 비평가들은 문학작품 속에서 여성이 얼마나 왜곡되어 재현되었는가에 관심을 두었고, 대표적으로 팸 모리스(Pam Morris)는 여성 이미지 비평의 방법으로 '다시 바라보기 : 여성의 읽기'를 주장하게 된다. 모리스는 여성 주체적 시각에서 다시 읽기를 위한 구체적 전략으로 첫째로 남성이 만들어낸 여성 이미지 읽기, 두 번째로 서사적 관점에 저항하기, 세 번째는 구조 : 여성의 운명을 다시 짜기의 세 가지 방법을 제시하고 있다. 남성들에 의해 행해지는 여성에 대한 왜곡된 묘사는 남성들이 여성의 종속을 정당화하기 위해 사용했던 전통적 수단들 중 하나이다. '남성이 아닌 것'으로 규정되는 여성의 부정적 정체성은 남성들이 '여성성' 속에 어떤 자질이라도 부여할 수 있도록 했다. 지배적인 성이며 규범인 남성들의 재현은 '진리'로서 권위를 인정받는다. 그것이 바로 보편적인 인간의 관점이 된다.[63] 팸 모리스는 남성들이 만들어낸 이런 여성 이미지의 다시 읽기를 시도하며, 그동안 정전으로 분류되는 고전 작품들을 새롭게 분석하였다. 스펜서(Edmund Spenser)의 『선녀여왕』에서는

---

62 정순진, 앞의 책, 203쪽.
63 팸 모리스, 앞의 책, 66쪽.

여성이 그녀가 존재하게 된 바로 그 순간부터 남성에게 이미 종속되어 있으며 그에게 의존해야 함을 이야기한다. 더욱이 고통스런 출산을 이브가 지은 죄와 벌로 묘사함으로써 여성이 갖는 창조 능력도 그녀의 죄와 복종을 나타내는 것이 됨을 분석해낸다. 이 외에도 밀턴의 『실낙원』[64], 찰스 디킨스의 『위대한 유산』, 셰익스피어의 『심벌린』, 워즈워스의 시 등을 통해서 여성을 잘못 재현하고 있는 작품들을 비평하였다. 결혼을 했던 처녀이든 간에 여성의 미덕으로 항상 육체적 순결과 복종을 강조하고 있으며, 매력적이지도 순종적이지도 않은 여성들은 두 배로 위협적인 악녀로 취급한다는 것이다. 그녀들이 실제로는 남자를 원하고 있는 것으로 그리고 처벌받아야 하는 존재로 그려짐을 포착해냈다.[65]

더불어 팸 모리스는 여성으로서 다시 읽기의 다른 차원으로 서사 구조의 문제점도 지적했다. 그는 남성들의 서사적 관점에 저항해야 한다는 점을 강조한다. 팸 모리스의 주장을 보자. 문학 텍스트들의 서사 구조는 이미 인식된 여성들의 삶의 형태와 여성의 운명을 정해놓고 있다. 교묘하게 독자들로 하여금 여성이 아닌 남성의 감정에 공감하도록 만든다는 것이다. 지속적으로 나타나는 것 중 하나는 성적으로 타락한 여주인공은 고통과 죽음의 운명을 피할 수 없다는 것이다. 이러한 유형의 플롯은 여성은 태어날 때부터 순수하다는 가정에서 출발한다.[66] 모리스가 지적한 그대

---

64 팸 모리스에 따르면 밀턴의 『실낙원』 비평을 통해 자손 생산에 있어서 여성들이 맡은 지배적이고 안정된 역할은 남성들의 또 다른 불안 요인이 된다고 하였다. 이 때문에 창조력이나 지식은 남성적이고 신적인 것으로 재현되고 남성에 대한 여성의 종속이 강조된다는 것이다.

65 팸 모리스, 앞의 책, 66~67쪽.

로다. 남성과 여성에 대한 명백한 이중 기준으로, 남성은 본래부터 성관계가 문란하도록 만들어졌다고 인정하고 용서하지만, 여성의 타락은 자아를 완전히 파괴해버린 것과 같다고 여긴다는 것이다. 이렇게 모리스는 남성적이고 지배적인 의도에 저항하며 읽는 방법을 배우는 것이 한 사람의 여성으로서 텍스트를 읽는 것이라 강조한다.

여성적 읽기를 위한 또 다른 방법은 '구조 : 여성의 운명을 다시 짜기'이다. 서사 형태는 존재에 대한 인식, 그리고 사건들이 필연적으로 취하게 되는 여러 형태들에 대한 독자의 인식을 보다 확고히 하는 데 도움을 준다. 따라서 문학 텍스트의 서사 구조가 여성의 삶의 형태에 무엇을 이야기해주는가를 분석하여 이에 저항할 것을 요구한다. 텍스트 내부에 존재하면서 그것의 가차 없는 논리에 저항하는 여성만의 공간, 다시 말해서 여성의 자유를 보장하는 대안적 공간들을 소중히 지키면서 전통적인 플롯 구조들이 함축하는 이데올로기에 반대해야 한다는 것이다. 또 가부장적 텍스트들이 갖는 권위와 그것들이 암묵적으로 표현하고 있는 여성의 힘에 대한 두려움을 다시 이야기하기 위해서는 텍스트의 언어나 이미지에 대한 분석의 모순과 이중성을 파악할 수 있어야 한다.[67]

문학사로부터 여성 작가들을 배제하는 정전 구성과 남성 위주의 문학사를 수립해왔기 때문에 페미니즘 비평은 여성 작가에 초점을 맞추게 되었다. 남성 중심의 정전을 통해 문학을 남성적인 것으로 구성하려는 시도는 작품 선집이나 교과 요목에서도 그대로 반복된다고 모리스는 지적한

---

66 팸 모리스, 앞의 책, 61쪽.
67 송명희, 『페미니즘 비평』, 한국문화사, 2012, 45~46쪽.

다. 남성 중심의 정전을 해체하고 여성 중심의 정전을 확립하는 일이야말로 페미니즘 비평의 또 다른 중요한 과제가 되지 않을 수 없다.[68]

모어스[69], 스팍스[70], 길버트와 구바[71]에 이어 여성적 글쓰기가 주요한 논의 대상으로 부각된 데에는 일레인 쇼월터의 역할이 컸다. 그녀는 남성 텍스트를 부정적으로 비판하는 페미니즘 비평에 반대하며 여성 중심 비평[72]을 확립하였다. 여성 중심 비평은 여성이 남성과 경합하면서 대등해지려 할 것이 아니라 여성만의 차이의 정치화를 주장했다. 이들은 여성의 차이

---

68 여성 중심 비평은 일레인 쇼월터(Elaine Showlter)의 『그들만의 문학』(1976), 『황무지에 있는 페미니스트 비평』(1981)을 비롯하여 엘렌 모어스(Ellen Moers)의 『문학적 여성들』(1977), 페트리시아 메이어 스팍스(Patricia Mayer Spacks)의 『여성의 상상력』(1976), 산드라 길버트(Sadra Gilbert)와 수잔 구바(Susan Guber)의 『다락방의 미친 여자』(1979) 등에서 주로 이루어졌다(송명희, 앞의 책, 46~47쪽 참조).

69 모어스는 여성들의 글을 가부장제에 대한 일종의 반응이며 도전이라고 보면서 18세기 이후 여성 작가들의 작품에 나타나는 그들의 경험, 사회적 배경과 독자층, 그리고 상호간에 대한 영향력 등을 검토하여 여성 작가의 문학작품 속에서 공통적인 주제들을 찾아냈다(정순진, 앞의 책, 207~208쪽 참조).

70 스팍스는 여성 작가의 글에 내재한 여성적인 본질, 즉 시간을 통해 변하지 않는 미학을 정의하려고 노력했다(송명희, 앞의 책, 47쪽).

71 길버트와 구바는 『다락방에 미친 여자』(1979)에서 문학사의 남성 중심성을 폭로하면서 그것에 저항하고자 하는 여성주의 시학을 선언한다(리타 펠스키, 『페미니즘 이후의 문학』, 이은경 역, 여이연, 2010, 108쪽).

72 여성 이미지 비평이 독자로서의 여성을 전체로 하여 남성 중심주의를 해체시키는 작업이라면 여성 중심 비평은 작가로서의 여성을 전제하고 있다. 일레인 쇼월터에 의하면 남성들에게서 독립적이고 여성 중심적인, 그리고 여성들의 경험에서 나오는 질문들에 대답할 수 있는 비평형식이 필요하다면서, 이것을 여성 중심주의 비평이라 명명하고 텍스트의 의미 산출자로서의 여성에 초점을 맞춘다(정순진, 『한국문학과 여성주의비평』, 국학자료원, 1992, 206~207쪽).

성을 전략적으로 부각시키면서 매몰된 하위문화로서의 여성의 경험, 여성적인 것의 복원을 통해 여성 문학의 전통을 수립하고자 했다. 여성 중심 비평이라는 것은 여성 작가들의 작품을 대상으로 여성 특유의 경험과 문화를 연구하는 비평이다. 구체적으로는 여성의 저술에 대한 역사, 문체, 장르, 구조, 여성 창조력의 정신역학, 개인이나 집단의 여성 경력의 제도, 여성 문학 전통의 진화와 법칙들을 밝혀내는 것이 여성 중심 비평의 목표이다. 쇼월터는 여성들의 소설 쓰기 방식이 당시의 문화적 조건의 변화에 대응하여 세 단계를 거치면서 발전해왔다고 지적한다. 여성 작가들에게 가장 가혹했던 첫 번째 단계는 여성들이 남성들보다 허약한 체질을 가지고 있으므로 창조력 또한 열등할 수밖에 없다는 생각이 팽배했던 시기로 이러한 경향은 19세기 내내 지속되었다. 두 번째 단계는 1880~1890년대 후반 여성들 사이에서 좀 더 호전적이고 정치적인 의식이 생겨나기 시작되었다. 이 단계는 사회에 만연해 있는 지배적인 태도나 조건에 대한 저항과 여성들에게 좀 더 많은 자치권을 부여해야 한다는 주장으로 특징지어지며 1920년까지 계속된다. 1920년께에 시작된 세 번째 단계는 자기 발견의 단계로 이 시기의 여성 작가들은 가부장적 가치들에 단순히 반발하는 데서 벗어나 자신의 내면을 향해 돌아섰고 고유하고 독립적인 여성 정체성을 확립하기 위해 노력했다고 보았다. 쇼월터는 여성의 글쓰기를 하나의 고립된 특별한 사례가 아니라 그 자체의 전통 속에서 읽어냄으로써 많은 통찰들이 얻어질 수 있다는 점을 보여주었던 것이다.[73]

여성들이 쓴 작품을 여성 중심적 시선으로 바라보아 여성 문학의 실체

---

73 팸 모리스, 앞의 책, 116~118쪽.

와 전통을 밝히고자 노력한 영미의 페미니즘 비평에 비해 프랑스에서는 엘렌 식수(Helene Cixous), 루스 이리가레이(Luce Irigaray), 줄리아 크리스테바(Julia Kristeva) 등을 중심으로 여성적 글쓰기를 중시하면서 발전하였다. 영미 페미니즘은 전통적으로 경험주의적 휴머니즘의 전제에 입각한 이론의 틀 위에 서 있다. 고전적인 휴머니즘이 주장한 개인은 자율적이고 안정된 주체이다. 통합된 자기 정체성을 가진 주체는 세계를 해석하는 단단한 토대가 된다. 반면 프랑스의 해체론적 페미니즘은 데카르트식 의식 주체가 가부장적 이데올로기의 구성물임을 보여줌으로써 자족적인 주체 개념을 해체하려 한다.[74] 영미의 페미니즘과 프랑스의 페미니즘 비평은 방법상의 차이가 있을 수 있지만 둘 다 여성적 읽기, 남성이 정한 규정에 대한 비판, 여성의 자기반성까지 담고 있는 여성 중심의 비평이라는 공통점을 가지고 있다.

이상의 이론처럼 여성적 읽기로서의 이미지 분석과 함께 이 글에서는 최근 영상 분석에 활용되고 있는 이미지 분석도 원용하고자 한다. 소설은 서술자나 작중인물의 시선을 통하여 세계를 바라보는 장르다. 인간의 눈에 의존한다는 것은 그 인물이나 화자의 전체 인격성과 감정체계, 내면세계를 통과하는 여행을 한다는 뜻이다. 그런 경험을 통해 독자의 무의식과 정신세계가 변화될 수 있는 것이다. 반면 영상 이미지를 다루는 분야에서는 관객이 일차적으로 인간의 시점이 아니라 이미지 자체와 대면하게 된다.[75] 영상 이미지로서 텍스트의 의미는 작가가 부여한 의미 안에 고정되

---

74 송명희, 앞의 책, 40쪽.
75 나병철, 『영화와 소설의 시점과 이미지』, 소명출판, 2009, 18~19쪽.

어 있지 않고 텍스트가 놓여지는 상황에 따라, 그리고 시간에 따라(역사적이라는 의미에서) 변화한다고 보는 것이 타당할 것이다. 시간적, 역사적 축에 따라 의미가 변화될 수 있다는 것은 작품 의미의 고정화가 아니다. 소위 '명작'으로 살아남은 예술이란 끊임없는 선택과 재해석의 결과이지, 작가가 부여했던 의미가 고정되어 언제나 똑같은 감동을 불러일으키는 것은 아니라는 것이다. 이렇게 의미작용의 다원성이란 누구나가 아무런 의미나 부여할 수 있다는 뜻이 아니라 작품을 구성하는 기호체계가 다른 기호들과 결합될 때 그 의미가 변화하는 것이며, 동시에 그것이 해석되는 시기에 따라 달라질 수 있다는 말이다.[76]

우리를 둘러싸고 있는 세계는 바라봄을 통해서만 알 수 있다. 세계를 보고 난 뒤에 우리는 문자를 통해 그것을 설명하려고 하기 때문에 보는 행위가 문자에 선행된다고 할 수 있다.[77] 소설은 인간의 시점을 통해 행동·사유·심리·감정을 보여주면서 진행된다. 영화 등의 영상물은 물질적인 이미지가 감정·심리·사유·행동으로 변주되면서 진행된다. 베르그송은 그동안 소설이 상상, 언어, 경직된 행동을 해체시키는 방향으로 진행되어온 반면, 영화는 이미지를 통해 심오한 사유와 힘의 의지로서의 행동을 얻는 쪽으로 나아가고 있다고 하였다.[78] 현대 예술은 작가와 수용자의 대화의 과정으로 파악되어야 한다. 영상 이미지의 의미와 해석이 일방적으로 강요되고 교육되는 상황을 비판적으로 인식한 버거의 견

---

76   존 버거, 앞의 책, 21~23쪽.
77   위의 책, 35쪽.
78   나병철, 『영화와 소설의 시점과 이미지』, 소명출판, 2009, 40~41쪽.

해는 소설의 이미지에도 그대로 적용될 수 있을 것이다. 소설이든 영상 이미지든 그에 대한 해석의 독점은 우리의 과거를 신화화하고 지배적 이데올로기로 전환시키는 것이기 때문이다. 이로 인해 작품의 의미가 고착되거나 정당한 평가로 받아들여지는 비평의 현실에 의문을 제기하는 하는 것이다.[79]

　사실 우리가 한 사물에 시선을 준다는 것은 대상과 우리 자신의 관계를 바라다보는 것이다. 인간의 시선은 끊임없이 살아 움직이기 때문에 사물을 그것 하나로 인식하는 것이 아니라 그것을 둘러싸고 있는 주변의 대상과 관계지음으로써 인식하게 된다. 이렇게 함으로써 우리 앞에 무엇이 존재하는가를 알게 되는 것이다. 우리가 무엇인가를 본다는 것은 곧 우리 자신 역시 바라다보일 수 있다는 사실을 알아야 한다. 다른 사람의 시선과 나의 시선이 마주침으로써 우리는 바라다보이는 세계의 일부가 된다.[80] 이렇게 이미지에는 보는 방식이 드러나게 마련이다. 한 대상을 어떻게 보았는가, 또는 보여지는 대상이 보는 이에게 어떻게 보여졌는가는 이미지에서 중요한 문제이다. 특히 미디어가 발달한 현대사회에서는 여성들의 이미지와 재현이 모순과 편견으로 가득 차 있는 것이 엄연한 사실이다. 사회·문화적으로 보면 보여지는 대상이 주로 여성들이기 때문이다. 뿐만 아니라 여성들 또한 자신이 대상화된 것을 보는 관객으로 존재하는 복합적인 상황에 처해 있는데, 이는 여성들이 태어나면서부터 가르침을 받고 길들여져온 탓이 크다. 이렇게 보면 남녀 시선의 문제는 여성

79　존 버거, 앞의 책, 34쪽.
80　위의 책, 37쪽.

주의 문화 이론의 주요 목적이 되어[81] 이 글의 목적과 그 맥락이 같다고 하겠다.

　남성에게는 우월한 지위를, 여성에게 열등한 지위를 부여한 지배 집단은 그들의 필요와 가치에 근거하고 있다. 남성은 공격성, 지성, 힘, 효율성을 가지고 있으며, 여성은 수동성, 무지, 온순함, 미덕, 비효율성을 가지고 있다는 식이다. 이렇게 성 역할은 각 성에 적절한 몸짓, 태도에 대한 조화롭고도 정교한 코드를 할당해준다. 여성에게는 가사와 육아를, 남성에게는 이를 제외한 인간적 성취, 이해관계, 야망 등을 할당한다. 여성은 생물학적 경험의 수준에 머물러 있는 제한된 역할을 부여받게 된다.[82] 결국 생물학적인 성뿐만이 아니라 심리적이고 문화적인 성 개념인 젠더(gender)도 오랜 세월에 걸쳐 남성적 권력에 의해, 가부장제에 의해 할당받은 것이다. 가부장제 사회에서 여성은 자신에 대한 상징을 스스로 만들어내지 못하였다. 원시 세계든 문명 세계든 모두 남성의 세계이므로, 여성에 관한 문화를 형성한 관념들도 모두 남성에게서 나온 것이다. 우리가 알고 있는 여성의 이미지는 모두 남성이 만들어낸 이미지이며, 남성의 요구에 맞게 구체화된 것이다.[83] 여성들은 계속 그들 자신의 이미지나 역사를 만들어가는 사람이 아니라 희생자이자 객체가 되고, 재현에 대한 남성의 지배는 여전히 총체적이고 완벽한 것으로 남게 된다.[84] 가부장제라는 제도는 아이와 어머니의 지위를 일차적으로 혹은 궁극적으로 남성에 의

81　존 버거, 앞의 책, 78쪽.
82　케이트 밀렛, 앞의 책, 76~77쪽.
83　위의 책, 112쪽.
84　팸 모리스, 앞의 책, 36~37쪽.

존하도록 한다. 가족 구성원이 일반적으로 의존하고 있는 것은 가장의 사회적 지위뿐만 아니라 가장의 경제력이므로, 가족 안에서 남성적 인물의 입지는 물질적일 뿐만 아니라 이데올로기적으로도 지극히 강력하다.[85] 케이트 밀렛도 가부장적 권력이라는 것은 남성들이 성관계를 지배함으로써 실행되고 유지되었다고 보았다.[86] 가부장제는 여성들을 이분화하고 서로 대립시키는 악영향도 끼쳤는데, 여성을 창녀와 성녀(순결하고 순종적인 여성)로 구분한 경우가 그러하다. 이는 현재에도 직장여성과 전업주부라는 이분법으로 적대감을 만들어내고 있는 실정이다.

여성으로 태어난다는 것을 일정하게 주어진 공간 내에서 남성의 유지혹은 보조를 위해 태어나는 것으로 여긴다는 것이 문제다. 이런 관점은 여성의 모습이란 제약된 한계 내에서 남성의 보충 아래 살아왔다는 사실에서 연유하는 것이다. 여성의 자아는 두 가지의 모습으로 쪼개지는데 하나는 스스로를 항상 바라다보아야 한다는 것이다. 이것은 여성 자신이 생각하는 스스로의 이미지에 의해 구성되는 모습이다. 여성들은 아주 어려서부터 끊임없이 스스로의 모습을 그려보아야 한다고 가르침을 받고 또 길들여져왔기 때문이다.[87] 남성은 여성을 바라다보는 반면 여성은 '바라

---

85 케이트 밀렛, 앞의 책, 92쪽.
86 케이트 밀렛은『성의 정치학』에서 D. H. 로렌스, 헨리 밀러, 노먼 메일러, 장 주네의 작품 속에 나타나는 성적 관계의 강박적인 재현에 주목하였다. 여성들은 순결한 처녀 아니면 창녀로, 불감증 아니면 색광으로, 순결하거나 음탕한 인물로 그리고 있다고 비판하면서, 이러한 이미지들이 남성의 성적 권위뿐 아니라 권위유지를 위해 사용되는 강압이나 폭력까지도 정당화시켜준다고 주장한다(팸 모리스, 앞의 책, 36쪽 참조).
87 존 버거, 앞의 책, 78쪽. 여성 자신이 생각하는 스스로의 이미지의 예는, 여성이

다 보이는' 자신을 도로 쳐다본다는 것이다. 이것이 바로 '남성과 여성의 관계'를 결정하는 것이며, 동시에 '여성과 여성 자신의 관계'를 결정하는 것이다. 이때 여성 내부의 관찰자는 남성이고(남성의 눈으로 여성 자신이 스스로를 쳐다본다는 뜻) 바라다보임을 당하는 것은 여성이라는 점이다.[88] 분명 여성과 남성은 전혀 다른 이미지로 그려지고 있으며, 그것은 여성과 남성이 다르기 때문이 아니라 그들을 보는 '시각'이나 '시선'이 언제나 남성이기 때문이다.

현대사회에서 우리는 이미지가 규정하는 세상에 살고 있다고 할 수 있으며, 동시에 '스펙터클의 사회'[89]에 살고 있다고 하겠다. 그중에서 여성들의 몸은 성차를 드러내는 부정적 형태, 물신화된 스펙터클 또는 반영적 이미지로 재현된다.[90] 지배적인 성이며 규범인 남성들의 재현은 '진리'로서 인정받고 보편적인 관점이 되었으며, 남성들에 의해 왜곡된 여성의 묘사는 그들의 지배를 정당화하였다. 반면 여성에게는 부정적 정체성을 만

방 안을 걸어 다니거나, 그녀가 아버지의 주검 앞에서 울 때조차 그녀는 스스로가 걷는 모습, 우는 모습을 상상해보아야 한다는 것이다. '관찰자'의 모습과 '관찰당하는 자'의 두 가지 모습이 언제나 여성의 자아를 구성하는 요소로 작용해왔다.

88　존 버거, 앞의 책, 79~80쪽.

89　기 드보르(Guy Debord)는 『스펙터클의 사회』에서 현대 사회를 스펙터클(구경거리)이 지배하는 사회로 규정하며, 자본주의 사회에서 구경거리를 던져놓고 그걸 우리가 응시하면 그 구경거리의 이미지가 우리에게 각인되고 우리의 행동까지도 결정한다고 설명한다. 스펙터클은 이미지들의 집합이 아니라 이미지들에 의해 매개된 사람들 간의 관계라고 하였다(기 드보르, 『스펙터클의 사회』, 이경숙 역, 현실문화연구, 1996 참조).

90　수잔나 D. 월터스, 『이미지와 현실 사이의 여성들』, 김현미 외 역, 또 하나의 문화, 1999, 36~39쪽.

들어주었다. 문학작품뿐만 아니라 문화에서도 '이미지화'되고 있는 대상은 주로 여성들이다. 어머니-아버지-아이라는 가족 복합체, 그것을 통해 '여성'의 개념이 규정되고, 거기서 여성이 '인간'의 타자로 존재하는 가족 복합체[91]는 여성의 이미지를 고정화시켰다. 사회 곳곳에서 숱하게 통용되어온 여성에 대한 남성적 시선과 남성적 관점을 다시 바라볼 필요성이 바로 여기에 있다. 그래서 이 글에서는 여성을 페미니스트적 시선으로 바라볼 것이며, 남성 또한 페미니스트적 시선으로 보기로 한다.

그동안 일부 연구자들은 김말봉을 페미니스트 작가로 분류해왔다. 작품에서보다는 그가 공창 폐지 운동에 적극적으로 참여해 여성의 인권을 위해 일했기 때문이었다. 그래서 이 글에서는 작가 김말봉에 대해, 그의 작품에 대해 페미니즘의 한 연구 방법인 이미지 비평을 적용하여 좀 더 세밀한 분석을 시도하고자 한다. 이미지 비평을 연구의 방법으로 도입하는 것은 김말봉 문학을 대중소설 내지는 통속소설의 관점이 아니라 여성적 시선으로 읽겠다는 의지이며, 더 다양한 논의로 발전시켜 김말봉 문학의 진정한 가치를 밝혀보고자 하는 목적이 있다.

이를 위해 이 책의 1부는 크게 세 개의 장으로 구성되어 있다.

제2장은 김말봉 소설에 재현된 타자로서의 여성 이미지에 대한 논의의 장으로, 이 글가 주제로 삼고 있는 여성 이미지 비평의 중심이다. 보여지는 대상 : 타자의 이미지, 순결과 희생의 이미지, 선악의 이분법과 팜파탈의 이미지로 나누어서 고찰할 것이다.

---

91 클레어 콜브룩, 『이미지와 생명, 들뢰즈의 예술 철학』, 정유경 역, 그린비, 2008, 245쪽.

제3장에서는 주체로서의 절대적 남성 이미지를 고찰해보고자 한다. 여성 이미지와는 달리 남성의 이미지가 작품에서 어떻게 재현되고 있느냐는 우리 사회의 여성의 성적 욕망에 대한 가부장적인 편견과 사회문화적인 인습, 성의 권력구조의 영향을 받는다. 남성 이미지는 보는 시선 : 주체의 이미지, 여성의 사랑을 신분 상승의 도구로 이용하는『적과 흑』의 줄리앙 소렐형 이미지, 윤리적 고결성과 이상적 남성 이미지 등으로 나누어진다.

제4장에서는 김말봉의 장편소설의 서사 구조를 분석하고 이 서사 구조에 작가의 페미니즘 의식이 어떻게 반영되고 있는지를 살펴보는 작가의 페미니즘 의식에 관한 장이다. 애정의 삼각관계를 공공연하게 내세우며 대중소설의 흥미 본위를 드러낸 점에 대한 고찰과 팜파탈의 처형이라는 작가의 가부장적 의식 구조, 모성애에 대한 집착과 여성을 모성애로 운명 짓는 서사는 김말봉 소설의 구조적 특징이 된다. 선과 악의 대립으로 도식화된 서사 구조 등을 통해 작가 김말봉이 여성의 운명을 어떻게 고정시키고 있는가를 분석하게 된다.

그리고 이 글에서는 김말봉의 기존 연구에서『찔레꽃』등으로 한정된 텍스트의 부족을 보완하고 남녀 이미지의 공통점을 추출하기 위해서 장편소설 여섯 편으로 논의 대상을 확장하였다.[92] 연구 대상인 텍스트는『밀

---

92 김말봉은 신문이나 잡지에 30여 편의 장편을 연재하여 인기를 누렸지만, 그 후 출판이 되지 않은 작품이 많고, 출판이 되었더라도 보존되어 있는 작품들이 적어 희귀본으로 취급되고 있는 실정이다. 연구 대상이 되는 여섯 편의 소설은 모두 단행본으로 출간이 된 작품들이며, 비교적 대중에게 인기를 누렸던 장편들이다. 그런데도 현재 깨끗하게 보존되어 있는 도서가 적고 귀해서 도서관에서 열람조

림』『찔레꽃』『화려한 지옥』『별들의 고향』『푸른 날개』『생명』 등이다.[93] 이 작품들은 다행히도 단행본으로 출판되었지만, 김말봉의 나머지 많은 연재소설들은 출판이 되지 않아서 그 보존과 연구에 어려움이 크다. 특히 잡지 연재 작품의 경우는 제목 정도만 알 수 있고 작품 전체를 찾을 수가 없는 경우가 대부분이다. 6·25 이후 김말봉이 연재했던 소설이 실린 신문과 잡지를 구하는 일이 매우 어렵다는 점은 김말봉 문학 연구에 큰 걸림돌이 되고 있으며, 그의 문학 전체를 규명하는 데 상당한 어려움으로 작용하고 있다.

김말봉은 첫 장편 『밀림』과 대표작 『찔레꽃』을 그의 초기 작품으로, 해방 후 1945년 『화려한 지옥』과 『생명』 등을 후기 대표작으로 꼽을 수 있지만, 이 글에서는 김말봉 연구사에서 보편적으로 나누던 일제강점기와 전후 시기로 구분[94]하지 않는다. 김말봉의 문학에서 시대 구분은 큰 의미가 없

차 어렵다는 사실을 밝혀둔다.

93 『밀림』은 1935년 9월 26일부터 1938년 2월 7일까지 『동아일보』에 연재되었던 소설이다. 1936년 8월 26일까지 233회 연재 중 『동아일보』가 정간되는 바람에 1936년 8월 29일부터 1937년 6월 2일까지는 연재 중단이 되기도 했다. 이 소설은 김말봉의 최초 연재 장편소설이라는 의의도 가지고 있다.
　　　『찔레꽃』은 『조선일보』에 1937년 3월 31일부터 10월 31일까지 연재했다. 이 소설로 김말봉은 대중소설가로서의 입지를 굳혔으며, 독자들의 폭발적인 사랑을 받기 시작했다. 『화려한 지옥』은 1945년 『부인신보』에 연재되었으며, '카인의 시장'이라는 제목으로도 알려졌다. 이는 공창 폐지 운동의 내용을 담고 있으며, 작가가 사회 현실에 적극적으로 뛰어들었던 사실적인 배경도 바탕이 되었다.
　　　『푸른 날개』는 『조선일보』에 1954년 3월 26일부터 9월 13일까지 연재되었으며, 『생명』은 같은 『조선일보』에 1956년 11월부터 1957년 9월까지 연재했다.
　　　1950년 발표한 『별들의 고향』도 논의의 대상이다.
94 김말봉 소설은 초기에는 단편으로 「편지」(1934), 「고행」(1935) 등의 작품과 대표

기 때문이다. 그의 소설은 흥미 위주의 대중소설로, 한 시대의 사회적 풍조를 파헤치고 그 속에서 인간들의 욕망과 대립을 보여주는 내용으로서 전·후기의 작품에 달리 나타나는 뚜렷한 특징이 없다. 그래서 이 글에서는 그의 문학을 좀 더 전체적이고 포괄적으로 살펴보기 위해 현재 단행본으로 출판되어 남아 있는 여섯 편의 장편을 논의의 대상으로 하였음을 밝힌다.

작인 장편『찔레꽃』과『밀림』등을 일제 강점기에 발표했으며, 해방과 전후의 후기 작품으로는『화려한 지옥』『꽃과 뱀』『생명』『푸른 날개』『별들의 고향』등이 있다. 김말봉 소설이 오락적이고 위안적인 문학에 그친다는 평가를 극복하고자 광복 후에는 사회 역사적 현실과 결합하는 사회적 멜로드라마를 통해 대중에게 다가가는 새로운 변화를 꾀하고 있었음을 짐작하기도 한다(신동욱,「여성의 운명과 순결미의 인식」,『김말봉의 문학과 사회』, 종로서적, 1986; 최미진·김정자,「한국전쟁기 김말봉의『별들의 고향』연구」,『한국문학논총』제39호, 한국문학회, 2005 참조).

제2장

타자로서의 여성 이미지

가부장제는 신분과 계급, 종교까지 포함해서 모든 정치 · 사회 · 경제 제도를 아우를 만큼 사회적으로 깊이 뿌리박혀 있는 제도이다. 예를 들면 민주주의 국가라 해도 여성은 요직을 맡지 못하고, 그렇다 하더라도 그 숫자가 너무 적어서 상징적 대표성조차 획득하지 못하는 경우가 많다. 즉 남성에게는 우월한 지위를, 여성에게는 열등한 지위를 부여한다는 것이다.

남성은 여성을 바라보는 반면 여성은 보여지는 대상이면서 동시에 '바라다보이는' 자신을 쳐다본다. 보부아르는 '남자'와 '여자', '남성'과 '여성' 같은 용어들은 서로 대칭적인 관계가 아니라고 말했다. 그러나 우리 사회 현실에서는 '남자'라는 용어는 규범이나 인간성 일반을 대표하는 긍정적인 것인 반면 '여자'는 이차적인(종속적인) 용어로 규범에 대한 '타자'로 인식된다. '여자'는 그 자체로는 긍정적인 의미를 소유할 수 없고 '남자'와의 관계 속에서 '남자'가 아닌 것으로 규정될 수 있을 뿐이다.[1]

---

1   팸 모리스, 『문학과 페미니즘』, 강희원 역, 문예출판사, 1997, 33쪽.

이와 같이 실제 우리의 사회적 상황에서 여성과 남성은 서로 다른 두 문화를 형성하고 있으며, 삶의 경험도 완전히 다르다. 이 사실은 매우 중요하다. 유년기에 이루어지는 젠더 정체성 발달은 기질이나 성격, 관심사, 지위, 가치, 몸짓, 표정 등을 통하여 각 젠더에 적절한 것이 무엇인지를 전달하는 부모나 또래 친구, 나아가 문화의 사고방식을 총집합한 것이다. 순응해야 한다는 압박은 사춘기에 이르면 위태로워지다가 성년에 이르러 대체로 안정되고 정리된다.[2] 우리는 점차 가부장제가 정해놓은 '여성'과 '남성'에 대해 순응하게 되는데, 여기서 기억해야 할 점은 가부장제에서 규범의 기능이 남성에게만 위임되어 있다는 사실이다. 타자성이라는 것은 '나'에 대한 의식이 없고, 그 자체로는 아무런 정체성도 갖지 못하는 것을 말한다. 보부아르에 따르면 남성들이 끊임없이 여성들을 그들의 타자로 간주하기 때문에 남성들에 의해 재현되는 '여성'은 이중적이고 기만적인 이미지를 갖게 된다고 한다. 바로 남성의 관점이 인간의 보편적 관점이 되고 있다.[3]

여성 이미지에 대한 사회적 관점은 소설 속에도 그대로 반영되어 나타나게 된다. 김말봉 소설 속에서 타자로서의 존재하는 여성의 이미지를 크게 세 종류로 나누어 살펴보았다.

---

2   케이트 밀렛, 『성 정치학』, 김전유경 역, 이후, 2009, 84~85쪽.
3   팸 모리스, 앞의 책, 34쪽.

1. 보여지는 대상 : 타자의 이미지

대중소설 속에서 많은 여성 인물들은 남성에 의해 일생이 좌우되는 것으로 나온다. 훌륭한 남성의 사랑을 얻음으로써 여성은 행복을 얻게 되고, 남성의 적극적인 지원으로 성공을 이룬다는 줄거리는 여성의 신데렐라 콤플렉스를 자극하여 여성을 더욱 나약하게 만든다. 또 직업 의식이 뛰어나고 강하고 지적인 여성은 좋지 않은 이미지를 가지고 등장하기도 한다. 이는 남성 중심적인 이데올로기에 바탕을 둔 사회 원리에 의해 선악을 구별하는 데서 비롯된 것이다.[4] 여성은 권력을 쥐고 있는 남성의 인정을 통해서만 생존하거나 승진하고 성공할 수 있게 된다.[5] 그런데 남성으로부터 지원과 인정을 받기 위해서는 남성들의 규정과 조건에 맞는 '여성'이어야만 한다. 이때 여성의 자존감이나 존엄성은 멀어지고 여성을 수동적인 성향으로 만들고 만다.

다시 말하면 여성에게 여성다움과 사회적인 성공은 공존할 수 없고 서로 배타적인 관계에 놓여 있다. 남성의 이데올로기는 '여성다움'을 잠재적인 선으로 규정한다. 즉 남성에게 여성은 아내 혹은 주부, 어머니로서 복종적이고 헌신적이며 이타적인 삶을 사는 것이 선한 것으로 인식된다. 따라서 남성들에 의해 규정된 선은 여성에게 순종적이고 헌신적인 삶을 살도록 강요하는 것이다.[6] 남성적 이데올로기는 이렇게 여성을 점차 사

---

4   이상진, 「대중소설의 반페미니즘적 경향—김말봉론」, 『페미니즘과 소설비평 : 근대편』, 한길사, 1995, 294쪽.
5   케이트 밀렛, 앞의 책, 127쪽.
6   이상진, 앞의 글, 294쪽.

회적 권력이나 정치권에서 제외시키는 작용을 한다.

김말봉 소설 속에서의 여성들은 신교육을 받은 여성이 진보적이고 긍정적으로 재현되는 동시대 강경애나 박화성 등의 작품과는 다르게 그려진다. 그의 작품에서는 신교육을 받고 미모와 부를 갖춘 여성들이 자신의 뜻을 이루지 못하고 결핍의 상태로 방황하는 부정적인 인물로 그려지고 있는 점에 주목할 필요가 있다. 즉 김말봉은 여성을 수동적이고 순종적인 존재로 간주하며, 남자에 의해 선택되는 상대로 만들고 있다. 독립성이 강한 여성일수록 실존에 대한 불안은 더 크다. 여성으로서 사회적 성공을 이루기는 너무도 힘든 일이며, 그런 자각이 있는 여성은 '여성성'이 떨어지게 묘사하고 있다. 여성의 사회적 진출이나 주체적 삶에 대해서 회의적으로 서술한다. 여성 억압의 뿌리는 가부장제의 성과 성별 체계에 있다고 주장한 케이트 밀렛은 여성들이 해방되고자 한다면 남성의 지배가 제거되어야 한다고 하였다. 특히 남성의 지배를 제거하기 위해서는 가부장제 하에서 구성된 성별을 제거시켜야만 한다고 강조한다.[7] 여성이 순종성, 종속성을 떨쳐버림으로써 비로소 남성에 의한 타자성을 극복할 수 있다는 것이다.

『화려한 지옥』의 '채옥'이라는 인물을 보면 작가 김말봉이 여성을 타자로 재현하고 있음이 구체적으로 드러난다. 『화려한 지옥』은 1945년 『부인신보』에 연재되었던 소설로[8], 1951년 문연사에서 단행본으로 발간되었

---

7 로즈마리 통, 『페미니즘 사상』, 이소영 역, 한신문화사, 1995, 147쪽.

8 당시 『부인신보』 연재 예고에 "조선여인으로써 웨치고 싶은 절실한 사회비극의 한 토막을 독자제씨는 소설 속에서 들리우는 비애와 호소와 탄원에 엇더한 말을 하시렵니까?"라는 작가의 질문이 있었다고 한다(최미진, 「광복 후 공창 폐지 운동과

다. 해방 후 김말봉의 첫 장편소설로서, 일제강점기에 아편 중독인 남편에 의해 유곽에 팔려간 오채옥이 유곽을 도망 나온 창기였다는 이유로 사회에서 온갖 고난을 겪은 뒤 공창폐지연맹의 도움으로 안정된 생활을 하게 되는 과정을 그린 작품이다.[9]

『화려한 지옥』에서 작가 김말봉은 창기 채옥을 통해 성적 몸이라는 금기를 들추어냄으로써 가부장제의 통제에 저항하고자 했다. 하지만 채옥을 끝내 모성을 포기하지 못하는 여성 인물로 그려냄으로써 여성의 욕망을 부적절한 것으로 인식하는 인습에 묶여 있는 한계를 보인다. 가부장적 이데올로기와 종교 담론에 맞물려 신성한 '어머니로서의 채옥'을 고집하기 때문이다. 서구의 계몽 담론은 이타적이고 희생적이며 성욕이 없는 어머니를 정상으로 간주했다. 또 재생산을 위한 성이 아닌 쾌락의 추구로서의 성은 여성의 정상적인 성을 위협하는 것으로 보았다. 성은 통제하고 관리함으로써 가부장제가 원하는 몸으로 만들어야 하는 것인데 채옥의 몸은 쾌락에 노출되었으므로 정상적인 여성의 몸으로 보지 않았다. 채옥이 몸이 상업적으로 이용되는 창기였다는 점에 주목해보자. 국가권력과 남성에 의해 창기들의 삶은 철저하게 종속된다. 창기인 채옥을 "힐긋 보더니 빙글빙글 웃으며 서로를 돌아보는" 경관들처럼 수많은 남성들에

김말봉 소설의 대중성」, 『현대소설연구』 제32호, 한국현대소설학회, 2006, 104쪽 참고). 이 작품의 발간 서문에서 김말봉은 "女人은 人間이면서도 弱하고 弱하면서도 善하고 그리고 어느 意味 男子보다 훨씬 强한 一面이 있는 것"이라고 말하고 있다(『화려한 지옥』, 문연사, 1951).

9 『별들의 고향』 역시 공창 폐지 운동이라는 사회적 사건을 소재로 하여 유곽의 기생들의 삶을 묘사하고 있는 작품이다.

게 그녀는 본래의 모습보다는 창기로서의 이미지로 비웃음거리가 된다. 채옥과 같이 일제강점기에 공창으로 전락한 여성 대부분은 가난과 무지가 원인이었다. 게다가 타인의 강권, 특히 가부장적 가치관에 의한 강요로 유곽에 흘러들어간 경우가 많았다. 남성인 아버지나 남자 형제들, 그리고 남편들은 먹고살기 어려운 현실에서 여성의 몸을 이용하여 생활고를 벗어나려 했는데, 그것은 분명 사회가 묵인한 폭력이었다. 그러나 그녀들이 자신의 잘못으로 창기가 된 것은 아니지만 그렇다고 해서 사회적 보호를 받을 수도 없었다. 이런 사회적 권력과 폭력은 피해 여성들에게 이중의 고통을 가하게 된다. 즉, 유곽을 찾는 남성들은 국가의 보호를 받으며 그녀들의 육체를 탐함으로써 다시 한 번 그 여성을 짓밟는 셈이다.

> 흑인에게 안긴체 발버둥이하는 채옥을 방바닥에 내려 놓는다.
> "히히히 히히히"
> 몸이 뚱뚱하고 배가 불숙 나온 흑인 하나가 쌕쌕거리고 있는 채옥을 번쩍 들어안고 키쓰를 한다.
> 실내는 와—하고 웃음 소리에 파묻혀 버렸다.[10]

채옥은 자신이 임신을 한 사실을 알고 생명에 대한 책임감으로 유곽을 탈출하여 과거를 딛고 새 삶을 찾고자 한다. 탈출 후 갖은 고생을 하며 지내는 동안 흑인과의 윤락을 제의받고는 거절을 하자, 오히려 "언제적부터 그렇게 갸륵해졌느냐"며 비웃음과 모멸을 받는다. 매춘 여성이 지키

---

10 김말봉, 『화려한 지옥』, 문연사, 1951, 28~29쪽. 이후에는 도서명과 쪽수로 간략하게 표기한다.

고자 하는 순결은 아무 의미가 없다는 사회적 통념이 그대로 나타나는 지점이다. 창녀들은 가부장적인 성적 질서 속에서 남자들의 욕망을 불러일으키고 그것을 만족시키는 역할을 하도록 규정지어져 있다. 창녀의 육체는 사회적 질서 속을 통과하면서 정열과 색욕과 탐욕의 이야기를 스스로 체현한다는 것이다.[11]

> "그것이 무엇이람 그것이 사람의 노릇이야? 즘생이지…… 천연
> 즘생이지……"
> 채옥은 어둠속에서 어금니를 닦어 물었다.
> "죽으면 고만이지 견데다 견데다 못해 죽어버리면 그만이지 뱃
> 속에 새 생명을 위해서라도 다시는 그 노릇은 못해"[12]

창녀의 경우, 다른 여성들과는 달리 더욱 차별적으로 남성들에게 보여지는 대상이 되며, 철저하게 타자로 인식된다. 창녀를 대하는 남성들은 성에 집착하면서 성적 차이의 구축을 보여주고 있는데[13] 여성을 '타자'로 인식하면서 남성적 시선으로, 남성적 주체의 위치에서 말을 하고 있다. 남자들로부터의 굴욕과 포주로부터 받은 수모, 그리고 "즘생"으로 모욕을 당하는 채옥이 창녀 생활에서 벗어나려고 하지만 창기가 사람답게 사는 것은 "뱃가죽이 다 웃는 노릇"일 뿐이다. 남성적 시선은 이미 창녀의 생활을 하던 채옥의 새로운 삶은 인정하지 않는다.

---

11 서동수 · 여지선, 『성담론과 한국문학』, 박이정, 2003, 198~199쪽.
12 『화려한 지옥』, 26~27쪽.
13 아네트 쿤, 『이미지의 힘—영상과 섹슈얼리티』, 이형식 역, 동문선, 2001, 36쪽
    참조.

우여곡절 끝에 채옥이 공창폐지연맹의 정민혜 여사에게 구출되어 아픔을 승화시키게 된다. 그러나 채옥이 모성애를 지키는 것조차 정민혜 등 타인의 도움이 없으면 불가능하게 작품이 전개되고 있다.

창기에 대한 사회적 편견은 다음의 묘사에서도 드러난다. 공창폐지연맹에서 '희망원으로 오라'는 내용의 삐라(전단)를 배포했지만, 창기들은 "국한문으로 된 어려운 문자가 섞인 이 삐라를 읽을 만한" 공부를 하지 못한 무식하고 가난한 여성으로만 묘사되고 있는 점이다. 창기에 대한 또 다른 사회적 편견은 채옥에게 씌워진 살인 누명으로도 증명된다. 채옥이 황영빈의 아이를 임신했다는 사실을 알게 된 백송희가 사실을 확인을 위해 황영빈과 다툼을 벌이다 황영빈을 권총으로 쏘아 죽인 뒤 자살을 기도한다. 그러나 그 현장을 목격한 채옥이 오히려 살인 누명을 쓰게 된다. 채옥이 창기 출신이라는 이유로 경찰은 그녀의 결백을 믿지 않고 채옥은 결국 사형선고를 받는다. 송희의 자수로 채옥이 풀려나긴 했지만 이 사건으로 우리 사회에 뿌리 깊이 박혀 있는 편견과 대면하게 된다. 작품에서도 묘사하듯이 창기들은 하층민의 삶을 살며, 생활 면에서까지 진정성이 없고 믿지 못할 사람으로 취급당하기 일쑤였다. 더구나 남성과 특권층의 세력들에게 여성의 인권이나 창기의 현실 문제는 구경거리밖에 안 된다. 시장 K씨는 "공창을 폐지하고 거기서 나오는 인간들을 구제한다는 것은 한 가지 꿈"이라고 말하고 있으며, 영매의 오빠조차도 "뜻은 고상하지만 한두 여자의 힘으로 될 것은 아니"라고 평가한다. 폐창이 된 후에도 크게 달라진 건 없었다. 그 여성들은 전반적인 지위 향상과 편견을 극복하기 위해 부단히 노력해야만 했다.

이런 맥락에서 보면 창기 출신의 채옥이 '여성'으로 사회에 복귀하는 과정을 보여주는 『화려한 지옥』은 의미 있는 작품이긴 하다. 작품 속에서도 공창폐지연맹을 이끌며 채옥을 계도하는 인물로 정민혜 여사를 등장시켰고, 기생 출신인 송희 어머니 양비취 씨가 전 재산을 기부해 희망원을 건설하게 된다. 그러나 겉으로 드러나는 모습이 아닌 숨겨진 관점으로 작품을 보면 확연히 달라진다. 채옥은 어떤 상황에서나 누군가의 도움이 필요하며 스스로는 문제 해결 능력이 없는 수동적인 여성일 뿐이다. 특히 채옥의 변모와 구원을 "딱터최"의 아내가 되는 결말로 이끌어 한 가정의 주부로서의 역할을 지우고 있다. 의사 남편을 만나서 그의 능력 아래에서 행복한 삶을 살게 되는 것이다. 결국 채옥은 유곽을 탈출해서 새 삶을 찾고자 하지만, 그녀의 저항은 그녀의 의지도 아니고 그녀의 노력도 아닌 주변 사람들에 의해 결정되고 있다. 그리고 자신의 능력에 맞는 일을 찾은 것이 아니라 "키가 후리후리하게 큰, 중년신사 딱터최"와 결혼을 함으로써 행복해진다. 이는 여성들이 현실을 스스로 극복하여 어떤 자각에 이르는 것이 아니라 남성들의 지원에 수동적으로 좌우되는 모습을 보여주는 것이다. 결국 채옥은 주체가 아니라 다시 의사 남편의 '타자'로 남게 되었다.

전쟁기에 발표된 『별들의 고향』에서는 유송난을 통해, 주체가 되지 못하는 여성의 삶을 엿볼 수 있다. 『별들의 고향』은 광복 후 단독정부 수립 무렵부터 한국전쟁기에 이르는 역사적 격랑 속에서 작중인물들이 겪는 삶의 질곡을 전면화시킨 작품이다.[14] 이 작품은 사랑의 욕망과 이데올로

---

14 최미진 · 김정자, 「한국전쟁기 김말봉의 『별들의 고향』 연구」, 『한국문학논총』 제 39호, 한국문학회, 2005, 296쪽.

기, 사회적 혼란 등이 뒤엉켜서 이영숙-최창열-유송난, 적철-유송난-최창열로 대표되는 인물들의 애정 관계가 복잡하게 교차하고 있다.

최창열은 여대생 유송난을 사랑하지만 번번이 퇴짜를 맞다가, 창녀 연심의 묘지에서 혼인 말이 있었던 영숙을 만나게 된다. 최창열이 영숙과의 사랑을 확인해 나가는 과정에는 공창 폐지 운동과 한국전쟁이라는 원하지 않은 사회적 소용돌이가 함께한다. 친구를 대신해서 공창 폐지 연설을 한 후에 송난과 창열은 교제하게 되지만 두 사람은 사상 노선이 달라 헤어진다. 그 후 송난은 반공 사상을 고취하는 학생 웅변대회를 계기로 남로당원 적철을 받아들인다. 그녀는 국회의원 선거 후 투표함 수류탄 투척 사건에 연루되어 1년 6개월의 감옥 생활까지 하게 된다. 창열은 영숙 덕분에 풀려나지만 송난은 계속 감옥에 갇히게 되었다. 송난이 감옥에 있는 동안 어머니가 돌아가셨고, 풀려나온 뒤 어머니의 죽음을 알게 되자 그녀는 창열과 영숙 두 사람에게 복수를 결심한다. 그 후에도 적철과의 월북, 인민군 간부가 되었다가 서울 수복 후에는 양공주로 살아가는 파란만장한 삶을 살게 되는 송난은 홍철호 일행과 일본으로 밀입국하려다 어선이 침몰되어 죽음을 맞이하게 된다.

이 작품에서 송난이라는 인물은 세종대 국문과에 다니며 외모도 뛰어나고 자신만만한 태도를 가진 매우 매력적인 여성으로 묘사되고 있다. 그래서 창열은 자신에게 걸맞은 결혼상대자로 생각하여 송난에게 구애를 할 정도였으나 여러 사건들을 겪으면서 송난의 매력은 점점 퇴색하여간다. 반면 작품이 전개되어 가면서 남자 주인공인 창열은 더 강해지고 더 정의롭게 변해간다. 아름답고 매력적이던 송난은 창열과는 전혀 다르게 약하고 감정적인 여성으로 바뀐다. 공적인 일을 두고 개인적인 감정에 쏠리는 여성의 모습은 송난이 인민재판을 주재할 때 극에 달하고 있다.

> 마침내 뚜벅뚜벅 무거운 구두발 소리가 층층대에서 들여왔다. 무
> 장한 군인 세 사람에게 압송되어 최창열과 김영숙이가 결박되어 왔
> 다. 창열은 잡힐 때 인민군 칼에 찔린 다리를 절룸거린다. 송난의
> 얼굴에서 살작 핏기가 물러갔다.
> 비록 결박되어있는 두 남녀지만 그들은 서로 사랑하고 애끼고,
> 그리고 영원을 맹세 하였을 그들이다. 생각하니 송난은 아금니가
> 딱물리도록 분노가 치밀었다.[15]

위 인용문은 최창열과 김영숙이 인민군에게 잡혀 인민재판을 받게 된
장면이다. 송난은 적철과 연인 관계이지만 여전히 "아금니가 딱물리도
록"분노를 느낄 정도로 창열을 사랑하고 있다. 그렇기 때문에 송난이 창
열과 영숙의 재판을 주재하고 나선 것부터 사심이 들어간 것이다. 얼굴에
"살작 핏기"가 돌 정도로 긴장하고 신경이 쓰인다. 이런 송난의 마음은 결
국 젊은 장교에게 들키게 되고 비판을 받는다.

> "송난이 동무가 좀더 똑똑한 부인인줄 알았더니…… 치정(痴情)
> 노름이야"
> "원한이 있으니까 그렇겠지요 창열이가 송난이 동무를 배반했으
> 니까……"
> 철호가 웃으며 변명하는 것을
> "난 모르겠는데…… 우리는 연애라든가 남녀의 성문제 같은것을
> 가지고 원한 운운 하는 것은 자본주의의 감정유희라고 생각해요 세

---

15 『별들의 고향』, 339쪽.

계적화 운동을 목표로 하는 우리가 그까짓 사사로운 일에 시간이나
, 정력을 허비할 수는 없어요"[16]

즉, 송난이 주재한 인민재판은 "인민재판도 아니고 군법"도 아닌 "반공
개적인 치정 연극"이 되고 만 것이다. 인민재판 자체는 좌우 이데올로기
대립을 극명하게 보여주는 것임에도 불구하고 극단적인 애정 갈등의 양
상으로 전개된다. 바로 공사(公私)의 감정을 구별치 못하고 사사로운 감
상에 젖어버리는 여성의 이미지가 송난을 통해 재현되고 있다. 송난의
즉흥적이고 감정적인 행동을 통해 사회적으로나 역사적으로 중요한 순
간에 남성보다는 현실감각이 떨어지는 여성의 모습으로 재현되고 있음
을 알게 된다. 우리 사회가 책임감 있다고 인정하는 쪽은 "남성"이고, 감
정적이고 일시적이며 기분대로 행동하는 쪽은 "여성"의 영역이라는 관습
이 적용된 것이다. 여기서 독자들은 송난을 단체생활이나 사회생활, 또
는 대의를 위한 중대한 일을 성공적으로 수행하는 못하는 여성으로 받아
들이게 된다. 사랑이나 질투의 감정 때문에 큰일을 망치는 이미지는 모두
여성의 몫이 되어왔던 것은 사실이다. 이런 시선이 고스란히 작품에 담긴
다. 작가는 사회 · 역사적으로 중대한 사건 앞에 단순한 멜로적 여성 인
물로 송난을 설정하였다. 밀입국하려던 송난이 죽음을 맞게 되는 설정에
서도 여성이자 부정적인 인물, 즉 여성성을 상실한 인물을 파멸시키는 것
으로 끝내버리는 작가의 도식성이 드러남을 알게 된다.

『생명』의 경우, 전창님이라는 여자 고학생을 지고지순한 정신의 대변자

---

16 『별들의 고향』, 343쪽.

로 내세우고 있다. 창님은 전쟁통에 부모를 잃었지만 남동생 창수와 밥을 굶어가며 어렵게 한성여대를 다니는 순결한 여대생으로 그려진다. 그녀는 동생이 월사금 때문에 자살하는 사건으로 인해 창수 담임이었던 설병국과 만나게 되고 사랑하는 사이가 된다. 채혈을 하고 받은 돈으로 겨우겨우 살아가던 창님에게 사회의 부조리와 경제적 현실로 인한 편견은 생활을 더 어렵게 한다.

『생명』에서 그러나 작가는 가난하지만 물질적 욕망에 초연한 창님을 "독살스럽고, 혈색도 좋지 못한 얼굴"과 "까슬까슬한 피부"에다 "깡마른 몸매" 등으로 묘사하고 있다. 이는 외모가 아름답지 못한 여성에 대한 남성들의 적대감을 보여주는 남성적 시선이다. 동시에 여성의 지성에 대한 남성들의 불안과 적대감까지 투사하고 있다고 본다.[17] 이처럼 남성적 시선은 무의식중에 창님을 대상화하며, 독자들로 하여금 남성적 시선과 판단에 동조하게 만든다. 똑똑하고 지혜롭고 생활력이 강한 고학생인 창님, 자아가 뚜렷한 것마저도 남성에게는 적대적으로 비쳐지고 있는 요소인 것이다.

창님의 상대역인 설병국과의 관계를 보자. 유화주의 육체와 돈을 쫓는 설병국은 경제적으로는 창님을 도와주면서 약혼자로서의 역할을 하려고 한다. 그러나 혼자서 열심히 일하고 공부하는 적극적인 신여성의 모습을 보이던 창님은 병국과의 하룻밤 관계로 임신을 하고 그 죄책감 때문에 자신감과 의욕을 잃어버린다. 여기서 순결을 중시하는 작가의 의식이 그대로 반영되고 있다. 창님은 정조와 사랑을 잃은 후 세브란스 병원에서 불우

---

17 송명희, 『타자의 서사학』, 푸른사상사, 2004, 126쪽.

한 노인을 간호하는 일을 하게 된다. 그녀는 성실한 병간호로 미국인 선교사를 만나서 신임을 얻고 미국 유학길까지 오른다. 미국 유학은 그녀에게 새로운 삶을 마련해준다. 작가 김말봉은 미국을 "큰 바다" 같으며, "산호가 수림처럼 서 있는 아름다운 바다"인 지상낙원으로 묘사하고 있다. 여기서 우리는 "원대로 지식의 열매를 따먹을 수 있는" 미국에 대한 작가의 맹신과 창님의 유학이 본인의 결정이 아니라 일방적인 원조에 의한 것으로 설정하고 있는 점에 주목할 필요가 있다. 착하고 성실하게 살기만 하면 도움을 받게 된다는 논리는 소극적이고 수동적인 태도의 전근대적인 여성관이다. 창님을 통해 착하고 성실한 여성성을 강요하는 것은 남성들이 여성을 그들의 타자로 간주하는 것이다. 남성에 의해, 권력자에 의해 꿈을 꾸고 이루는 여성의 이미지로 창님을 내세우고 있는 셈이다.

우리나라를 비롯한 아시아 각국에서 세계정세와 국가별 권력에 따라 '남성'과 '여성'의 범주는 다르게 규정된다.[18] 성별에도 권력이 작용하지만 국적에도 권력이 작용한다. 이런 사실은 우리나라와 미국의 관계만 봐도 드러난다. "상어와 고래가 사는 무서운 바다"에서 생활했던 하위계층 여성인 창님이 "복지 가나안의 평지"인 미국으로 선교사를 따라가게 된다. 이렇게 볼 때, 작가는 미국이라는 큰 나라가 도움을 주고 또 남성이 도움을 주면 여성의 삶을 바꿀 수 있다고 간주함을 알 수 있다. 창님이 공간을 미국으로 이동만 했을 뿐 여전히 그녀는 미국이라는 권력의 하위 주체로 존재하게 되는 것이다. 미국 유학 중일 때는 창님에 대한 묘사 자체도 달라지고 있다. "항시 차가와 오소소 추워 보이고, 건드리기만 하면 독설이

---

18 정희진, 『페미니즘의 도전』, 교양인, 2005, 19쪽.

쏟아져 나올 듯"하던 창님이 미국에 가서는 "얼굴빛이 뽀얗게 화색이 돌고, 입가에 겸손한 미소가 피어나며" 너그럽게 변했다고 하고 있다. 이런 창님의 변신은 그녀 자신의 노력이기보다는 선교사와 미국 등 주변의 조력이었다는 점은 놓치지 않아야 할 부분이다.

창님이 병국과 결혼을 하게 되는 마지막 장면도 살펴보자. 창님이 교통사고를 당해 임신 사실이 알려지자, 병국과 결혼을 앞둔 정미도 창님의 임신 사실을 알게 된다. 정미는 병국을 사랑하였기에 고민을 한다. 그러다가 끝내는 병국에게 편지를 남기고는 아버지 김한주와 구라파로 떠나는 비행기를 예약한다. 그녀는 "한 개의 생명을 말살할 권리는 내게는 없는 것"을 알았다며 결혼식장에 나타나지 않는다. 그녀와 아버지가 영원하듯 설병국과 창님의 자식과의 관계도 영원히 끊어지지 않는다는 사실을 알아냈다는 말을 남기고 두 사람의 결합을 바라며 떠나게 된다. 신부인 정미가 나타나지 않자 창님이 대신 드레스를 입고 식장으로 들어가 성대한 결혼식을 거행한다. 비로소 창님의 고난은 끝이 난다.

그런데 창님의 결혼이나 행복은 그녀의 의지나 결단이 아니라 정미가 병국을 포기함으로써 얻어진 결과라는 것에서 또다시 주체성이 결여된 여성의 이미지를 보게 된다. 아이를 매개로, 또는 다른 사람의 희생으로 얻어진 우연성의 결과는 고난의 리얼리티를 떨어뜨리고 있으며, 창님이 자신의 삶을 위해 싸우는 주체적 인물로서는 부족하다는 증거가 된다. 생활력 강하고 똑똑한 창님은 결국은 자신의 의지가 아닌 생각지도 않은 행운 내지는 착하고 성실하게 살아온 보답으로 행복을 선물 받는다. 이렇게 여성의 운명을 누군가에 의해 결정되는 것으로 설정한 것 자체가 전통적이고 남성적인 관점이 아닐 수 없다.

아울러 창님의 순결과 정조 관념에 기독교 신앙을 바탕으로 하여 "보이지 않는 하느님의 손"이 자리 잡고 있음을 작가는 공공연하게 드러낸다. 또 임신을 결혼으로 이어지게 하여, 육체의 순결과 생명에 최상의 가치를 부여하고 있음을 알 수 있다. 『생명』을 해피엔딩으로 안이하게 결말지은 것 또한 여성들로 하여금 가부장적 이데올로기에 익숙하도록 하는 반페미니즘적 요소라 하겠다. 그러니까 창님이 결혼으로 모든 문제를 해결하고 행복하게 살게 된다고 마무리한다. 결국 창님은 주체적인 삶을 살지 못하고 타자이자 대상으로 존재하게 된다.

2. 순결과 희생의 이미지

성이 인간의 삶에서 매우 중요한 기반임을 부정하는 사람은 없다. 그러나 그것은 어디까지나 사적이며 비밀일 때만 아름답다. 성에는 정력에 대한 집착, 무언가 신비한 구원의 에너지로서의 성, 윤리적 잣대로 재단하는 성, 위험한 것으로서의 성 등 지나치게 많은 의미와 가치들이 담겨 있다.[19] 더구나 성을 해석하는 부분에 있어서 남녀의 차이는 뚜렷하다. 남성에게는 허용되고 여성에게는 규제하는 것들이 많으며, 여성들은 거울을 든 남성들에게 보여지는 재현의 대상이 되고 있다.

대중소설에서는 성의 문제, 남녀의 연애 문제를 많이 다루게 되는데,

---

19 황정미, 「섹슈얼리티의 정치―담론의 양상」, 『성과 사회』, 나남출판, 1998, 69~71쪽.

특히 우리나라의 경우는 가부장제의 뿌리 깊은 관습으로 성에 대한 고정 관념이 존재하여 이미지 묘사에 상당한 영향을 받는다. 이를테면 여성에게는 순결이 중시되며, 남성에게는 풍부한 성 경험이 자랑거리가 된다.

전통적 관점에서 보면 성과 사랑의 주체는 남성이지만 그 관계를 유지하기 위한 노동은 여성이 담당함을 알 수 있다.[20] 남녀 관계에서 남성은 과묵함으로 대변되며 그들은 모든 면에서 감정적이지 않으려고 한다. 남성과 여성에게 성과 사랑의 의미는 매우 다르게 인식되고 있다는 것이다. 연애 관계에 있는 남녀에게 부여되는 사회적 역할과 압력 역시 그들의 성별에 따라 매우 다르다. 게다가 연애에서 결혼으로 가면 더 심각한 문제들이 여성을 위협한다. 결혼으로 인한 사회적인 관습은 남성과 여성을 더욱 뚜렷하게 구별해놓으며, 양쪽 모두에게 적절한 사회적 역할을 강요한다. 남녀가 연애 관계에 접어들면 두 사람은 동등한 위치가 아니라 '남자'와 '여자'로 바뀌고 마는 문제가 있다. 또한 남성들은 연애를 지지하고 연애에 대한 환상을 가지고 있으면서도 여성의 육체적 순결을 요구하는 모순적 사고를 벗어나지 못하였다. 여성조차도 순결을 잃는 것에 대한 죄의식이 갖고 있는 것은 남성의 눈으로 자신들을 바라보기 때문이다.

성 이데올로기 측면에서 사회적 결혼 이데올로기는 가족의 핵심, 즉 지속적인 일부일처제 결혼과 일치한다. 성생활에 대한 모든 물질적, 법적, 이데올로기적 보호는 결혼과 가족을 벗어나서는 존재하지 않는다. 이 사실에서 사람들은 결혼과 가족제도의 필연성을 끌어내는 것이다.[21] 즉, 성

---

20   정희진, 앞의 책, 90쪽.
21   빌헬름 라이히, 『성(性) 혁명』, 윤수종 역, 도서출판 중원문화, 2010, 146쪽.

관계의 가장 고귀하고 바람직한 형태로 결혼이라는 제도를 강제하고 있으며, 그 외의 성은 허용하지 않게 된다. 특히 이 규범은 가부장적 사회의 여성에게는 철저하게 적용되고 있다.

역사에 나타난 최초의 계급 대립은 일부일처제 결혼에서 남편과 부인 사이의 적대의 발전과 일치하며, 따라서 최초의 계급 억압은 남성에 의한 여성의 억압과 일치한다. 일부일처제 결혼은 커다란 역사적 진보였으며, 노예제 및 사유재산도 함께 성장하도록 하였다. 다시 말해 일부일처제 결혼은 진보인 동시에 상대적 퇴보이기도 하며 한 사람의 행복과 발전이 다른 사람의 고난과 억압을 통해서 실현되고 있음을 의미한다. 강제적인 일부일처제는 '다른 누구도 아닌 이 남자의 아이들에게 이 부를 물려주기 위한' 욕구에서 생겨났다고 엥겔스는 말했다. 여성에게 강제적인 일부일처제의 요구는 그렇게 근거지어졌다.[22]

김말봉 소설에서도 등장인물들이 연애와 결혼의 문제에 부딪힐 때, 사랑과 인간의 세속적인 욕망이 교차하며 갈등을 일으키곤 한다. 연애소설의 본질인 이런 갈등은 인간의 삶에서 큰 비중을 차지하기 때문에 독자들은 더 흥미를 느끼게 된다. 연애와 결혼의 이중성, 특히 남자 주인공들의 이중적인 태도와 성에 대한 모순은 김말봉의 여러 작품에서 빈번히 드러나고 있다. 그의 소설에서는 요즘보다 더 심각한 성의 이중성이 드러나며, 가부장적인 가치관의 틀 안에 여성을 가두어놓고 있다. 여성의 욕망은 금기시하면서 남성들은 끊임없이 욕망의 대상인 여성을 찾아 나선다.

---

22 한 사람의 손으로의 부의 집중에서 엥겔스가 말한 내용이다(빌헬름 라이히, 『성정치』, 윤수종 역, 도서출판 중원문화, 2011, 184~185쪽).

남성의 이런 이중성은 남성은 본능으로 원래 타고난 성향이라고 여기고, 여성은 남성과 다르다고 생각한다. 즉 여성을 타자로 인식하고, 성적 욕망의 주체가 아니라 그저 대상으로만 간주하는 것이다.

김말봉의 소설이 대중소설임을 표명한 만큼 남녀 주인공이 욕망을 좇아가는 연애 이야기가 주를 이룬다는 것은 이미 알고 있는 사실이다. 여기서 중요하게 짚고 넘어갈 문제 하나가 여성 인물들의 욕망은 부정적인 시각으로 그려지고 있으며, 부정적이고 불행한 결말로 가고 있다는 점이다. 남성 인물들의 욕망은 당연하고 본능적인 것으로 다루고 있는 반면, 여성 인물들에게는 순결과 복종을 강요하면서 남성 인물의 캐릭터와 차별을 두고 있다. 이는 김말봉이 연애와 연애결혼의 서사를 옹호하는 듯이 보이지만 사실은 가부장적인 사고의 틀은 깰 수 없었다는 한계로 작용한다. 즉 남성의 욕망과 여성의 욕망을 근본적으로 구분지어 해석하고 달리 접근하고 있다는 것이다.

그의 소설에서 여성 인물들에게 부여된 순결과 희생의 이미지는 여성을 억압하는 중요한 기제로 작용하고 있다. 『밀림』의 인애와 자경, 『찔레꽃』의 안정순, 『화려한 지옥』의 백송희, 『푸른 날개』의 한영실과 『생명』의 전창님이 그 대상이다.

먼저 살펴볼 『밀림』은 『동아일보』에 1935년 9월 26일~1938년 2월 7일까지 1부, 1938년 7월 1일~1938년 12월 25일까지 2부로 연재한 김말봉의 첫 장편소설이다. 이 소설은 스케일이 크고 사회성이 짙은 작품으로, 동섭-자경-상만, 자경-상만-인애, 자경-동섭-오꾸마, 자경-상만-요시에, 자경-동섭-인애까지 복잡하게 얽힌다. 이런 다각관계는 사건을 전개시키는 핵심 조건이 되어 독자들의 흥미를 끌어낸다.

기본적으로 여성은 남성의 욕망의 대상이며, 남성 또한 여성의 욕망의 대상이 될 수 있다. 그러나 바타유[23]는 성생활의 첫걸음은 남성이 여성을 욕망하는 데서 시작한다고 하였다. 남성은 성생활에서 주도권을 쥐며, 여성에게는 남성의 욕망을 자극하는 힘이 있다는 것이다. 이 말은 여성이 남성보다 아름답다거나 남자보다 더 매력이 있다는 말이 아니다. 여성은 수동적인 태도로 남성의 욕망을 자극하여, 남성들로 하여금 그녀를 쫓아오게 해서 결합을 꾀한다. 그래서 여성은 유혹적이며, 남성의 욕망의 대상이 되려고 한다.[24] 이와 같은 남성과 여성의 차이에 대한 바타유의 견해는 후에 페미니스트들에 의해 많은 비판을 받았다.[25] 『밀림』에서 인애라는 인물은 상만에게 유학 자금을 보내줄 만큼 헌신적으로 그를 사랑하고 있지만 육체의 욕망은 죄악으로 생각한다.

> 상만의 호흡은 차츰 거슬러진다.
> 인애는 오른 손을 번쩍 들어 상만의 한편 뺨을 힘껏 갈겼다.
> "이게 무슨 망난이 행동이야" 인애의 음성은 낮았으나 그 속에는 상만의 심장을 꽉 찔르는 듯한 처녀의 날카로운 반항이 숨어 있었다.
> 상만의 뺨이 철썩 하고 소리가 났건만 인애를 붙잡은 상만의 두 팔은 좀처럼 움즉이지 않는다.
> 인애는 또다시 전신에 힘을 다하여 상만을 뿌리쳤다.

---

23 조르주 바타유(Georges Bataille, 1897~1962)는 프랑스의 철학자로, 저서 『에로티즘』의 서문에서 "에로티즘, 그것은 죽음까지 인정하는 삶이다"라고 하였으며, 인간의 에로티즘은 사물화될 수 없다고 말한다(조르주 바타유, 『에로티즘』, 조한경 역, 민음사, 1997, 26쪽).

24 위의 책, 149쪽.

25 서동수 · 여지선, 『성담론과 한국문학』, 박이정, 2003, 43쪽.

머리맡에 놓였든 자릿끼가 인애의 발길에 채워 출렁하고 절반이
나 쏟아졌다.
"그래 이게 당신이 사랑하는 여자를 대접하는 법이야요?"[26]

인용문에서처럼 인애는 약혼자인 상만의 육체를 거부한다. 인애가 육
체적 욕망을 느끼지 못한 것이 아니다. 단지 "아내로 한평생을 당신을 섬
기려는 몸"이기에 깨끗하게 지켜야 한다는 순결 이데올로기에 지배되어
있기 때문이다. 사람은 순간적인 만족을 주는 대상보다는 지속적이고 안
정된 소유의 욕망을 주는 대상을 더욱 갈구하게 된다. 인애의 입장에서는
간절한 욕망의 대상인 상만을 결코 가볍게 대할 수는 없다. 그러나 상만
은 인애와는 다르다. 상만이 인애의 육체를 원한 것은 다른 속셈이 있었
다. 예식을 연기할 것과 인애가 있는 집을 나가겠다는 말을 하기 위하여
만든 연극이었다. 상만의 마음은 어느새 인애를 떠나 자경한테로 기울었
던 것이다.

약혼자인 상만을 친구 자경에게 빼앗기고 어머니마저 돌아가신 뒤에도
인애는 가부장적 사회의 모범적인 여성상의 모습을 잃지 않는다. 동섭을
도와 병원 일을 하는 동안 동섭에게 끌리지만 감정을 최대한 억제하며 부
담을 주지 않으려고 바라보기만 한다. 자경의 생명이 위험할 때는 수혈까
지 해주었으며, 결국에는 동섭의 마음이 자경에게 있다는 것을 알고 이들
곁을 떠나 수녀원으로 들어간다. 이처럼 인애는 눈물겨운 순정을 보여주
는 아름다운 여성으로 그려진다. 그래서 이 작품에서는 가정적이고 순종
적인 인애의 여성성이 최고의 가치로 이미지화된다.

---

26 『밀림』上, 357~358쪽. 작품 원본 표현을 되도록 살려서 쓴다.

그러나 인애의 이미지는 그녀를 바라보는 남성적 시선으로 구성되어 있음을 쉽게 찾을 수 있다. 인애의 목소리나 인애의 시선은 전혀 없고, 그녀를 향한 가부장적 이데올로기만 따라다닌다.

한편, 인애에 비해 자경이라는 인물은 사랑과 욕망 앞에서 다소 솔직하고 자유롭게 행동한다. 그러나 자경도 순결 이데올로기와 가부장적 이데올로기를 완전히 벗어나지 못하고 있다.

> 자경은 상만의 가슴에 얼굴을 대고 팔을 드러 상만의 팔을 안었다.
> "어때요 이만하면 여배우 노릇 하지 않겠어요? 호호호"
> "......"
> 상만은 잠잠하였으나 그의 가슴에서 벌떡이는 심장의 고동을 자경은 익숙한 의사처럼 자세히 알아들었다.
> 상만의 힐쓱하여 빛을 잃은 그 얼굴빛! 달 아래 빛나는 앵도송이 같이 아름다운 그 얼굴을 바라보고 자경은 속으로 웃었다.[27]

늘 타인에게 부러움의 대상이었고, 늘 주목받았던 부유층의 딸인 자경은 동섭과 소원해진 틈을 타 상만을 은근히 유혹하며 그의 반응을 즐긴다. 매혹적인 외모를 가진 자경은 자신의 외모와 사회적 · 경제적 위치를 이용하게 된다. 사실 외모로써 남성들의 관심을 끈다는 작가의 이런 시각도 다분히 남성적인 잣대로 서술된 것이다. 자경에게 상만은 경제력도 부족하고 학벌 등의 조건이 쉽게 충족되지 않는 상대였다. 물론 요구 조건이 충족되었더라도 약혼자가 있는 자경으로서는 잠시 주춤할 수밖에 없

---

27 『밀림』上, 423~424쪽.

다. 이런 자경의 행동이 상만의 욕망을 더 자극하게 된다. 드디어 자경은 상만이 쫓아다니는 욕망의 대상이 되기에 이른다. 그런데 결과적으로 상만과의 은밀한 몸짓은 자경에게는 돌이킬 수 없는 상처가 되어 돌아오고 만다. 물론 상만에게는 새로운 삶을 위한 더없이 좋은 기회가 되었다.

> 자경은 가만히 손을 너어 아랫배를 만져보니 심리관계로 그러한
> 지 어째 배꼽 아래가 볼록하여 진 것 같다.
> "임신을 하였다? 흥"
> 자경은 아드득 두 손으로 머리카락을 쥐어뜯었다.
> "임신을 하였다?"
> 입속으로 중얼거리는 자경은 자리에서 벌덕 이러났다.[28]

상만과의 관계에서 아이가 생긴 것을 알고 자경이 자살을 결심하지만 아이의 생명을 포기하지 못한다. 그래서 그녀는 어머니로서의 삶을 선택하게 된다. 자경의 육체를 탐한 상만의 계획대로 모성을 강요받는 사회 분위기에서 자경이 택할 수 있는 길은 어머니일 수밖에 없었다. 결국 자경은 사랑을 외면하고 모성을 택하였다. 이렇게 상만과의 육체적 관계는 이후 자경의 삶을 송두리째 흔들어놓는 계기가 된다. 상만과의 성관계 후 자경의 가치는 평가절하되고, 상만의 욕망의 노예이자 오직 아이를 위한 도구로 전락해버리고 만다.

여성의 출산은 여성에게 가장 의미 있는 순간이며 불가피한 것이고, 모든 것을 초월하는 것[29]으로 생각하여 작가는 당연하게 자경에게 어머니

---

28 『밀림』下, 43쪽.
29 수잔나 D. 월터스, 『이미지와 현실 사이의 여성들』, 김현미 외 역, 또 하나의 문

의 삶을 강요한다. 자경의 삶은 독자들에게 아이를 낳고 키우는 일이 여성으로서 보람을 얻는 일이라고 받아들이게 한다. 이것이 바로 가부장적이고 남성적 시선으로 규정한 여성의 성 역할이라는 것이다.

사건이 진행되고 갈등이 싹트는 상황에서 어떤 강력한 욕망의 문제는 인물 사이의 관계가 부드럽게 전개되는 것을 방해한다. 그래야 밀도 있고 흥미 있게 서사를 전개한다고 볼 때, 『밀림』의 경우 상만에게는 요시에가, 자경과 동섭 그리고 인애 세 사람에게는 상만이 방해자로 등장한다.

> 하룻밤사이에 자경은 모든 것이 달라졌다.
> "차라리 어젯밤 벼락에 맞어죽었든들……"
> 상만도 돌아가고 자경은 침대위에 혼자 누어서 입속으로 부르짖었다.
> "대체 내가 그렇게 약하든가? 소리라도 질렀다면…… 그녀석 하나 죽는게 어때서…… 정말 죽도록 내버려주잖고…… 미친년"
> 자경은 난생처음으로 자기를 욕하였다.
> "저 바다에 나가 빠저죽어버릴까?…… 하지만 어머니가…… 언젠가 어느 활동사진에서 어떤 여자가 정조를 빼았기고 자살하든 장면을 보고 비웃어주든 일이 생각이 났다.
> "정조만으로 사는 것인가, 그래 여자란 정조를 잃으면 남는 것이 아무것도 없단 말인가? 못난이"
> 하고 웃든 자기가 지금 막상 당하고보니 정조란 그렇게 간단하게 처리해버릴 문제가 아닌줄 알게 되었다.[30]

───────

화, 1999, 31쪽.
30 『밀림』上, 465쪽.

상만은 부와 명예를 목적으로, 자경은 외로움을 핑계로 서로에 대해 성적 끌림이 있었다. 그러던 두 사람은 육체적 관계를 맺고 난 뒤에는 확연히 다른 태도를 보이고 있는데, 정조를 잃은 죄책감을 가진 자경은 동섭을 버리고 상만과 결혼까지 결심하게 된다. 이는 바로 자경이 순결에 대한 죄의식을 가졌기 때문이다.[31] 이런 죄의식은 여성이 종속적 인물이 되게 하는 요인이다.

반면 남성인 상만은 자신의 신분 상승과 물질적 욕망을 성취하고자 자경을 이용한 것에 불과하다. 요시에와의 연애, 자경과의 관계에서 살펴보면 상만은 연애와 결혼은 별개라는 가치관을 지닌 인물이다. 그는 오직 결혼을 통해서 물질적 · 사회적 욕망을 해소하고자 하고 있다. 역설적으로 상만을 통해 작가는 결혼은 사랑이 없으면 결국 불행해진다는 결론을 내린다. 즉, 연애와 사랑과 결혼이 하나로 이어져야만 한다는 사랑관을 피력하고 있는 것이다. 사랑과 결혼에 대한 생각은 인애와 동섭의 경우를 보더라도 가부장적인 사고에서 벗어나지 못하고 있음이 드러난다. 육체적 관계는 곧 결혼으로 이어져야 한다는 작중 인물들의 경직된 가치관은 그대로 작가의 말로 들리고 있다.

그러나 상만의 경우는 다른 인물들과는 생각이 다르다. 유학 시절 요시에와의 사이에서 아이가 생겼지만 그 일이 자경과의 결혼에 크게 문제

---

31 여성은 언제나 모든 것에 대해 죄인이었다. 욕망이 있어도 죄, 욕망이 없어도 죄, 불감증이라서 죄, 너무 뜨겁다고 해서 죄, 동시에 두 가지가 아니라서 죄, 너무 모성적이라서 죄, 충분히 모성적이 아니라서 죄, 자식이 있어서 죄, 자식이 없어서 죄, 먹여서 죄, 안 먹여서 죄(엘렌 식수 · 카트린 클레망, 『새로 태어난 여성』, 이봉지 역, 나남, 2008, 175쪽).

된다고 여기지 않는다. 여기서 우리는 폭력적이든 아니든 남성의 성이라는 것은 다양하고, 구체적이고, 살아 있고 경험되는 주체로 재현됨을 알 수 있다. 반면 여성은 타자로 대상화되며 주체의 지위가 끊임없이 부정되는 것으로 재현되고 있음을 본다. 자경, 즉 여성의 성적 정체성은 단지 남성 주체의 욕망의 기의로서 존재할 뿐이다. 자경을 유혹하고 육체를 탐하던 상만은 자경이 임신을 하고 결혼을 하게 되자 태도가 돌변한다. 밖에서 요시에와 살림을 차려 성적 욕망을 채우고, 자경의 존재는 아이의 어머니로서만 인정하고 있다. 어머니로 간주되는 여성은 성적 주체가 될 수 없고, 자신의 몸을 가질 수 없다. 자경의 몸은 단지 가족을 유지하기 위한 수단이요 도구일 뿐이다. 이런 상만의 태도는 남성들의 자연스럽고 당연한 행동으로 전개된다. 더욱이 결혼 전에는 약자였지만 결혼 후의 상만은 자경 위에 군림하며 자경을 더 이상 인격체로 대하지 않는다. 상만에게 성적 우선권을 쥐어주고, 자경은 약자로 추락하게 되는 결혼 생활도 두 사람을 보는 가부장적 사회 통념과 더불어서 작가의 시선이 남성적이기 때문으로 읽혀지는 대목이다.

다음으로, 김말봉의 대표작인 『찔레꽃』을 살펴보자. 그의 소설에서 순결과 희생 미담의 주인공이 되는 여성 인물로는 『찔레꽃』의 안정순이 대표적이라고 하겠다. 『찔레꽃』은 이민수와 안정순의 순수한 관계를 내세우며 사사로운 욕망을 허용하지 않는 이상적인 사랑을 그리는 작품이다. 빈곤한 집안 형편으로 생활비와 아버지의 병원비를 책임져야 하는 안정순은 조만호 아이들의 입주 가정교사가 된다. 조만호는 은행 두취로서 재산과 권위를 누리는 부르주아 지식인으로 애욕을 추구하는 인물이다. 그는 정순의 애인 민수와 갈등을 일으킨다. 정순을 사이에 둔 이민수와 조만호의 가난과 부, 순정과 애욕이 대립을 이루는 삼각관계는 이 작품의 핵심적 사건이다. 또 안정순-이민수-조경애 사이에도 삼각관계가 나타나게 된다. 민수를 정순의 사촌오빠로 알게 된 경애는 민수에게 관심을 갖고 적극적으로 접근한다.

또 다른 인물인 경구는 대학을 졸업하고 세계여행을 떠났다가 돌아온 조만호의 아들로, 순수하고 청순한 정순에게 마음이 끌리게 된다. 조만호는 아내가 병으로 세상을 떠나자 정순을 후처로 삼으려고 침모를 통해 음모를 꾸미고 정순과 결혼하겠다고 선언하여, 경구와 조만호 부자 사이에도 갈등이 발생한다. 이렇게 경애와 경구 남매, 아버지 조만호를 사이에 둔 가족 간의 갈등은 삼각관계의 형태를 더욱 복잡다양하게 보여줌으로써 독자에게 강렬한 흥미를 끌 수 있는 장치로 사용되고 있다.[32]

작품에서 안정순은 가정교사를 해서 아버지의 병원비를 부담해야 할 만큼 가난하지만, 아름답고 착한 여성으로 재현되고 있다. 그녀는 돈의 유혹에 빠지지 않고 끝까지 자신의 순결을 지킨다. 온갖 방해와 어려움을 극복하고 순결함을 지키는 정순의 사랑이 이 작품에서 추구하는 주요 가치라고 할 수 있다. 순결함, 즉 처녀성을 위협하는 시련과 위기에 어떻게 저항하고 어떻게 극복하는가 하는 문제는 독자들이 이 작품에서 갖는 가장 큰 관심거리다.

---

32 이 외에도 이민수-조경애-윤영환, 최근호-백옥란-조만호의 삼각관계 등『찔레꽃』은 대립의 양상이 다양하고 복잡하다. 순정과 애욕(이민수-안정순-조만호), 가난과 부(이민수-안정순-조만호, 이민수-안정순-조경구), 아버지와 아들(조만호-안정순-조경구), 상사와 부하(조만호-백옥란-최근호) 등 그 삼각관계의 다양한 대립항은 이 소설이 독자의 흥미를 늦추지 않는 조건이 되고 있다.

침모는 틈만 있으면 정순을 달래보기도 하고 애걸도 하여 보았으나 정순의 맘은 점점 굳어 가는 어름처럼 침모의 말로나 힘으로는 어떻게 할 도리가 없는 것을 느끼게 되자 그는 크게 실망을 하였던 것이다.

침모의 실망이라는 것은 물론 정순이나 조 두취의 신변을 생각하여서가 아니라 진실로 두취가 자기에게 약속한 그 물질적 보수가 뼈아프게 아까웁게 생각이 된 까닭이다.[33]

조만호의 사주를 받은 침모가 정순을 후처로 들이려고 회유하지만 정순의 마음은 흔들리지 않는다. 정순을 후처로 들이는 일에 성공하면 그 대가를 두둑하게 받게 될 침모는 정순에게 직간접적으로 결혼을 권유한다. 조만호에게서 받을 "물질적 보수"는 남의집살이를 하는 침모에게는 너무나 간절한 것이었기 때문에 작품 후반에는 자신의 딸까지 음모에 이용하게 된다. 정순이 조만호와 결혼을 하게 되면 "그야말로 금방석"에 "으리으리하게" 살게 되겠지만 그녀는 온갖 물질적인 유혹을 뿌리치고 민수와의 사랑을 지켜낸다. 약혼자 민수만을 사랑하는 순정을 보이고 있으며, 돈을 무기로 유혹하는 조만호뿐만 아니라 그의 아들인 경구도 끝까지 뿌리친다. 정순에게는 사랑을 지키는 것은 목숨을 지키는 것과 같은 일이기 때문이다.

그러나 정순은 자신의 마음과 사랑을 지킨다는 것에만 갇혀 있는 지극히 수동적인 여성일 뿐이다. 자신을 중심으로 민수와 조만호 그리고 경구가 겪는 갈등에 대해서는 매우 소극적이거나 모른 척한다. 경애와 경애

---

33 『찔레꽃』, 290~291쪽.

어머니의 오해가 있어도 해명조차 하지 않는다. 자신의 상황을 스스로 개척해볼 의지도 없다. 정순이야말로 민수의 오해에 대한 변명도, 해결책을 모색해볼 생각도 못하는 무기력한 인물이라 할 수 있다. 이런 소극적인 태도마저도 여성성으로 포장하는 것은 여성성에 대한 왜곡을 드러내는 것이다. 또한 평면적인 정순의 성격이 대중소설의 단면을 보여주는 단점으로 작용하는데도 여성적 성격이라 규정되고 있음은 문제시할 필요가 있다.

한편, 정순이 민수와의 사랑의 약속 때문에 경구의 관심과 사랑까지도 멀리하게 되는 것은 민수에 대한 순정만이 아니라 여러 가지 요인들이 복합적으로 작용한다고 볼 수 있다. 사회적인 요인으로 정숙함과 순결을 강요하는 사회 규범에서 벗어날 수 없었기 때문이다. 독자들은 정순의 역할을 민수를 배신해서도 안 되며 순결을 잃어서도 안 되는 것으로 규정짓는다. 정순의 순결하고 아름다운 이미지는 남성에게 뿐만 아니라 여성에게도 선망의 대상이 되고 있으며, 독자들은 순결 이데올로기를 받아들이며 정순을 옹호하게 된다.

그런데 정순과는 달리 민수는 경애와의 관계를 발전시키고 있다. 경애의 적극성에 힘입었긴 하지만 민수는 경애와 약혼까지 한다. 정순은 민수를 사랑하기 때문에 경구를 멀리한다. 하지만 민수가 경애를 택하는 일련의 과정은 남성의 입장에서는 여성보다 사회적 규범이나 도덕성의 강박이 덜하다는 것을 보여준다. 그뿐만 아니라 경애의 부에 대한 민수의 욕망도 숨어 있다고 여겨진다.

이상과 같이 김말봉은 『찔레꽃』을 통하여 여성의 순결 의식을 재차 강조함으로써 한국적인 윤리 의식을 보다 아름답게 승화시키고 순수한 애정이 삶의 바탕임을 보여주고 있다.[34] 그런데 이는 모두 남성적 규정이며 남성의 시선이다. 즉 정순은 남성이 규정하는 대로 순결하고 정숙한 여성으로 묘사되고 있다.

> 방싯 문이 열렸으나 창밖에 나르는 눈만 지켜보고 있는 정순은 자기 뒤에 사람이 가까이 오는 것을 알지 못하였다.
> "정순씨!"
> 나지막히 부르는 소리에 흘끔 돌아보니, 그것은 매맞인 어린아이처럼 눈물어린 두 눈에 미소를 띤 경구였다.[35]

위의 인용이 『찔레꽃』의 마지막 대목이다. 1930년대 소설의 특징으로 애정의 갈등을 겪은 남녀 주인공의 고난은 행복한 결말로 보상이 되는 것이 일반적이지만 작가는 이 작품에서는 두 주인공을 떼어놓는다. 가족 관계로 얽혀 있는 조만호, 경구, 경애의 복잡한 애정 관계로 짐작컨대 정순과 민수의 재결합이 자연스러우나 김말봉은 그런 독자의 기대 심리를 깨버린다. 이 점이 이 작품의 매력이기도 하다. 민수를 향한 사랑과 순결을 지켜낸 정순이, 민수가 아닌 경구를 선택하는 결말은 의외라고 할 수 있다. 침묵하며 자신의 자리만 지키고 있는 소극적인 모습이었던 정순이지만, 결말에서 자유연애와 사랑에 대한 주체적인 선택이라는 점은 당대의 여성 독자들을 사로잡는 요소가 된 것 같다.

그런데 정순의 희생 이미지는 사라지지 않는다. 그동안 보여줬던 민수

---

34 정희진, 「김말봉의 『찔레꽃』 연구」, 공주대학교 석사학위 논문, 2000, 74쪽.
35 『찔레꽃』, 399쪽.

에 대한 정순의 순수한 사랑이 부정되는 순간이지만 정순의 희생은 계속될 것이다. 엄마가 돌아가신 경구의 동생을 분명 떠안게 됨으로써 정순의 모성애는 환원되고, 이로써 정순의 선함은 극대화된다. 더군다나 인내하고 성실하게 살아가는 안정순과 미모와 지성을 갖춘 자유연애주의자 경애를 대비함으로써, 순정적이고 헌신적인 정순의 사랑에 더 큰 가치를 두고 있음은 김말봉 소설이 남녀관계를 바라보는 보수성으로 분석될 수밖에 없다. 당대 통속소설로서 사회의 흐름에 따랐다 하더라도 정순을 가부장적 틀에 의해 규정하는 작가의 남성적 시선은 고스란히 드러나고 만다.

『화려한 지옥』의 백송희의 순결 강박도 『찔레꽃』의 안정순 못지않다. 『화려한 지옥』은 공창 폐지 운동의 과정을 비교적 세세하게 묘사한 작품으로도 유명하다. 공창 폐지 운동의 정당성을 독자 대중에게 알리려는 사회성이 짙은 작품으로 여성의 권위를 향상시키는 것처럼 보이는 것이 사실이다. 그런데 오히려 여성에게 순종적으로 현실에 안주할 것을 부추기는 요소가 많아 페미니즘 관점으로 보기에는 무리가 있어서 작가의 시각을 다시 살펴볼 필요가 있다고 보았다.

이 작품에서 주요 인물인 오채옥-황영빈-백송희의 관계는 이중적 성규범 체제의 갈등과 모순을 투영하고 있다. 애정 갈등의 원인인 황영빈은 자신의 아이를 가진 오채옥을 차갑게 외면하고 백송희와 결혼을 하려고 한다. 그리고 고향에 있는 정혼자 이은숙과도 계속 만난다.

황영빈과는 반대로 백송희가 순결을 잃은 후 겪게 되는 고민과 고난은 순결을 중시하는 전통적인 순결관과 여성에게 책임을 강요하는 사회적 분위기를 잘 반영하고 있다. 황영빈은 백송희에게 열렬히 구애하고, 여대생이던 백송희는 황영빈을 믿고 자신의 순결을 내어주게 된다.

달고 황홀하고 그리고 슬픈 한밤이 지나자 송희는 벌서 어저께의 송희는 아니였다. 여왕같이 뽐내든 송희의 자랑은 영원히 사라졌다. 누가 보는이도 없건만 그는 가슴이 두근거리었다. 그의 눈에는 처녀만이 가질수 있는 밋뿜이나 슬기보다도 의심과 후회와 그리고 공포에 가까운 불안이 가늘게 떨고 있다. 이것은 송희 자신은 물론이요 영빈도 어렴풋이 짐작하였다. 영빈의 눈앞에 비친 송희는 벌서 영빈이가 무릎을 꿇수있는 한 개의 우상은 아니었다.

완전히 정복하여 버린 사나이의 승리감과 그리고 너무도 호락 호락하게 넘어진 상대편의 약점에 어떤 모멸감까지 느끼는 것이다.[36]

위의 인용문은 여성의 처녀성을 얻은 남성과 순결을 잃은 여성의 심리를 대조적으로 서술하고 있다. 순결을 잃은 후 송희는 심리적으로 고통을 겪는다. 설상가상 이 일로 인해 매독에 걸리게 되며 "앵도 같은 종기가 여기저기 번져" 육체적 고통까지 겪으면서 지난날을 후회한다. 게다가 황영빈의 마음은 이미 식어가고 있다. 가부장제 사회에서 여성의 몸은 남성들 간 권력관계의 표지이며 점령지로 간주되는 특징이 있다.[37] 영빈은 "사나이의 승리감"을 느끼는 반면, 송희는 순결을 잃은 것이 약점이 되어 심한 "모멸감"까지 느끼게 된다. 여성은 성적 주체가 아니며 스스로 자신의 몸의 주인이 될 수 없으므로 남성 권력의 대상일 뿐이라는 것이다. 여성은 근본적으로 순수하고 순진하지만 도덕적으로 무한히 타락할 수 있는 존재로 구축된다. 성에 발을 들여놓은 것이 성병만큼이나 여성의 파멸을 가져오는 것으로 묘사되어 있다.[38] 이는 순결 교육의 일환으로 느껴질

---

36 『화려한 지옥』, 106~107쪽.
37 정희진, 앞의 책, 55쪽.

정도다. 도덕적 입장을 내세워 독자로 하여금 송희가 정숙하지 못한 여성이라는 사실에 동조하게 한다. 황영빈으로부터 매독이 옮았는데, 그는 아무런 고민도 없고, 송희는 매독의 고통과 순결을 잃은 죄책감으로 괴로워한다. 이는 송희 스스로가 남성적 가치를 내면화함으로써 여성인 자신을 타자로 바라보기 때문이다. 여성마저도 남성적 시선으로 자기 자신을 바라보고 있다는 사실은 송희를 통해서 알 수 있게 된다.

가부장제 사회에서 남성은 공식 영역(결혼 제도)와 비공식 영역 모두에서 성의 자유를 누리지만 여성에게는 가정 안에서의 성만이 허용된다. 남성은 두 영역을 마음대로 넘나들지만 여성이 비공식적 영역의 성적 제도와 연관되는 것은 사회적 낙인을 의미한다.[39] 가부장제 사회의 제한적이고 차별적 성적 허용은 송희를 정숙하지 못하고 쾌락을 좇는 여성으로 규정하고, 그녀에게만 책임을 전가한다.

> 동무들이 먹고 이야기하고 도라간담 송희는 눈이부시는 광선에서 해방된 듯 후—하고 긴숨을쉬고 방바닥에 벌덕 누어버렸다.
> 거리낄것없는 양심을 가진자처럼 강한사람이 누구뇨 송희는 새로운 진리나 발견한것처럼 그는 고개를 끄덕였다.
> 그두아이보다 훨신 어여뿌고 총명하고 물질적조건에 있어서도 얼마던지 자유로울 수 있는 자신이건만 웨이렇게 겁쟁이못난이가 되어버렸느냐말이다.
> 처녀의 순결을 잃은 그순간부터 하로라도 아니한시간이라도 맘에태양이 선명히 비친날이 있었드냐

---

38   아네트 쿤, 『이미지의 힘—영상과 섹슈얼리티』, 이형식 역, 동문선, 2001, 144쪽.
39   정희진, 앞의 책, 139쪽.

언제나 구름낀날세같이 흐리터분하고 어두운 자기마음이 아니었
든가[40]

인용문에서와 같이 송희는 순결을 잃었다는 것으로 다른 친구들에게
열등감을 느끼면서 괴로워한다. 이렇게 작가는 공창 폐지 운동의 작품 속
에서마저도 전통적인 순결관을 강조하고 있는 모순을 보여준다. 이후 송
희는 공창 폐지 운동에 가담하여 열정적으로 일을 한다. 스스로 독립하여
꿋꿋하게 살아가려는 신여성다운 의지를 보여주는 듯하였지만 끝내는
순결에 대한 트라우마를 극복하지 못하고 만다. 자신의 순결이 더럽혀지
고 농락당했다는 송희의 피해 의식은 황영빈을 살해하는 동기로 작용한
다. 앞에서도 살펴보았듯이 황영빈의 살해범을 찾는 수사 역시 남성을 중
심으로 한 법이라는 권력으로 창기인 채옥에게 모든 책임을 떠맡긴다. 잘
못된 법의 판결은 백송희의 '신앙고백'을 통해 뒤집힌다. 그러나 결국 송
희는 죽음으로써 비극적 결말을 맞게 된다.

공창 폐지 운동을 소재로 다루고 있는 또 다른 작품 『별들의 고향』[41]에
서는 창녀나 기생이 직접적으로 인권 운동을 하지는 않지만, 그들을 위해
연설을 하는 최창열 등 젊은이들이 등장하여 간접적으로 공창 폐지 운동
에 참여한다. 이 작품에서는 포주들의 악행도 묘사되고 있다. 창열이 성

---

40 『화려한 지옥』, 140쪽.
41 『별들의 고향』은 사회·역사적인 사건과 등장인물들의 도덕성의 관계가 복잡한
변증법적 관계로 발전하지 않은 점에서 본격적인 역사소설이나 고발소설로 보
기는 어렵고, 카웰티의 관점인 사회성과 대중성의 결합으로 본 '사회적 멜로드라
마'의 형태를 갖고 있다. 즉, 멜로드라마적 구조에 사실적인 사회·역사적 배경
을 결합시킨 작품이다.

병이 있는데도 매음을 하도록 손님 앞에 내놓는 "죽일놈"들을 욕하지만, 사실은 그도 유곽에서 연심을 만나 여성의 육체를 샀던 그 "죽일놈"에 속해 있었다. 창열이 연심 때문에 성병이 감염된 후, 연심의 묘사가 "아주 순결한 쏘니아"에서 "의리도 없고 진실도 없는 창기"로 매도하는 것으로 바뀌는데 여기에는 창녀를 비인격적으로 대하는 사회적 인식이 그대로 투사된다고 보면 된다. 이렇게 작가는 연심을 통해서 당시 심각했던 윤락가 여성들에 대한 사회적 인식의 문제를 상기시킨다. 그런데 연심이를 자살로 처리한 것은 아쉬움이 남는 부분이다. 기생이었던 연심이 창열에 대한 사랑을 증명하는 방법이 죽음밖에 없었을까. 그녀의 죽음이 창열의 기생에 대한 생각을 전환시키는 계기가 되었다고는 하나 이 작품에서 연심의 역할은 초라하고 미미하다. 기생의 사랑과 순정은 가치 없이 버려지고 만다. 성적 만족을 박탈당한 억압적인 성은 권위에 대한 복종을 낳는다. 바로 순결성을 강요하는 인습에 의한 송희나 연심의 죽음은 억압적 성의 결과이며, 순결만이 여성다움이라는 가부장제의 폭력이 아닐 수 없다.

희생하고 헌신하며 순종적인 여성에 대한 인습적 요구는 『푸른 날개』의 한영실을 통해서도 쉽게 찾을 수 있다. 『푸른 날개』는 전쟁 후의 작품으로 1954년 3월 26일부터 9월 13일까지 『조선일보』에 연재된 장편이다. 권상오와 한영실의 사랑의 성취 과정을 그린 이 작품에서 제목의 "날개"라는 단어는 상징의 이미지를 가지고 있다. 하늘을 나는 새는 두 개의 날개가 필요하듯이 불구가 된 권상오에게 그를 완성하게 하는 또 하나의 날개가 한영실임을 의미한다.

한영실은 희생과 인내의 성품을 간직하고 있는 참하고 여성스러운 인물이다. 그녀는 권상오를 사랑하지만 소식이 끊긴 친구의 남편인 권상오를 쉽게 받아들일 수는 없었다. 갈등과 고난 끝에 한영실은 권상오에게 없어서는 안 될 날개가 된다.

> 웃을 때 짤막한 윗입술이 코 밑으로 착 다가붙었으나 치근 사이로 보일 듯말 듯한 잇몸은 사뭇 석류알처럼 신선한가 하면 이빨 전체가 분홍빛 진주알같이 아름답다 얼굴은 둥그런 편이다. 눈이 길게 열리고 눈썹은 그리지 않았다. 그릴 필요가 없도록 눈썹은 그의 크고 서늘한 동공에 알맞게 조화를 지니고 돋아있다. 검다기 보다도 차라리 푸른 눈썹이다. 넓지도 않고 좁지도 않는 이마 관자놀이에서 귀밑까지 소복하이 복사털이 덮이어 있고 머리카락은 별로 기름 바른 흔적도 없는데 흑칠의 윤이 흐른다. 한가운데로 갈라 붙이 가리마가 분 속에서 뽑아낸 실같이 희고 가늘다. 이 여자의 얼굴이 웃을 때면 서늘하다 할까 따뜻하다 할까 어쨌든 상대편에게 편안한 느낌을 주는 얼굴이 되지만 웃음을 거두고 입을 다물고 앉으면 어진지 범할 수 없는 기상이 아로새겨진다. 이 여자의 타고난 기품이라 할 것이다.[42]

한영실을 묘사한 위의 내용처럼 외모에서 먼저 여성적이고 섬세하고 희생적인 역할을 부여하고 있다. 그리고 한영실과 대조적인 인물로는 추백련과 미스 현을 내세웠다. 한영실과는 달리 이들은 외모를 중시하고 시간과 돈을 과감하게 투자하는 화려한 인물로 그려진다.

김상국이라는 남성은 경제력을 앞세우며 지극히 여성적인 한영실과의 결혼을 추진한다. 그는 여성을 돈으로 교환할 수 있는 상품으로 취급한다. 김상국은 자신이 가진 사회적 신분이나 체면을 위해 배우자로 적합한

---

42 『푸른 날개』, 450쪽.

한영실을 택한 것이며, 그런 목적을 위해 거짓된 말과 행동을 일삼는다.

> "그렇다고 사랑을 느끼지 못하는 곳에 시집 간다는 것은 팔려가
> 는 노예나 창녀가 할 짓이야요."
> 권상오의 눈이 오늘처럼 무서운 것이 처음이라 생각하면서도 한
> 영실은 목소리를 변하지 않았다.
> "순전한 노동이에요. 알바이트에요. 피아노 개인교수라는 직업
> 에서 가정주부로 전직하는 것뿐이에요. 그러니까 일종의 취직이에
> 요. 살기 위해서 하는 취직."
> "살기 위해서 하는 취직?"
> 한영실의 말을 되놓아 보는 권상오의 입은 보기 싫게 비뚤어졌
> 다.[43]

위의 인용문에서 권상오에게 말하는 한영실은 다소 도발적이다. 그녀에게 결혼이란 단지 생계를 해결하는 목적, 수단에 불과하다는 것이며, 그녀도 '사랑 없는 결혼'이 가능하다고 한다.[44] 돈만 있으면 모든 것이 해결된다는 논리이며, 돈 앞에서 사랑이라는 문제는 한낱 사치스런 감정일 뿐이라는 생각이다. 결혼에 있어서의 일부일처제는 남성에게 부의 집중을 가져다주었다. 그러나 일부일처제라고 할지라도 그것은 아내에게만 강요된 것이며 남편에게는 공공연하게, 또는 내연의 다처제를 허용하고 있다는 점에 주목할 필요가 있다. 결혼과 함께 남성은 경제적 활동과 육체적 힘을 이용하여 권력을 행사하고, 성과 그 밖의 다른 분야까지 지배

---

43 『푸른 날개』, 515쪽.
44 황영숙, 「김말봉 장편소설 연구—「푸른 날개」와 「생명」을 중심으로」, 『한국문예비평연구』 제15호, 한국현대문예비평학회, 2004, 384쪽.

하게 되었다. 자연히 여성은 평가절하되고, 남성의 욕망의 노예이자 오직 아이를 낳기 위한 도구로 전락한다. 돈 많은 김상국과 결혼을 하기로 마음먹은 한영실은 남성 중심의 사회, 남성의 욕망에서 벗어나지 못하고 인습에 안주하려 하고 있다. 즉 사랑하지 않아도 "살기 위해서" 결혼은 할 수 있다는 것이 한영실의 생각이다. 그러나 한영실은 김상국과의 약혼과 파혼의 시련을 겪고 난 뒤에 권상오를 받아들이고 그의 보호자가 된다.

> "영실씨, 당신만 내 곁에 있어 준다면 난 한 다리가 없어도 땅 끝까지, 아니 저 대공을 향해 마음껏 날아갈 수 있어요. 당신은 나의 영혼의 푸른 날개야요."
> 잠자코 권상오의 가슴에 고개를 기대는 한영실의 눈에서 비로소 뜨거운 눈물이 흘러내린다.[45]

위 인용문처럼 결말에서 돈과 육체에 눈이 멀어 여러 여자를 오가던 권상오는 다리 하나를 잃고서야 한영실에 의해 구원을 받는다. 다른 사람과 약혼을 하는 등 그동안 권상오가 준 고난과 어려움은 전부 묻어두고 한영실은 그를 받아들이기로 한다. 권상오가 불구가 된 후에도 한쪽 날개가 되어 그를 지켜주겠다는 것은 한영실이 생명을 버릴 만큼 자신의 전부를 희생하겠다는 것이다. 남성 중심의 사회에서 오랜 세월 동안 여성은 남성과 가정을 위해 의무적으로 희생을 강요당해왔다. 즉, 여성에게 항상 따뜻하고 포용력 있는 모습과 희생을 당연한 덕목으로 요구해왔으며, 이런 인습의 연장선에 한영실이라는 여성 인물이 놓여 있게 된다. 한영실에게

---

45 『푸른 날개』, 654쪽.

권상오를 위한 무조건적인 모성애적 희생을 강요하는 가치관이 드러나는 부분이다. 작가는 이들의 결합이 육체적인 것이 아니라 영혼의 결합이라고 마무리하고 강조하면서 여성의 삶을 남성적 시선으로 규정짓고 만다. 사랑하기 때문에 어려움에 처한 권상오를 버려서는 안 된다는 설정이다. 이 부분은 여성에게 배우자의 육체적 결함은 사랑으로 극복하라고 요구하는 것이며, 육체적이고 성적인 욕망보다는 정신적인 사랑이 훨씬 가치 있는 삶이라며 독자들의 동조를 이끌어내는 것이다. 즉 한영실의 권상오에 대한 사랑은 육체와 정신이 이분되어 있으며, 정신세계를 완벽하게 소유하는 사랑이기 때문에 불구가 된 권상오의 곁에 영실이 남게 된다. 이는 로맨틱한 사랑을 완성하는 영실에게 초점을 맞추어, 남성적 시선으로 규정된 아름다운 여성성으로 굴레를 씌우는 것이라고 분석할 수 있다.

『생명』[46]의 전창님도 마찬가지의 순결 강박을 가지고 있는 인물이다. 이 작품에서는 전창님―설병국―유화주, 설병국―전창님―김기철, 설병국―유화주―김한주, 김정미―설병국―전창님 등 여섯 사람이 서로 복잡하게 연결되어 여러 층위의 삼각관계를 만든다. 그중 전창님―설병국―유화주의 관계가 가장 중심이다. 이 작품은 창님과 설병국의 만남으로 연애가 시작되고, 두 사람을 방해하는 인물로 유화주가 등장하고, 또 다른 요소인 '돈'도 이들의 사랑을 방해한다. 결혼을 앞둔 설병국은 유화주와 육체관계를 갖게 되고, 그 후 설병국은 성욕의 나락으로 빠져버린다. 작품 후반부에는 전창님―설병국―김정미가 대결 구도를 만들고 있으며, 설병

---

46 『생명』은 1956년 11월부터 1957년 9월까지 『조선일보』에 연재되었던 장편소설이다.

국이 창님의 친구인 정미와 새로운 관계를 맺고 결혼까지 약속하게 된다. 사랑과 믿음 그리고 배반에 의해 움직이는 사랑의 형태를 설병국을 중심점으로 그려낸다. 병국의 마음은 창님에서 유화주로, 정미에 대한 동정에서 성적 욕망으로, 다시 현실적 조건인 돈으로 변화되어가기도 한다. 결말 부분에서 김정미는 창님의 임신 사실을 알게 되자 설병국을 포기하고 떠나게 된다. 결국 이 작품은 생명과 가족의 의미에 대해 가치를 두고 있다고 할 수 있다.

먼저 창님의 순결 의식을 엿보자면, 창님은 설병국과 결혼하기로 했지만 그와의 육체적 관계는 거부하고 있다. 그녀는 병국을 사랑하지만 순결을 지켜야 한다는 굳건한 믿음을 가지고 있는 여성이기 때문이다.

"창님씨 가면을 벗읍시다. 남녀 간의 애정의 극치는 결국 육체의 결합에 도달하고 마는 겁니다."
설병국은 이마에 흥건히 내솟는 땀을 손바닥으로 문지르며
"내가 정열의 도가니에서 창님씨의 육체를 요구한 것 잘못이라고 규정하는 창님씨의 논법, 구식입니다."
창님은 자리에서 벌떡 일어나 앉으며
"구식이니깐 나쁘단 말이죠? 천만에. 나는 아프레겐은 아닙니다. 나를 전후파 계집애로 생각하신다면 뺨을 칠테에요."
"뺨을 칠테에요."
하는 창님의 한 마디는 비수처럼 설병국의 폐부를 찔렀다. 설병국은 아찔하도록 부끄러웠다.
부끄러움을 느끼자, 그의 염치없이 끓어오르던 정열의 불길도 고개를 숙였다.
설병국은 어색한 기분을 미봉하려 함인지,
"갑자기 전후파는 왜 끄집어내는 겁니까?"
하고 저쪽으로 돌아 눕는다. 창님은 조롱스럽게 웃고,

"전후파, 전 멸시해요. 아주 무슨 초 모던으로 자처하면서 함부로 육체를 더럽히는 계집들. 그것들이 인간이야요? 쓰레기보다도 추한 고깃덩이들이지. 외려 양공주 편이 나아요."[47]

전창님의 판잣집에 불이 나자, 설병국은 창님을 데리고 여관으로 들어간다. 병국이 창님에게 잠자리를 요구하자, 창님은 전후파[48]를 언급하면서 순결과 정조를 강조한다. "육체를 더럽히는 계집들", "쓰레기보다 못한 고깃덩이들"에 비유하며 정조 관념을 투철하게 고수하며 병국과의 잠자리를 거부하게 된다. 그녀는 전후파라고 자처하는 계집애들이 옷 있고 밥 있고 사치스럽게 몸치장할 돈도 있고 나돌아다닐 시간도 있고, 그래서 극장이며 다방이며 휩쓸고 다니면서 얼굴이 반반한 대학생이나 찾아가 "암캐"처럼 "무식하게" 행동하는 것에 대해 분노하고 있다. 여기에는 "육체의 순결"을 지키면서 대학 공부를 하는 전창님을 육체적·성적 욕망을 극복한 정신주의자로, 고매한 인격의 여대생으로 형상화하려는 작가의

---

47 『생명』, 161쪽.
48 전후파(戰後派) 여성은 "세계 제2차 대전 이후에 생겨진 모라리티 여성으로서 패전 후 일본에서 한때 물의를 일으켰고, 동난 이후 유엔군의 진주와 더불어 이 땅에서 볼 수 있는 기괴한 타입의 여성"을 일컫는다. 그들은 이국적인 그 몸차림과 도발적인 대담무쌍한 그 행동이 최전선의 생활주의자이다. 성행위는 육체노동이 되고 정조는 생활 도구로 화해버린 그들은 "양갈보"와 동일하게 취급되었다. 1950년대 "전후파 모라리티"는 일반성을 띠고 여대학생의 아르바이트 방법으로 나아가 "성행위는 자기 향락과 생활 목적에 있어 자유로 할 수 있다"는 새로운 현대여성의 애정관으로 파생되어 당대의 전후파 여성에 대한 시선은 부정적이었다. 이명온, 「민주여성의 진호」, 『신천지』, 1954. 7, 94~96쪽 참조; 안미영, 「김말봉의 전후 소설에서 선·악의 구현 양상과 구원 모티프」, 『현대소설연구』 제23호, 한국현대소설학회, 2004, 323~324쪽.

의도가 있다고 분석된다. 순결 중시의 가치관에 의하여 여성은 참고 희생하는 것이 바람직하다고 에둘러 말하는 것이다.

> '나는 일주일 후면 이 사람의 아내가 된다. 나의 남편이 될 설병국에게 몸을 바쳤는데 잘못된 것은 없지 않은가?'
> 창님은 이렇게 자기 자신에게 변명을 해 보았건만 가슴 한 끝이 찌그러지는 듯한 불안을 어찌하는 수가 없다. 불안은 공포로 그리고 마침내 슬픔으로 변했다. 망망한 바다의 조각배를 타고 나온 듯 외롭고 서글퍼지는 심정을 어찌 할 수가 없다.
> '정조를 잃었다' 49)

병국의 육체를 거부하던 창님은 결혼을 전제로 드디어 병국과 육체관계를 맺게 된다. 하지만 병국은 그녀의 몸을 사랑해서가 아닌 성적 욕망을 해소하기 위한 수단으로 그녀를 이용하였다. 그는 자신의 의지만으로 움직이지 않는 육체에 대해 절망을 느끼기도 하였지만 끝내 육체의 유혹을 뿌리치지 못하였고, 더구나 유화주에 대한 욕망을 해결하지 못해서 그 대신 창님의 몸을 탐하였다.

연애와 결혼, 육체적 사랑과 정신적 결합은 일치되어야 한다고 하는 전통적이고도 가부장적인 사고를 가지고 있던 창님인지라 설병국의 육체적 요구에 응하고 나서 갈등하지 않을 수 없다. 그녀는 "내 남편 될 사람에게 정조를 바친 것이 무엇이 잘못됐어?"라며 핑계를 내세워보지만 "정조를 잃었다"는 죄책감에서 벗어날 수는 없었다. 그래서 창님에게는 어

---

49 『생명』, 247~248쪽.

서 날이 가고 결혼식을 하게 될 그 사실만이 희망이었다.

  그런데 당연히 설병국과 결혼할 거라 믿고 있었던 그녀에게 시련이 닥친다. 결혼식 전날 설병국과 유화주가 함께 있는 장면을 목격하고, 창님은 파혼을 선언하게 된다. 그녀는 설병국의 배신을 이해할 수도 용서할 수도 없었거니와 육체적인 사랑과 정신적인 사랑을 따로 생각하지 않았기 때문에 그 정신적 고통은 말할 수 없이 컸다. 그녀에게 연애와 결혼을 분리해서 생각한다는 것은 있을 수 없는 일이고, 결혼이란 진실한 사랑을 전제로 해야 하며 욕망으로서의 사랑은 아니어야 한다. 여기서 작가는 또 다른 장치를 해둠으로써 순결을 중시하는 창님을 이해하고 받아들이도록 독자를 설득하고 있다. 설병국의 강요에 의해 육체적 관계를 맺고 난 후에 창님이 아이를 가지는 설정을 해두었다. 즉 순결을 잃더라도 생명의 씨앗을 만들어, 창님의 육체관계에 타당성을 부여하고 그녀와 병국을 결혼에 이르도록 도운 것이다. 이 부분은 작품의 작위성이 드러나는 지점이기도 하다. 순결에 대한 죄의식은 남았지만 모성으로써 여성성을 극복하려고 하는 이런 의도는 작가가 여성이지만 분명 남성적 시선으로 서사를 끌어가고 있다는 것이 분명하다. 모든 여성이 어머니가 될 필요는 없다. 한 개인이 사회적 어머니가 되기 위해 반드시 생물학적 어머니가 될 필요는 없기 때문이다. 그럼에도 불구하고 가부장제 사회는 아기를 낳은 어머니가 그 아기를 키우는 데 가장 적합하다고 우리에게 가르치고 있는 것이다.[50] 결국 창님의 존재는 여성으로서가 아닌 어머니로서만 남게 된다.

---

50 로즈마리 통, 『페미니즘 사상』, 이소영 역, 한신문화사, 1995, 129쪽.

3. 선악의 이분법과 팜파탈 이미지

팜파탈(Femme fatale)[51]은 프랑스어로 '치명적인 여자'를 말한다. 흔히 우리나라에서는 악녀의 캐릭터로 통하며 요부형 여인상이다. 화려한 외모와 선정적인 몸매의 한 여자가 한 남자를 감미롭게 유혹한 후 파멸로 이끈다. 때로는 공멸을 자초하기도 한다. 남자 주인공의 파멸은 대부분 여성의 유혹과 관련을 맺곤 하는데 억제할 수 없을 정도로 매력적인 여성, 그러면서 남성을 유혹하고 파멸로 이끄는 팜파탈의 이미지는 오랫동안 페미니스트의 비판 대상이었다. 팜파탈이 지닌 성적인 힘은 남성의 가부장적인 질서에 대한 위협과 희생을 불러온다. 하지만 여성의 죽음이나 법적 처벌을 통해 결국 가부장제는 다시 회복된다.

우리 사회는 성적 억압이 존재하는 한편으로 여성에게는 성의 차별적 이중규범이 적용되는 성별 억압까지 부가하고 있다. 자유주의자들은 성적 억압과 지배로부터의 자유를 주장하며, 페미니스트들은 성적 억압보다는 여성에 대한 성별 억압에 더 관심을 둔다.[52] 개화기 이후 여성들은

---

51 팜파탈은 1940년대 필름 누아르(어둡고 잔인하며 폭력적인 범죄와 타락의 도시 세계를 그린 영화) 장르의 특성을 설명하기도 한다. 대부분 필름 누아르의 남자 주인공은 범죄 혹은 음모로 인해 타락하거나 파멸한다. 그래서 팜 누아르(femme noire)라는 표현을 사용하기도 한다. 팜파탈이 문학적인 캐릭터로 가장 잘 형상화된 것은 보들레르의 시집 『악의 꽃』으로, 그는 이름답고 매력적인 여인의 열 가지 태도를 정의해 팜파탈의 구체적인 모습을 그려냈다고 평가받는다(이명옥, 『팜므 파탈 : 치명적 유혹, 매혹당한 영혼들』, 다빈치, 2003; 장용호, 『팜므 파탈』, 어드북스, 2004 참조).

52 송명희, 『섹슈얼리티 · 젠더 · 페미니즘』, 푸른사상사, 2000, 81쪽.

차츰 연애결혼을 선망하였는데, 특히 신여성들은 자유연애와 연애결혼 그리고 평등한 부부 관계를 이상으로 삼았다. 1920년대 논의되던 여성해방론은 엘렌 케이[53)]의 자유주의적 연애·결혼관과 콜론타이[54)]의 사회주의적 연애·결혼관을 바탕으로 한다. 그러나 여성들이 바라던 개화는 자본주의와 결합하여 여성해방론에서 예상하던 방향과는 다르게

---

53 엘렌 케이(1849~1926)는 1849년 스웨덴의 귀족 가문에서 태어나 당대 최고 수준의 교육을 받았다. 그녀는 개인의 권리를 옹호하기 위해 투쟁하였고 웅변가로 활동하게 된다. 사회 전반에 걸쳐 개조를 주장하였고, 특히 여성의 권리를 옹호하며 여성을 정확하게 이해했다. 당시 기독교의 성에 대한 편견을 비판하고 인간의 발전을 저해해온 그릇된 철학, 윤리, 도덕, 습관 등을 깨뜨리는 데 적극적이었으며 이 사상은 여성의 권리 문제와 자연스럽게 연결되어 영국과 미국의 여성 운동에 큰 영향을 끼쳤다. 엘렌 케이는 부인 운동과 아동 복지에 진력하였으며 생물학적 진화론의 입장에 선 자유주의적 이상주의자였다(유연실, 「근대 한·중 연애담론의 형성—엘렌 케이 연애관의 수용을 중심으로」, 『중국사연구』 제79호, 중국사학회, 2012 참조).

54 콜론타이(1872~1952)는 러시아의 여성 정치가이자 세계 최초의 여성 외교관이다. 제정 러시아의 장군 도몬토비치의 딸로 취리히대학을 졸업하였다. 1898년 러시아사회민주당에 입당하였으나, 1915년 공산당으로 당적을 옮겼다. 1917년 11월 혁명 후 공공복지인민위원 등의 요직을 거쳐 세계 최초의 여성 외교관으로서 1923~1926년 노르웨이 공사(公使), 1926~1927년 멕시코 공사를 거쳐 1930~1943년 스웨덴 공사와 대사를 역임하였다. 그녀는 여성의 문제를 개인화하지 않고 사회화하여 이론적으로 정립하였다. 그녀의 사상은 매우 급진적이고 극단적인 측면이 있는 것도 사실이지만 오늘날까지도 논의되고 있는 여성의 사회적 노동과 모성 문제, 아동 양육과 가사노동의 문제 등을 해결할 실마리를 품고 있는 것도 사실이다. 콜론타이는 러시아 사회주의 혁명의 틀 안에서 여성의 경제적, 정치적 평등을 주장했을 뿐 아니라, 결혼과 연애, 성의 문제를 여성의 관점에서 제기했다는 점에서 페미니즘 역사상 중요한 의미가 있다. 하지만, 그녀가 제시한 연애와 성, 결혼에 관한 새로운 도덕은 러시아 공산당 내에서도 큰 논란을 야기하였다. 한국의 여성해방운동가 허정숙, 정칠성, 박정애 등에게 영향을 주었다(판스워드, 『알렉산드라 콜론타이』, 신민우 역, 풀빛, 1987 참조).

진행된다. 그 결과 자유연애를 주창하던 많은 신여성들이 첩이 되었다는 사실은 아이러니가 아닐 수 없다.

성에 관한 고정관념은 성별에 따라 다르게 나타난다. 남성 권력의 징표 중 하나는 성이다. 남성에게 성관계는 그의 사회적 능력의 검증대이기 때문에 '다다익선'이지만, 여성에게 적을수록 좋은 것이다. 여성에게는 남성과 다른 차별적인 규범이 적용되고 있기 때문이다.[55] 성적 매력이 있거나 적극적인 구애를 하는 여성에 대해 곱지 않은 시선으로 바라보는 것, 성 경험이 많거나 성산업에 종사하는 여성들을 정숙하지 못한 '값싼' 여성으로 취급하는 것도 바로 이런 심리 때문이다.

문학 텍스트의 서사 구조에서 지속적으로 나타나는 사실 중 하나는 성적으로 타락한 주인공은 고통과 죽음의 운명을 피할 수 없다는 사실이다. 이러한 유형의 플롯은 여성이 태어날 때부터 순수하다고 가정한다. 여성은 신과 자연에 의해 순수한 것으로 그 운명이 정해져 있다. 남성은 본래부터 성적으로 문란하도록 만들어져 있으므로 그들이 성적인 범죄를 저질렀을 경우 용서되어야 하는 반면 여성의 경우 타락이란 자신의 자아를 완전히 파괴해버린 것과 다름없다.[56] 이런 관점은 여성과 남성에 대한 차별과 이중 기준이 아닐 수 없다. 또 남성은 가능하고 여성은 불가능하다는 것은 분명히 남성적 시선이다.

가부장적 이데올로기에 맞는 여성다움의 강조는 부정적인 여성상을 통해서 더욱 구체화된다. 정조를 빼앗긴 여성은 행복한 결혼 생활을 할 수

---

55 정희진, 앞의 책, 95쪽.
56 팸 모리스, 앞의 책, 61~62쪽.

없을 뿐만 아니라 사회적으로 정상적인 생활을 꿈꿀 수도 없다. 일시적인 쾌락으로 인해 한평생을 고통 속에 보내게 한다. 김말봉의 작품에서 순결을 잃은 여성에게 평범한 행복이 주어지지 않는 것은 이와 같은 남성적인 시선이자 남성적인 잣대가 분명하다. 또 매력적이고 화려한 여성은 주로 성적으로 타락한 여성으로 묘사되고 있다. 김말봉의 소설에서 치명적인 유혹으로 남성을 파멸시키는 팜파탈의 여성 인물로는 『밀림』의 오꾸마, 『찔레꽃』의 옥란, 『푸른 날개』의 미스 현, 『생명』의 유화주 등이 있다.

먼저, 오꾸마를 눈여겨볼 필요가 있다. 『밀림』에서 동섭을 짝사랑하는 오꾸마라는 여성은 팜파탈로 재현되며, 여성을 바라보는 작가의 편협한 시각이 더욱 뚜렷하게 드러난다.[57] 별장에서 휴식을 취하고 보트를 타면서 휴가를 즐기는가 하면 운전기사와 하인을 거느리는 부를 소유한 지식인층과 인천 축항매립공사장 노동자들의 생활 사이에는 극심한 빈부격차가 있음은 작품에서도 적나라하게 드러난다. 노동자들의 빈촌에 살던 오꾸마는 가정 형편이 어려워 몸을 파는 곳으로 흘러들었는데, 동섭을 만나고 나서는 그를 사랑하면서도 다가가지 못한다. 그 이유는 자신이 '처녀가 아니기 때문'이다. 하루 벌어 겨우 겨우 먹고사는 빈촌의 생활이 그녀를 생활 전선으로 내몰았다고 해도 생활고로 몸을 파는 일에 대한 작가의 시선은 결코 곱지가 않다.

---

57 자경을 위협하는 상만의 숨겨진 여자 요시에도 점차 악녀의 이미지로 바뀌어간다. 자경의 눈을 피해 상만과 딴 살림을 차리고, 학세를 내세워 돈을 빼돌린다. 요시에는 유학 시절 상만을 유혹했고, 상만이 떠난 다음 매춘 행위로 생활을 하던 순결하지 않은 여성이었기에 남성적 시선으로 보면 부정적인 인물일 수밖에 없다.

그러면 비참하고 가난한 생활을 벗어나는 길은 결혼밖에 없고, 결혼이야말로 신분 상승의 절호의 기회라 생각하는 상만과 비교해보자. 자경과 결혼하여 서정연 사장의 사위가 된 상만은 사장 자리까지 탐내며 신분 상승과 함께 분배 과정에 편승하려는 속셈까지 드러낸다. 사회적 지위를 얻은 상만은 그 자리를 이용해 성욕까지 채우게 된다. 자경과 결혼해서 그녀를 집에 두고 요시에와는 딴살림을 차리는가 하면, 오꾸마를 탐하며 쾌락을 누리려 한다. 그는 돈 있고 능력 있는 청년 실업가임을 내세워 여성들을 유혹하기 시작한다.

> 상만은 이것이 오꾸마의 일시전 롱담이라해도 좋다. 아니 샛빨안 거짓말이라 해도 상관없는 것이다. 활활 타오르는 정열에 사로잡힌 상만은 두팔로 오꾸마의 어깨를 어스저라고 붓안었다 숨막힐 듯한 포옹![58]

요시에와 처음으로 댄스홀 '오로라'에 가서 오꾸마를 만났던 상만은 낮이고 밤이고 오꾸마를 잊어본 적이 없었다. 날마다 오로라로 가서 그 아름다운 여인과 웃고 이야기하고 싶은 것이 상만의 마음이었다. 그는 가면무도회를 계기로 오꾸마에 이끌려 그녀에게 점점 빠져들게 된다. 부인과 첩을 거느리고 있다는 사실도 문제될 것 없었고, 자신은 또 다른 여인을 충분히 취할 능력이 있다고 믿고 있었다. 부를 가지게 된 그는 욕망을 조절할 필요도 느끼지 못하며 육체적 쾌락의 늪에 빠져버린다. 오꾸마는 이런 상만의 도박 심리를 자극하여 만주의 금광을 사들이도록 부추기고 회

---

58 『밀림』下, 230쪽.

사의 공금을 횡령하여 몰락하게 만든다. 오상만의 파멸은 권선징악의 도식성을 보이고 있으나, 욕망 추구와 물질적 성취의 허망함을 작가는 경계하고 있다.

그러나 자세히 보면 상만보다는 오꾸마에게 더 부정적이다. 상만의 욕망은 사장이라는 '자리'와 권력을 위한 것이었고, 오꾸마의 욕망은 오직 육체적 쾌락이라고 끌고 간다. 이런 시선은 남성 위주의 여성 바라보기가 분명하다. 오꾸마는 상만과 고야 부장을 상대로 사상 운동을 위한 자금 마련인 것처럼 사기극을 벌이게 된다. 그러나 그들을 유혹하여 받아낸 돈을 자신의 아이를 위한 양육비로 써달라는 유언을 남기고 자살하는 것으로 오꾸마의 역할을 마무리한다. 몸을 파는 오꾸마에게 사상 운동의 일원이라는 지위를 끝까지 부여하지 않고 오직 모성애로 돌아가서 생을 마감하게 하는 것 또한 남성적 시선이라는 것이다. 서사의 진행으로는 분명히 자금 마련과 비밀 행동의 긴장감을 주고 있었는데, 갑자기 오꾸마에게 주어진 역할이 축소되어 있음을 발견하게 된다. 즉, 요시에나 오꾸마는 성적(性的)으로 '값싼' 여성으로 이미지화되면서, 크거나 중요한 역할에서 배제시키고 있다. 이미지에서 계급의 문제를 무시하기 어려웠듯이, 이제 성(性)이라는 주제를 무시하고 넘어가는 것은 사실상 생각도 할 수 없게 되었다.[59] 이들 여성에게 남근 중심적 문화와 연결된 공격적인 또는 지배하려는 남성의 시선이 적용되고 있음을 본다. 이렇게 여성의 이미지는 사회에 바로 접근하기보다는 여성에 대한 남성의 관점, 빈곤층에 대한 부유층의 관점 등으로 굴절되어 나타난다. 그러므로 남성의 관점을 쫓아내는

---

59 피터 버크, 『이미지의 문화사』, 박광식 역, 심산, 2009, 296쪽.

과정은 여성 작가나 여성 독자들에게 중요한 작업이 될 것이다.

안정순의 지고지순한 사랑이 주제인 『찔레꽃』에도 악녀가 등장해 정순을 방해한다. 『찔레꽃』은 정숙함과 순결을 지키는 아름다운 여성으로 정순을, 육체적 욕망과 물질을 추구하는 여성으로 옥란을 대비시킴으로써 독자들에게 더 가치 있는 것은 정순의 삶임을 은연중에 강요하는 소설이다. 사실 작가 김말봉은 하층민에 대한 연민이나 휴머니즘으로 후에 『화려한 지옥』과 『별들의 고향』처럼 기생이나 창녀를 소재로 한 작품을 생산하였다. 그러나 기생의 인권 문제는 별개로 두더라도 여전히 가부장적인 애정관과 결혼관을 버리지 못하는 작품들이 있다는 것은 그가 여성에 대한 가치관이 완전히 정립되지 못하였을 뿐만 아니라 가부장적 사고에서 벗어나지 못하였음을 말하는 것이다.

김말봉은 조만호의 육체적 욕망과 옥란의 욕망 역시 다른 눈으로 보고 있다. 즉 남성과 여성의 욕망을 다른 시각으로 접근한다. 조만호를 탐색(探色)으로 비난하면서도, 옥란은 "황금의 채찍 아래 몰려온 기생"이라 묘사하고 있다. 오히려 봉건적 도덕률을 고집할 고상한 여유마저 박탈당한 채 절박한 삶의 요구 때문에 기생의 길에 들어설 수밖에 없었던 그들을 연민의 눈으로 바라본다.[60] 그러나 호의적인 시선을 거두고 옥란을 점점 타락과 팜파탈의 이미지로 만들어낸다.

　　웃음! 기생들의 웃음!

60　권선아, 「1930년대 후반 대중소설의 양상 연구—『찔레꽃』의 구조와 의미를 중심으로」, 고려대학교 석사학위 논문, 1994, 47쪽.

그것은 두텁게 올린 지분아래 좀먹고 있는 슬픔을 가리우는 오직 한 가지의 탈 바가지다.

짧은 한 세상을 수고와 눈물과 한숨으로, 그러나 창녀 음부라는 부끄러운 운명의 낙인(烙印)을 일평생 걸머지고 가지 않으면 안 되는 그들은 인간이란 무대에서 가장 불리한 역할(役割)을 맡은 가련한 희극 배우들이다.[61]

최근호가 옥란을 처음 만났을 때 "학대받는 백색노예"라고 부르짖었듯이 작가는 기생의 삶에 동정심을 가지고 있긴 하다. 그러나 옥란은 정순을 고난에 빠지게 하고 침모의 딸을 죽음으로 몰고 가는 악역을 하며, 그 밑바닥에는 육체적 물질적 욕망의 문제가 숨어 있다. 옥란은 최근호의 사랑과 조만호의 돈 사이에서 갈등하지만 돈의 힘에 따라 조만호를 선택하게 된다. 조만호의 본처가 될 야심을 갖고 있으면서 돈의 위력을 간파한 영리한 인물이기 때문이다. 그녀는 치명적인 유혹으로 조만호의 환심을 산다.

그러나 옥란에게는 어머니 아버지 외에 오빠 동생까지 칠팔 식구가 달려 있고, 또 올해 여섯 살된 옥란의 아들이 있는 것이다. 표면적으로는 오빠의 아들이라 하지만 실상인즉 옥란의 첫 남편 정모의 혈육이다.

한 달에 일백 이십 원을 가져야 살아가는 옥란의 살림은 근호가 받는 육십 오원으로는 물론 수지가 맞을 리가 없는 일이었다. 그러나 사랑에 취한 옥란은 자기의 패물을 잡히고 옷을 전당포로 보낼지언정 근호에게는 한 마디의 불평을 말하지 아니하였던 것이다.

다섯 달이 지나고 화로와 대야 놋그릇이 마지막으로 전당포로 가는 날

---

61 『찔레꽃』, 84쪽.

"얘 너 그 비렁뱅이 녀석을 믿고 언제까지 이럭허고만 있을 생각
이냐? 식구들이 거꾸로 벗고있는 데두 여름 옷감은 들여올 생각은
아니허구…… 이 지경이 되면 수남(옥란의 아들)이도 내년에 학교
에 못 넣는다."

"……"

옥란의 입가에는 쓸쓸한 미소가 흘러갔다.

"정조란 것도 결국 밥 있고 옷 있는 사람들만이 가질 수 있는 사
치품이야."

이렇게 중얼거리던 그는 근처 싸전가게로 가서 전화를 걸었다. 그
날 밤 옥란은 근호의 눈을 피하여 ○○호텔에서 조만호씨와 만나고
왔다.[62]

위의 인용문에서 드러나듯이 인간의 삶에는 현실적으로는 정절과 같은
도덕적 논리보다 사회경제적 삶의 논리가 절실하게 적용되기도 한다. 인
간의 욕구를 소외시키고 이득을 위한 수단으로 만드는 물신화는 소유욕
이 가득한 인간들의 싸움이다. 돈에 대한 욕구의 단순화는 근대 자본주의
사회에서 자본가에 의해 집중적으로 강제되고 있다.[63] 즉 자본을 가진 조
만호 같은 인물은 갖지 못한 자들의 욕구를 육체적 생존에 필요한 최저한
으로 제약하며 빈궁한 생활을 그들의 표준으로 설정해버린다. 그러면서
그들을 감각도 욕구도 없는 인간으로 만들어 지배하려 든다. 소설이 연재
되던 당시는 일제 강점의 시대적 상황으로 서민들이 살아가기에는 몹시
어려웠다. 그래서 옥란과 같은 여성들이 어떻게든 생존하려는 노력은 설
득력이 있어 보인다. 즉 매춘을 하는 이유로 생활이나 생존은 너무나 절

62　『찔레꽃』, 85~86쪽.

63　정문길, 『소외론 연구』, 문학과지성사, 1986, 79쪽.

실한 문제이다. 옥란에게는 "칠팔 식구"가 딸려서 그녀만 바라보고 있다. 먹고살기 위해서 옥란은 조만호를 택할 수밖에 없었다. 옥란은 조만호와 그의 돈을 바라보며 안방마님의 자리까지 욕심내지만, 조만호는 돈을 이용하여 옥란을 농락할 뿐이다. 그런데 조만호를 유혹하는 옥란은 여성으로서 바람직하지 않은 품행으로, 조만호가 돈과 권력으로 옥란을 이용하는 것은 남성들의 있을 법한 행동으로 이해된다. 무력하게 남성의 재력과 구원을 기다리는 옥란의 모습으로 남성은 더 우월한 역할을 부여받는다.

결말로 가면서 기생 옥란에게 다소 호의적이던 시선을 거두고 순정과 순결의 대명사가 된 정순의 적대자이자 욕망에 사로잡힌 히스테릭한 옥란만을 부각시킨다. 작가는 천사 이미지인 정순, 악녀 이미지인 옥란을 의도적으로 대비시켜 비교한다. 바로 여성의 이미지가 천사와 악녀 두 종류로 양극화되어 나타나고 있다. 옥란의 일탈은 남성의 권위에 도전하는 여성을 억압하기 위해 고안한 것이라는[64] 엘만의 주장에 따라 옥란은 남성의 적대자가 된다. 그동안 독자들은 옥란을 통해 경제적 궁핍 속에서는 자신의 사랑과 이상을 실현하기 어려운 시대라는 공감대를 충분히 형성하였다. 그러나 물질적 욕망과 육체적 욕망을 쫓던 옥란에게는 비참한 최후로 생을 마감하게 하여 작가는 분명히 가부장적인 사고방식의 한계를 보인다. 이는 남성과 여성을 차별하는 반페미니즘의 요소이다. 옥란과는 대조적으로 조만호에게는 별다른 응징이 없다는 것은 남성주의적 관점이 숨겨져 있는 지점이기도 하다.

『푸른 날개』에서 미스 현의 경우도 외모를 이용해 남성을 현혹하고 자

---

64 정순진, 『한국문학과 여성주의 비평』, 국학자료원, 1992, 201쪽 참조.

신의 이득을 챙기는 나쁜 여성으로 그려지고 있다. 미스 현의 눈은 쌍꺼풀이 지고 눈꼬리가 약간 위로 치켜져 있어, "웃으며 곁눈으로 사람을 응시할 때는 요염할 만큼 매력적"이라고 묘사되고 있다.

> 음악이 흘러가는 시냇물처럼 귓속으로 유쾌한 리듬이 울려오는가 하면 미스현은 시냇물 속에서 꼬리치는 잉어처럼 권상오의 팔 속에서 그 알맞게 살진 몸을 좌우로 흔들면서 스테프를 밟는다.
> 지극히 자연스럽게 미스현의 허리가 권상오의 정면에서 일렁거리고 나면 그의 보드라운 어깨가 권상오의 가슴 속에서 잔물결처럼 흔들리는 것이다. 권상오는 관능에 아찔하여 오는 미스현을 깨어지도록 포옹하고 싶은 충동을 어금니로 씹으며 지그시 눈을 감았다. 미스현은 절반 입을 열고 절반 감은 눈으로 권상오의 눈 아래서 착 고개를 뒤로 젖히고 권상오의 하복부에 스칠락말락 두어 번 허리를 비틀었다.[65]

권상오는 미스 현에게 영어를 가르치게 되자 그녀의 유혹에 빠진다. 미스현은 가장 요염하게 권상오를 유혹하고 그에게 적극적으로 사랑을 쏟는다. 그러나 미스 현은 김상국과 관계를 맺고 있으면서도 권상오에게서 연애 감정을 느끼는 이중생활을 하고 있었다. 그러던 그녀가 권상오와의 사랑을 위해서 "생명을 버려도 조금도 아깝지 않다"고 말할 만큼 권상오에게 집착하기 시작한다.

> 미스현은 김상국이란 존재가 항시 편리했다. 양품을 덤벅 갖다 주는 것은 물론 첫째 몸이 튼튼해서 좋다. 몇 날이고 몇 밤이고 도

---

65 『푸른 날개』, 466~467쪽.

전을 해도 끄떡도 하지 않고 버티는 김상국은 미스현의 생리를 십
이분으로 만족시켜 주는 것이다. 그 뿐인가 미스현이 골라내고 남
는 양품들을 팔아넘긴 돈으로 미스현이 원하는 패물이며 의복을 아
까운 줄 모르고 등대하는 김상국이다. 이러한 김상국은 미스현에게
있어서 언제나 필요한 머슴이요, 편리한 보호자요, 또 믿을 수 있는
동지일 수도 있다. 그러나 이러한 것이 결단코 미스 현의 애정은 아
닌 것이다.[66]

   미스 현에게 김상국은 "필요한 머슴"이요 "보호자"일 뿐, 애정의 대상이
아니다. 김상국도 마찬가지로 미스 현을 육체적 욕망을 해결하는 대상으
로 생각한다. 여기서 미스 현과 한영실이 둘 다 김상국을 현실적이고 경
제적 조건 때문에 만나고 있다는 공통점은 가지고 있다. 한영실은 육체적
인 쾌락의 목적은 아니지만 현실적인 이유로 김상국을 선택한다. 반면 미
스 현은 결혼의 제도와는 별개로 육체적 쾌락을 즐기면서도 김상국을 이
용해 경제적 이득을 취하고 있다. 그렇지만 두 여성의 이미지는 서로 비
교되면서 선과 악으로 분리되고 있다. 당연한 듯이 김상국은 한영실과 미
스 현을 비교하며 "한영실이란 선녀를 해치는 악마"라며 강도 높게 미스
현을 비난한다. 미스 현으로부터 욕망을 채우면서도 그녀를 긍정적인 시
선으로 보지 못하는 김상국의 이중성이 드러나는 부분이다. 김상국의 시
선은 그대로 남성적 규범에 의한 여성의 구분이다. 그는 참하고 순종적인
한영실과 성적 자유를 누리는 미스 현을 오로지 남성적 시선으로 바라보
고, 남성적 잣대로 평가하고 있다.

---

66 『푸른 날개』, 531쪽.

미스 현은 김상국을 돈과 육체적 욕망 때문에 이용하는 반면, 권상오는 "짐승"이 아닌 "사람"으로 느낀다. 그래서 노골적으로 권상오를 유혹하기도 한다. 그녀는 사랑의 영원성을 믿지 않으며, 성에 관해서는 과거의 윤리관이나 정조 관념에서 벗어난 대담함과 적극성을 가지고 있다.

> "와이씨! 우리 언제까지나 결혼하지 말고 살아요. 와이씨는 영원히 총각으로 난 또 영원히 미스 현으로…… 좋지 않아요?"
> 미스 현은 김상국의 젖은 뺨에 살짝 입술을 대어 보고
> "얼마나 스릴이 있는 생활이에요? 남들이 모르는 비밀의 애정을 가졌다는 거…… 그것은 보석보다 값 있는 거야요."
> "……"
> "평범한 생활의 노예가 되어서야 쓰겠어요? 우리가…… 결혼을 해서 남편이 되고 아내가 되고 싱거운 일이에요. 싱겁디 싱거운 부부 생활, 생각해 보아요. 몸서리나지 않는가. 이렇게 비밀히 만난다는 것, 자릿자릿하지 않아요? 마음대로 즐길 수도 있고 그러면서도 남의 눈을 피하려는 조심성, 공포에 근사한 불안…… 와이씨! 나의 성격은 이런 생활이라야만 살아가는 보람이 있어."[67]

그래도 미스 현은 김상국의 돈을 놓칠 수가 없다. 김상국이 한영실과 결혼하겠다고 하자 미스 현이 두 사람을 방해하기 시작한다. "따이야"와 "진주" 등의 크고 값진 보석을 다 가져오게 하고, 육체적인 쾌락을 즐길 수 있는 김상국을 뺏기고 싶지 않다. 그녀에게 김상국은 사랑은 아니지만 "필요한 머슴"인 것이다. 그래서 필요한 머슴이 사라지는 것은 불편한 일이라 김상국의 결혼을 막으려고 한다. 이렇게 이해관계가 개입된 두 사람

---

67 『푸른 날개』, 536쪽.

은 비극으로 치닫게 된다.

미스 현의 밀고로 형사가 찾아오고 결혼이 파탄나자 김상국은 그녀를 찾아가 깡통으로 얼굴을 엉망으로 만들어놓는다. 외모로 살아간다고 생각하는 미스 현에게 아름다운 얼굴이 사라진 것은 참을 수 없는 일이다. 타인에게 "흉한 얼굴을 보이지 않게" 하고, 특히 권상오에게 "언제까지나 아름답게" 기억되기를 바라며 결국 그녀는 한강 철교에서 자살을 선택한다. 사람들의 외모에 대한 만족은 개인의 주관적인 느낌을 지배하게 된다. 그래서 외모는 사회관계의 소통, 사회 내에서의 개인의 가치, 그리고 사회적 인정에 대한 가능성을 재현하는 기표가 된다. 자신의 외모에 대한 인식은 비교를 통해 이루어지는데, 많은 경우에는 이미 고정화되어 각인된 자신의 과거의 사진 이미지들뿐만이 아니라 이상화된 육체 이미지들과의 비교를 통해 분명해진다.[68]

미스 현에게 자신의 육체는 하나의 자본이며 상품이다. 육체의 완벽함과 아름다움의 기준은 사회에서 제공하고 있으며, 대중에게 성과 육체, 특히 여성의 육체는 철저하게 타자화되고 있다. 소비문화 속에서 육체에 대한 지각은 수없이 널려 있는 시각적 이미지들에 의해 지배된다. 보여진다는 것은 보는 사람의 시각에 의해 가치가 평가되는 것을 의미한다. 사회의 제반 영역에서 신체적 외모를 기준으로 어떤 선입견을 지니거나 차별대우를 하는 외모지상주의(lookism)[69]는 근래에 이르러 더욱 부각되는

68 　김은실, 『여성의 몸, 몸의 문화정치학』, 또하나의문화, 2001, 103쪽.
69 　루키즘은 신체적 외모 또는 겉모습의 이미지를 기준으로 특정 부류의 집단을 달리 인식하거나 비호감을 지니며 나아가 편견 또는 차별함을 의미한다. 1999년도 옥스퍼드 20세기 단어 사전에는 루키즘을 '외양에 근거한 선입견이나 차별'로 정

사회현상이라고 볼 수 있을 것이다. 고가의 상품으로 팔리기 위해서는 우선 소비자들의 시선을 끌어야 한다. 즉, 상품으로서의 가치는 보다 참신하고 아름다운 외양과 매력적인 겉모습에 우선적으로 주어진다. 외모지상주의에서는 신체적 외모가 성적 매력뿐만 아니라 삶의 '바른 태도'임을 의미한다. 심지어 좋은 외모의 소유자를 능력 및 업적과 결부시키는 사회적 신념이 암묵적으로 작용하고 있다.[70] 미스 현이 죽음을 선택할 수밖에 없었던 것은 바로 이러한 외모지상주의 맥락으로 볼 수 있다. "흉터가 없어지지 않는다면 죽어버릴" 것이라는 미스 현은 자아 정체성이나 성적 정체성, 자존감이 극히 부족한 인물이다. 그녀는 흉터가 있는 얼굴로 "길바닥에" 나갈 수가 없다. 그녀에게 아름다움이 사라졌다는 것은 상품으로서의 가치가 사라졌다는 의미이며, 결국 자살로써 육체를 완전히 파괴해버린다. 한영실의 적대자로, 또 치명적인 팜파탈로 성적 유혹을 일삼던 미스 현의 죽음은 이미 결정되어 있는 악녀의 최후로 결론지어진다.

『푸른 날개』의 미스 현과 비슷한 이미지로 『생명』에는 유화주가 있다. 『생명』의 유화주라는 인물은 전처가 있는 남편에게 속아 결혼을 했었는데, 이를 알고 집을 나온 뒤에는 밀매업으로 부를 축적하고 육신의 안락만을 추구하며 살아가는 여성이다. 그녀는 동경 여자미술대학교를 졸업한 지식인으로 복잡한 내면을 쉽게 드러내지 않는다. 남편으로 인한 상처 때문에 15년간 모든 남자가 "사기한"이며 "협잡군"으로 보여, 돈과 애욕

의하며, 네이버 사전에는 '외모지상주의'로 번역하고 있다.
70   엄묘섭, 「시각문화의 발전과 루키즘」, 『문화와 사회』 제5호, 한국문화사회학회, 2008, 85~87쪽 참조.

만을 좇는 생활을 한다. 농염한 육체를 소유한 덕분에 자신의 육체적 욕망을 적극적으로 발산하며 남자들을 유혹하고 재산까지 늘린다.

> 설병국은 자다가 생각을 해도 부끄러움을 자아내는 사실은 유화주 여사의 집에서 벌거벗고 한 시간을 지낸 저녁의 일이다.
> 생각하면 유화주라는 여인은 간특하고 잔인스러운 요부적 성격을 가진 꿈에라도 다시 나타날까 실로 겁나는 대상이다.[71]

어떻게 하다 보니 유화주의 모델이 된 설병국은 그녀를 "요부"라고 생각할 만큼 유화주는 매력적이다. 자신에게 돈을 주고 유혹하면서도 육체 관계는 의식적으로 자제하는 화주의 태도가 설병국의 자존심을 건드리고 오히려 성적 욕망을 자극한다. 그러나 사람이 아니라 "하늘과 땅 사이에 잘못 돋아난 버섯" 같은 존재로 묘사되던 유화주는 끝내 불행한 죽음을 맞이하게 된다. 유화주라는 인물은 돈으로 성적 욕망을 교환하는 탐욕스러운 물신주의자였지만, 그녀의 죽음은 얽혀 있는 복잡한 관계를 풀어주는 실마리가 되기도 하였다.

> 설병국은 방으로 들어 왔다. 들어 와서 다락문 앞으로 바싹 가까이 갔다. 그리고 다락문에 붙여 논 글을 소리를 내어 읽어 본다.
> '나는 사람이 아니외다. 짐승은 아니외다. 하늘과 땅 사이에 잘못 돋아난 버섯이외다. 한하운시집에서.'
> 설병국은 고개를 끄덕이고,
> "어쩌면 화주야말로 잘못 돋아난 버섯인지도 몰라? 빨간 비단처

71　『생명』, 126쪽.

럼 피어난 버섯. 그리면서도 먹으면 사람이 죽어버리는 버섯인지도
몰라?"

　그러한 화주를 찾아서 갈급해하는 자기는 또 어떤 세기말적 환자
인지도 모른다.[72]

　여성에 대한 천사 이미지는 부드럽고 순종적인 여성을 길러내기 위한
이념적 장치로 기능해왔다. 천사는 무엇보다도 착하고 순결해야 한다.
특히 문학작품에서는 이러한 순결하고 순종적이고 희생적인 여성을 '천
사'의 이미지로 이상화하면서 그로부터 벗어난 여성들은 '마녀'로 간주했
다. 이와 같이 이분법으로 남성의 권위에 도전하면서 주체성을 주장하는
여성은 가차 없이 마녀로 매장되었다. 마녀 이미지는 혐오스럽게 암캐 같
은, 남자의 성욕을 충족시켜주는 섹시한 여자로 나타나기도 하고 자신의
일에만 매달리는 이기적인 여자로 비판되기도 하였다.[73] 이 작품에서는
두 여성 인물을 대립시켜 전창님은 천사의 이미지, 유화주는 마녀에 비유
되고 있는 셈이다.[74]

　아울러 작가는 유화주를 통해 육체적 욕망의 덧없고 허망함을 보여주
며, 육체적 쾌락에 빠져 있는 인물을 경계하고 있음을 알 수 있다. 돈으

72　『생명』, 270~271쪽.

73　김복순, 「'지배와 해방'의 문학—김명순론」, 『페미니즘과 소설비평 : 근대편』, 한
　　길사, 1995, 40~41쪽.

74　『푸른 날개』에서는 한영실은 천사, 미스 현은 마녀에 비유되었다. 『생명』에서는
　　전창님은 천사, 유화주는 마녀의 이미지다. 그런데 팜파탈의 마녀인 미스 현과
　　유화주 여사는 성적 욕망에 집착하며 쾌락을 즐기고 경제적인 능력도 소유한 여
　　성으로 기존의 전통적인 여성상과는 다르며 물신화된 여성이다. 그러나 결국 이
　　들은 방종과 향락의 대가로 죽음에 이르게 되는 공통점이 있다.

로 인해 맺어지는 육체관계는 상품화된 성으로 철저하게 부정한다. 따라서 이 작품에서는 진실한 사랑을 전제로 한 결혼을 주장하고 있으며, 사랑만큼 생명을 지키는 것도 중요한 것이라 말하고 있다. 이는 성에 대한 작가의 보수적 관점을 드러내는 부분이며, 여성을 선과 악으로 이분하여 제시하는 전근대성을 보이는 지점이기도 하다. 기철과의 몸싸움에서 화주를 죽게 만드는 설정에서 돈과 성에 대한 과도한 집착이 부른 필연적인 불행의 결과를 보여주려는 작가의 의도가 숨어 있다. 즉 화주 여사의 성적 방종은 당시 사회 통념상 독자들이 받아들이기는 어려웠으며, '타락한' 여성을 해피엔딩으로 마무리할 수 없다는 대중적 심리를 반영한 것으로 보인다.

결론적으로 유화주는 설병국을 유혹하고 창님과의 관계를 깨려는 부정적 인물이다. 그녀는 김한주에게 자신의 육체를 미끼로 돈을 요구하고, 김기철을 성적으로 이용하며 애욕을 채우기도 한다. 돈을 내세우는 자존심과 애욕의 화신으로 본능적 삶을 누리다가 결국은 '돈' 때문에 김기철과 싸우다 죽고 만다. 똑같이 육체적 쾌락에 빠져들지만 남성인 김한주와 설병국의 성은 부정되지 않고 있다. 김한주는 여전히 사업가로서 당당히 살아가고, 설병국은 창님과의 결혼에 성공한다. 이런 결론은 남성의 성이라는 개념을 통해, 남성적 준거에 의해 세상을 바라보기 때문이다. 반면 여성의 욕망은 사회 전체의 구조에 의해 결정되고 끊임없이 심판받는다. 『생명』의 유화주의 욕망 역시 여전히 남성의 시선으로 비판적으로 보아 부정되고 있음을 알 수 있다.

제3장

주체로서의 절대적 남성 이미지

우리 사회질서 안에서 거의 검토되지 않을뿐더러 인식되고 있지도 않은, 그럼에도 불구하고 제도화되어 있는 것은 바로 남성이 여성을 지배하는 생득적 우월성이다. 이러한 양성 간의 체제를 통하여 가장 교묘한 형태의 "내면의 식민화"가 이루어져왔다. 지금 성차별이 아무리 완화된 것처럼 보일지라도, 성의 지배는 우리 문화에 가장 널리 만연해 있는 이데올로기이며, 가장 근본적인 권력 개념을 제공한다.[1]

가부장제에서 섹슈얼리티에 책임을 미루고 위험과 사악함은 모두 여성에게 뒤집어씌우는 발상은 가부장제의 효율적인 통제 수단이 되어왔다. 또한 가부장제의 종교와 윤리는 여성과 성을 합치려는 경향이 있다. 마치 성과 관련된 부담과 불명예가 오로지 여성의 잘못 때문이라는 듯이 말이다. 따라서 불결하고 사악하며 사람을 나약하게 만든다고 생각되는 성은 여성에게만 적용된다. 반면 남성의 정체성은 성적인 것이 아니라 인간

---

1   케이트 밀렛, 『성 정치학』, 김전유경 역, 이후, 2009, 74쪽.

적인 것으로 보존된다.[2] 남성과 여성에 대한 차별은 이런 성의 문제만이 아니다. 지위, 기질, 성 역할은 남녀 모두에게 끝없이 심리적 파생물을 낳게 한다. 정치나 경제, 문화적 측면에서도 남성은 주체로서 적극적인 역할을 하고, 여성은 남성 뒤에서 보조 역할을 한다. 하늘은 보이지만 유리 천장으로 위장된 남성의 권력은 여전히 여성 위에서 군림한다. 이 장에서는 바로 이런 남성의 절대적 이미지에 대해 고찰해보려고 한다.

1. 보는 시선 : 주체의 이미지

가부장 중심의 남성 사회에서 여성이 인간으로 대접받는 길은 인간으로서의 여성이 아니라, 남성의 여자로서만이 유일한 길이었다. 여성조차도 남성들의 거울을 통해 자신을 바라봄으로써 자신이 어떤 모습인지도 모른 채 남성들에 의해 재현된 여성상에 만족할 뿐이었다. 주체 집단, 즉 권력을 가졌거나, 재산을 가졌거나, 혹은 그 사회집단을 이끌어가는 정치 지도자, 부자, 전문 지식인 등이 대부분 남성들이라 그들이 주체가 되어 사회를 규정하고 인식한다. 지배와 정복의 남성 우월주의는 김말봉 소설 속에 등장하는 남성 인물들의 공통분모이며, 이들은 사회에서 또는 가정에서 절대자로 자리한다.

김말봉 소설에 재현되는 남성의 절대적 이미지는 대표작 『찔레꽃』을 통해서 확연하게 드러난다.

---

2   케이트 밀렛, 앞의 책, 121쪽.

『찔레꽃』에는 안정순의 약혼자인 민수, 정순이 가정교사로 있는 가정의 아버지인 조만호 두 사람이 주요 남성 인물로 등장하고 있다. 두 남성은 경제적 능력과 성품이 매우 대조적이며 정순을 사이에 두고 갈등을 빚게 된다. 탐욕스러운 부자이자 은행 두취로 등장하는 조만호는 정순의 사랑을 방해하는 악인의 전형이며, 반면 민수는 가난하고 소극적이며 선한 이미지를 갖고 있다.

> 그러나 사십 고개를 넘어서부터 비로소 그의 생활은 어떤 궤도를 벗어났다.
> 요리집, 호텔, 온천, 조씨의 침실에는 반드시 어여쁜 기생이 같이하게 되었다.
> 사십이 넘어서 시작한 탐색(探色)―그는 자기 동료들 보다 훨씬 뒤떨어진 자기 자신을 돌아보자 어떤 배상할 수 없는 손실이나 발견한 듯이 초초하여지는 것이었다.
> 두 해가 지나면 오십이다. 이 생각은 조씨로 하여금 때로는 견딜수 없는 공허와 적막을 귓속질 하는 것이다. 이 공허와 적막이 조씨를 채찍질하여 환락의 꿈을 향하여 달음질을 시켰다.[3]

인용문에서 알 수 있듯이 조만호는 자신의 경제적 · 사회적 위치를 이용해 성적 방종을 일삼는다. 정순에게 끊임없는 탐욕을 보이는가 하면, 기생 옥란을 속이며 육체적 향락에 빠져 지낸다. 작가는 조만호를 통해 부르주아 계층의 부정적인 면을 부각시키고 있다. 인용에서 보듯이 조만호로 대표되는 남성은 직장에서뿐만 아니라 성생활 등의 사생활에서도

---

3   김말봉, 『찔레꽃』, 삼성문화사, 1984, 26쪽. 이후에는 도서명과 쪽수로 간략하게 표기한다.

동료들과 비교·경쟁하고 "어떤 배상"을 바라고 있다. 오늘날 우리 사회를 볼 때 대부분의 사람들, 특히 남성들은 먹고살기 위하여 일을 해야 한다는 자본주의의 구조 속에 있으며 그들이 일하는 곳은 많은 경우 관료제의 형태를 띠고 있다고 할 수 있다. 이러한 가부장적 관료제는 위계질서, 의존으로 특징되며, 상위 역할과 하위 역할이 분명하게 정해져 있다. 최고 경영자라 하더라도 그는 기업 소유주나 그 직장 밖의 시장 구조, 즉 정부나 다른 회사와의 관계에서는 상대적으로 무권력의 위치에 있거나 그에게 의존하지 않을 수 없게 되어 있다. 이러한 상황에서 많은 사람들은 상사에게 인정받으려고 애쓰지 않을 수 없고, 따라서 그는 마조히스트의 입장에 서게 된다. 그러나 자신보다 하위직에 있는 사람에 대해서는 사디스트의 입장에 서게 된다.[4] 조만호가 많은 여성들 위에 군림하고자 하는 것도 이와 같은 심리로 파악할 수 있다. 작품 속에서 자세히 묘사되지는 않았지만 조만호의 경제적 부의 획득 과정에서도 부정한 방법이 있었을 것으로 짐작된다. 조만호는 옥란을 정식 부인으로 맞이하겠다는 약속을 하고 관계를 유지하지만 그것은 말뿐이고 오직 향락만 좇으며 그녀의 육

---

4 일반적으로 사도마조히즘은 성적인 측면에서 나타나는 예외적인 현상이라고 생각하기 쉽지만 권력과 무권력, 지배와 종속의 위계적 관계가 팽배한 자본주의 사회에서는 직장, 가정, 일상생활에 만연한 사회적 현상이라고 볼 수 있다. 윗사람에게 당하고 괜히 아랫사람 불러 야단치는 회사의 중간간부, 직장에서는 말단으로 꼼짝 못하는 사람이 집에 와서는 아내에게 군림하거나 구타하는 가장, 이른바 '종로에서 뺨 맞고 한강에서 눈 흘기는' 현상이 모두 사도마조히즘이다. 마조히즘(masochism)은 이성으로부터 육체적 또는 정신적으로 학대를 받고 고통을 받음으로써 성적 만족을 느끼는 병적인 심리상태를 말하며, 사디즘(sadism)은 성적 대상에게 고통을 줌으로써 성적인 쾌감을 얻는 이상 성행위를 말한다(심영희, 「일상생활과 권력」, 『성과 사회—담론과 문화』, 나남출판, 1998, 224쪽 참조).

체만을 탐한다. 그러면서도 정순을 아내의 자리에 앉힐 욕심으로 일을 꾸민다. 정신과 물질, 선과 악이 이분법적으로 대립되는 이 작품에서는 주인공인 안정순은 선의 세계를 형상화되며, 이를 해치려는 조만호는 악행을 저지르며 물질적인 욕망을 가진 인물로 형상화되고 있다. 그는 가정교사인 정순을 돈으로써 소유하고 지배하려고 한다. 조만호에게 정순도 옥란처럼 탐욕의 대상이 된다. 그는 돈이면 무엇이든 할 수 있다는 자본주의 가치관과 함께 남성 우월주의에 빠져 있는 인물이기도 하다.

> "가정교사 아니라도 거리에는 어여쁜 꽃들이 밟힐 듯 많지 않으냐?"
> 이렇듯 스스로 위로하고 억제하며 자기 자녀를 가르치고 있는 가정교사에게만은 아직 한번도 탐색(探索)의 마수(魔手)를 뻗치지 않은 것이다.
> 그러나 두어 시간 전 첨으로 정순을 보는 순간 조씨의 스스로 억제하는 극기심(克己心)은 불탄 삼오래기와 같이 덧없이 달아나버리고 말았다.[5]

> 차바퀴가 천천히 구르기 시작하고 차체가 가볍게 동요되자 조만호씨는 지긋이 눈을 감았다. 단 하루 동안에 아니 단 한 번의 대면으로 완전히 자기의 맘에 평화를 깨쳐버린 이 젊은 여자 정순의 체온이 자기 몸에 감각 될 때 그는 눈앞이 아찔하도록 어떤 욕망을 느끼는 것이다.
> 혼인이라면 심술패기 어린애같이 말을 아니 듣는 경애가 모처럼 기분이 좋은 것을 이용하여 그 윤영환이라는 젊은 부자와 무사히 결혼이 되도록 또 한번 설복에 보는 것도 좋다. 그러나 그는 하늘에

---

5 『찔레꽃』, 26~27쪽.

서 내려온 듯이 티없이 아름다운 정순의 육체를 자기의 소유로 만들자면 그는 무엇보다도 먼저 정순의 환심을 사지 않으면 안 될 것이라고 생각한 까닭이다.[6]

조만호는 안정순에게 최소한의 도덕마저 포기하고 끊임없는 야욕을 보인다. "티없이 아름다운 정순의 육체"를 대하자 후처로 들어서 자기 소유로 만들고자 한다. 그는 자신의 육체적 욕망을 위해 경제적 권력으로 정순에게 압박을 가한다. 이런 조만호의 환락에의 욕망은 정순과 민수의 사랑을 방해하기에 이른다.

이 작품은 조만호의 만행과 사회적·경제적 권력의 모순 외에도 가부장제하의 절대적 부권과 봉건적 권력에 대한 문제를 제기함으로써 독자들의 공감대를 이끌어내는 데 성공한다.

> 그들은 사양하는 조 두취에게 술을 퍼먹이고 그리고 두취의 좋아하는 기생 옥란을 불러 그와 한 자동차에 실어 ○○호텔로 보내었다.
> 그들은 그것이 친구로서 아내가 죽은지 불과 반달 되는 친구를 대접하는 가장 좋은 방법으로 생각하고 서로를 만족한 듯이 빙그레하고 소리를 죽여 웃었다.
> 그 웃음은 배우자가 죽으면 평생토록 다른 이성을 대하지 아니하여야만 착한 사람으로 인정받는, 여인이란 동물로 태여나지 아니하고 남자라는 전능(全能)의 인간으로 세상에 나온 것을 만족하여 웃는 웃음이리라.
> 아내가 시퍼렇게 살아있는 데도 둘씩, 셋씩 다른 여인을 거느릴

---

6 『찔레꽃』, 38~39쪽.

권리가 있는 이상 그 아내가 이미 죽어 흙으로 돌아가고 두 주일이
란 시간이 지난 이날 술을 마시고 춤을 추고 그리고 기생의 미끄러
운 가슴을 안는 것이 그들 사나이라는 인간만이 향유(享有)할 수 있
는 특권인지라, 망처(亡妻)에게 미안한 생각과 후회가 약간 그의 양
심을 건드려 본다한들 이미 사회라는 조직이 그들 사나이들의 본위
로 되어있는 이상 그 후회라든지 미안이란 생각은 무더운 밤 모기
한 마리의 무는 고통보다 훨씬 가벼운 것이 아닐까.[7]

인용문에서 작가는 남성에게만 일방적으로 부여되어 있는 가부장적
인 특권을 비판하고 있다. 권력과 부를 소유한 남성의 경우 못 가진 남성
보다 더 두드러지게 사회적 강자로 여성 위에 군림한다. 그것은 "사나이
라는 인간만이 향유할 수 있는 특권"인 것이다. 개인적인 차원을 넘어 이
미 사회라는 조직이 "사나이들의 본위"로 구조화되어 있기 때문이다. "남
자라는 전능의 인간"으로 태어난 조만호는 아내가 죽은 지 반 달도 지나
지 않았지만 기생과 함께 호텔을 들락거려도 사회는 그를 이해하고 허용
한다. 오히려 주위의 또 다른 권력자들은 그를 부추긴다. 배우자가 죽으
면 평생토록 다른 이성을 대하지 않아야 착한 사람으로 인정받고, 열녀문
까지 세워 정절을 강요하던 여성에 대한 뿌리 깊은 인습과는 확연히 다르
다. 이렇게 불평등하고 모순된 남녀 관계와 사회적 구조를 김말봉은 날카
롭게 포착해서 서술해내고 있다.

사회적으로나 경제적으로 거칠 것 없는 위치에 있는 조만호는 안정순
을 소유하려는 욕망과 아울러 기생인 옥란을 소실로 맞이하려는 욕망도
동시에 갖고 있다. 그에 비해 기생인 옥란은 자기를 진심으로 사랑해주는

---

7   『찔레꽃』, 229~230쪽.

최근호와 살림을 차리기는 한다. 그러다 돈에 쪼들리게 되자 조만호의 후처가 될 것을 꿈꾸며 최근호를 배신하게 된다.

> "이봐 옥란이, 그렇게 성을 내지말고 자 내 말을 들어보란말야
> …… 저편은 처녀이니깐말야, 예식을 치러주고 말야 응? 옥란이는
> 한 평생 내 애인으로 그만한 대우를 할테니 말야. 알아 듣겠어……
> 옥란이만 하더래도 이미 기생인 이상 달리 가 본댔자 결국 남의 이
> 호 밖에는 안될테니 말야? 내 말을 고깝게는 듣지 말란 말야."
> 두취는 손수 술을 따라 마시는지 딱하고 또 술잔을 놓는 소리가 났
> 다.[8]

돈과 여자에 대한 탐욕에 빠진 조만호는 그의 위치를 적절히 이용한다. 그는 하려고 마음만 먹으면 모든 향락을 다 누릴 수 있는 처지라 "싱거웁게도 젊은 날을 평범하게 보낸 것이 새삼스럽게도 아깝고 원통하다"고 생각하며 궤도 이탈을 하게 된다. 조만호가 평범하게 보낸 젊은 날은 힘을 중요시하는 남성으로서는 억울한 일이라는 것이다. 조만호는 정순 외에도 기생 옥란에게 정식 부인으로 맞아들이겠다는 거짓 약속을 하고 부정한 관계를 계속 유지하는 비겁함도 숨기고 있다. 그가 정순과의 결혼을 꿈꾸면서도 애욕의 대상으로서 옥란을 포기하지 않는 것은 가부장적 사회에서 용인되는 남성적 권력 때문이다. 남성에게 연애, 즉 애욕은 결혼과는 별개로, 남성에게 여자란 끊을 수 없는 욕망의 대상이 된다. 그러면서도 기생을 정식 부인으로 맞아들일 수 없다는 가부장적인 사고를 가진

---

8   『찔레꽃』, 331~332쪽.

모순적이고 이중적 남성적 면모를 적나라하게 보여주고 있다.

1954년 작품인 『푸른 날개』의 경우는, 김상국을 통해 절대적이고 정복적인 남성 이미지를 강하게 표출하고 있다. 『푸른 날개』의 남녀 등장인물들은 물질적 욕망에 초연한 인물과 속물적인 욕망을 지닌 인물이 대립되는 구도를 보이고 있다. 물질에 초연한 인물은 가난하지만 순수한 사랑을 추구하며, 속물적인 인물은 육체적 욕망이나 경제적·현실적인 조건을 추구하는 인물로 나타난다. 대조적인 남성 인물로 권상오와 김상국이 있다.

김상국은 미스 현과 2년 동안 '돈과 성적 욕망'을 매개로 육체적 관계를 유지해온 타락한 가치를 가진 인물의 전형이다. 그는 보석 밀매업 등을 하며 돈을 벌어들이는 재력가로, 돈이면 무엇이든 이룰 수 있다고 믿는다. 김상국이 소유한 목선 25톤짜리는 생선이며 전복이며 때로는 꿈틀거리는 문어까지 싣고 있어 누가 봐도 생선을 잡는 배라고 생각했다. 그러나 판자 한 겹 아래는 화장품이며 손수건, 양말과 파라솔이 있는가 하면 여자용 손목시계와 사진기도 있었다. 진주와 사파이어 같은 보석이 들어 있는 상자도 끼워져 있고 때로는 사람이 10여 명씩 엎드려 있었다. 이른바 일본으로 다니며 밀수품을 나르는 비밀 선박이다. 운수가 좋은 때문인지 수완이 비범한 까닭인지 김상국은 한 번도 경비선에나 세관에게 붙들린 적이 없다. 그는 외모로 보아 "몸집은 덜석 크지만 얼굴에 애티가 있어" 아무도 서른 살로 보지 않았고, 학력은 중등학교 2학년까지 다녔으나 두뇌는 총명한 편이라고 설정되어 있다. 돈벌이에는 배짱이 커서 밀수선을 몰고 법망도 넘고 현해탄도 넘어 한 배 싣고 오면 줄여 잡아도 2백만 환은 손에 들어오는 사업 수완이 뛰어난 남성이 김상국이다.

이렇게 경제적으로 풍족한 김상국은 미스 현을 돈으로 교환할 수 있는 상품으로 취급하고 있다. 물론 미스 현도 김상국의 돈을 목적으로 육체관계를 유지한다. 이들은 서로의 욕망을 채우며 거짓된 행동을 하는 물신화된 인물로 대표되며 눈앞의 현실에 충실한 인물로 그려진다. 그러다가 미스 현과 관계를 유지하던 김상국이 한영실을 만나면서 그녀와 결혼을 계획하자 김상국과 미스 현은 대립 관계에 놓이게 된다. 김상국은 사랑이 우선이 아니라 사회적 위신을 세우기 위한 욕심에서 한영실을 택하여 접근한다. 그는 참하고 순종적인 한영실과 성적 자유를 누리는 미스 현을 남성적 잣대로 평가하였다. 미스 현은 "악마"로, 한영실은 "선녀"로 지칭하며 남성적이며 가부장적인 사고를 그대로 드러내고 있다. 미스 현으로부터 욕망을 채우면서도 그녀를 긍정적인 시선으로 보지 않는 김상국의 이중성이 드러나는 부분이기도 하다.

> "사실 미인은 귀하단 말야. 바다서 진주를 구하기만치 힘들거든. 아아 미녀삼인(美女三人), 별 세 개."
> 김상국은 고개를 앞으로 끄덕끄덕하는 것이 몹시 취한 모양이다.
> "어쩌세요? 박사장, 얼마 전에 써 드린 수표, 그것은 단연코 무이자로 하겠습니다. 그리고 기한은 없는 걸로 합시다. 박사장이 돌려주고 싶으면 돌려주고 싫으면 그만두시고. 대신 조건이 하나 있어요. 이 홀을 내게 주세요. 마담을 끼워서……"
> "마담은 안되. 약혼한 처녀에게 실례 아냐?"
> "약혼한 처녀? 그애는 또 그애대로 행복하게 해 주면 되잖소? 그렇다고 이 김상국이가 계집애 하나에 목을 매고 옴짝달싹을 못할 수야 있겠오? 그렇다면 너무 불쌍한 김상국이가 아니겠오, 허허허……"[9]

---

9 『푸른 날개』, 524쪽.

김상국은 돈으로써 여성과 여성의 육체를 '지배'하려고 하며, 그 자신은 지배자의 위치에서 당당하게 행동한다. 또한 돈의 질서가 만들어내는 부조리한 현실을 교묘하게 이용하여, 자신의 사회적 경제적 위치를 지키려 한다. "살다 보면 부부애도 생기게 된다"는 것이 그의 결혼관이다. 그렇기 때문에 "약혼한 처녀"인 한영실을 두고, 다른 여성들과 육체적 쾌락에 빠져도 아무 죄의식이나 거리낌이 없다. 이런 태도는 남성에게는 우월한 지위를, 여성에게는 열등한 지위를 부여한 탓이며, 여성은 남성의 유지 혹은 보조를 위해 태어나는 것[10]으로 여겨지기 때문이다.

　김상국이 밀수꾼이며 미스 현의 정부임을 안 한영실이 그 사실을 확인하려 김상국의 호텔방을 찾아가자 함께 있던 미스 현은 침대 밑으로 숨는다. 한영실은 하나님의 이름을 들어 변명하는 김상국에게 여전히 불신하는 마음이 남아 있었으나, 그 후 김상국이 자신의 손가락까지 잘라 그녀에게 보내자 과거를 불문하고 결혼하기로 마음먹는다. 김상국에게는 돈만 있으면 모든 것이 해결되었고, 그래서 거짓과 위장으로 자신을 숨기고 마음에 드는 여성과 결혼을 하겠다고 나선 것이다. 김상국의 '야수적 남성성'이 강한 지배력을 행사할 수 있는 것도 가부장제의 계급적 관습이나 남성 우월주의라는 일반적 윤리가 공공연하게 드러나기 때문이다. 미스 현뿐만 아니라 한영실까지 김상국의 의도대로 움직이고 있으며, 출신 계층과 교육의 계층이 어떠하든 간에 여성은 남성의 종속적 위치에 놓인다. 이는 남성과 여성의 차이라기보다는 남성과 여성을 바라보는 '시선' 자체가 남성적이기 때문이다. 그러므로 김상국이란 인물로 대

10　존 버거, 앞의 책, 78쪽.

변되는 남성적 시선에 대한 문제제기는 여성적 읽기로서 당연한 절차라고 할 수 있다.

2. '줄리앙 소렐형' 이미지

성 이데올로기 측면에서 사회적 결혼 이데올로기는 가족의 핵심, 즉 지속적인 일부일처제 결혼과 일치한다.[11] 우리 사회에서는 결혼과 가족을 벗어난 성생활을 인정하지 않기 때문에 사람들은 결혼과 가족제도의 필연성을 끌어낸다. 성 관계의 가장 고귀하고 바람직한 형태로 결혼이라는 제도를 강제하고 있으며, 그 외의 성행위는 허용하지 않게 된다. 특히 이 가부장적 규범은 여성에게는 철저하게 적용되고 남성에게는 관대하다.

스탕달의 『적과 흑』의 '줄리앙 소렐'[12]은 비천한 목수의 아들로 태어나

---

11   빌헬름 라이히, 『성(性) 혁명』, 도서출판 중원문화, 2010, 146쪽.

12   『적과 흑』은 1830년 발표된 스탕달의 소설로 줄거리는 다음과 같다. 나폴레옹을 숭배하며 살아가는 하층계급의 청년 줄리앙 소렐은 드 레날 씨의 집에서 가정교사로 일하게 된다. 줄리앙은 부르주아에 대한 증오심에 충동적으로 드 레날 부인을 유혹했다가 나중에는 진심으로 그녀를 사랑하게 된다. 하지만 그 스캔들로 줄리앙은 쫓겨나서 신학교에 들어간다. 신학교에서 인정을 받은 그는 파리의 대귀족 드 라 모르 후작의 비서가 된다. 줄리앙은 후작의 콧대 높은 딸 마틸드를 임신시키게 되고, 후작은 할 수 없이 두 사람의 결혼을 허락한다. 이젠 줄리앙도 귀족이 되고 출세의 길이 열린 것이다. 그러나 드 레날 부인이 줄리앙의 과거를 폭로하면서 줄리앙의 꿈은 물거품이 된다. 분노한 줄리앙은 성당으로 드 레날 부인을 찾아가 총을 겨눈다. 그 일로 사형선고를 받고 줄리앙은 단두대 위에서 사형을 당한다.

속물들에 대한 경멸을 무기로 상류사회 중심부로 진입한 야심가이자 야망을 달성한 바로 그 순간 사랑으로 인해 파멸에 이르는 인물이다. 그는 신분 상승이라는 자신의 목표를 위해 드 레날 부인과 마틸드를 이용하는 연애의 기술자였다. 더 높이 오르려고 한껏 발돋움하는 줄리앙의 사다리는 여성들의 신분과 경제력이었는데, 김말봉의 소설 속 남성들에게서도 줄리앙의 이미지가 나타나고 있다.

줄리앙 소렐형의 남성은 여성의 사랑과 부를 발판으로 신분 상승을 이루었지만, 고마움은커녕 오히려 그 여성에 대한 권력자로 군림하게 되는 경우가 대부분이다. 사실 최초의 계급 억압은 남성에 의한 여성의 억압과 일치하는 것처럼 남편은 부인을 억압한다. 일부일처제 결혼은 커다란 역사적 진보였지만 동시에 노예제 및 사유재산과 함께, 모든 진보가 동시에 상대적 퇴보이기도 하며 한 사람의 행복과 발전이 다른 사람의 고난과 억압을 통해서 실현되며 오늘날까지 지속되는 시대를 열어놓았다. 강제적인 일부일처제는 '다른 누구도 아닌 이 남자의 아이들에게 이 부를 물려주기 위한' 욕구에서 생겨났다는 것이다.[13]

성과 권력, 이는 성을 둘러싼 여러 논점들이 현대사회에서의 권력의 전반적 작동이라는 면에서 그 의의가 더해가고 있다. 권력은 단일한 메커니즘을 통해 작동되지 않는다. 그것은 지배와 비판을 혹은 예속과 저항을 생산하는 복잡하고 중첩된, 때로는 모순적이기까지 한 메커니즘을 통해 작동된다. 성의 세계에도 숱한 지배와 예속의 구조들이 있다. 제프리 웍스는 성의 세계를 지배하는 요소로 계급, 성별, 인종의 세 가지를 중요하

---

13 빌헬름 라이히, 『성정치』, 윤수종 역, 도서출판 중원문화, 2011, 184~185쪽.

게 꼽고 있다. 권력관계는 다른 형태의 관계들(경제적 과정, 사람 사이의 관계, 성 관계)의 밖에 위치하는 것이 아니라, 그 관계들 속에 내재해 있다. 권력관계는 그 관계들(경제, 인간관계, 성 관계 등)사이에서 생겨나는 분배, 불균등, 불균형의 직접적 결과이며, 또 반대로 이 관계들의 내적 조건이기도 하다. 권력은 제도도 아니고, 구조도 아니며, 몇몇 사람이 부여받았다고 하는 어떤 역량도 아니다. 권력은 어느 주어진 사회의 복잡한 전략적 상황에 부여되는 이름이다. 모든 관계에서 권력이 생산되기 때문에 권력은 포괄적이라고 할 수 있다. 권력은 특정한 개인이나 어느 사회에만 주어지는 것이 아니다. 권력관계에서 성생활은 가장 은밀한 요소가 아니라 가장 많이 이용될 수 있다는 점에서 오히려 가장 큰 도구가 된다. 특히 사랑과 욕망의 문제는 삶에 내재한 세속적 욕망과 함께 남성과 여성의 권력, 사회적 정치적 권력의 영역까지 관여하고 있다. 여성의 성은 경제적 사회적 종속만이 아니라, 성을 정의하는 남성 권력에 의해, 결혼이라는 제약에 의해, 남성적 특권들에 의해 제한되어왔던 것은 분명한 사실이다.

김말봉은 스스로 '나는 대중소설가다'라고 자처한 것처럼 스스로 대중에 대한 애정과 휴머니즘을 가진 작가였다. 그는 소설을 통해서 가난하고 힘없는 민중에게 관심을 가지고, 서민들의 눈물과 땀으로 고난을 극복하고자 했다. 그러나 그의 소설을 권력 구조라는 측면으로 깊이 접근해보면 자본주의, 가부장주의가 고정관념으로 작용하고 있음을 알 수 있다. 여성에 대한 남성의 권력뿐만 아니라 식민 의식의 잔재가 남아 있는 채로 작중 인물들의 캐릭터를 만들고 서사를 전개하고 있음이 곳곳에서 드러난다. 결혼으로 인한 권력과 그것을 이용한 남성 이미지로 이 장에서는

『밀림』의 오상만, 『찔레꽃』의 황영빈, 『푸른 날개』의 권상오를 통해서 살펴보고자 한다.

먼저, 『밀림』의 오상만이다. 상만은 동경 유학 시절 학비를 보내주는 약혼녀 인애가 있었지만 하숙집 딸인 요시에와 연애를 한다. 그는 요시에가 아이를 가진 것을 알고도 요시에를 떠나버리는 비도덕성을 보이며, 자경과 결혼한 후에는 그녀를 다시 만나 관계를 이어간다.

> 처음에 상만이에게 산술을 배우러오고 영어숙제를 해달라기도 하고 다른 학생의 방보다 상만의 방에를 유달리 왔다. 마츰내 요시에의게서 상만을 사랑한다는 고백을 듣게 되자 두 사람은 옆엣사람의 눈을 피하여 만나는 사이가 되고 말았다.
> 그러나 상만은 요시에와 정식으로 결혼할 생각은 아니었다. 춘(椿)나무와 같이 아름다운 요시에가 살그머니 상만의 이불을 들칠 때 그것은 상만으로서는 이길 수 없는 유혹이었다.[14]

오상만은 "얼굴이 희고 총명한 처녀"인 요시에와 연애를 하고, 요시에의 도움을 받지만 결혼을 하겠다는 생각은 하지 않는다. 약혼녀가 있으면서 상만이 요시에를 만난 것은 연애와 결혼을 별개로 생각하기 때문이었다. 요시에는 타국의 유학 생활에서 다만 결핍된 욕망을 채워주는 도구로 존재하게 된다. "춘(椿)나무와 같이 아름다운" 요시에를 뿌리치지 못하고 육체적 쾌락에 빠지게 된 상만. 연애와 결혼을 분리하는 상만의 행동은 남성의 성은 비교적 자유롭게 허용된다는 남성적 사고를 바탕으로 하고

---

14 『밀림』上, 189쪽.

있다. 당시 자유연애가 유행하고 있었지만 여전히 여성에게 연애는 곧 결혼으로 이어져야 한다는 가부장적인 결혼관은 사라지지 않고 있었다.

두 쌍의 연인들, 상만과 인애는 약혼을 한 사이였으며, 자경과 동섭도 약혼을 한 사이였다. 그런데 동경 유학을 마치고 돌아온 상만이 취직할 곳을 쉽게 찾지 못하고 경제적으로 쫓기게 되자 약혼자 인애에 대해서도 부담을 갖기 시작한다. 부를 가진 자들에게 모욕을 당하면서 상만의 부에 대한 분노와 열망은 경제적 부를 가진 자경과의 결혼을 욕망하는 것으로 이어지고, 이들 네 사람의 관계는 복잡한 갈등 상황에 이르게 된다.

> "정말 내가 그여자를 사랑하느냐. 그것이 정말 사랑이냐?"
> 양심은 다시 날카롭게 부르짖는 것이다.
> "네 그여자 저는 그여자의 배경을 사랑합니다"
> 자경의 등위에 빛나는 부(富)와 지위와 공명을 사모합니다.
> 하고 상만은 고개를 숙일 수밖에 없는 자기를 발견하는 것이다.
> 상만에게는 어언간 잠도 배약한 친구처럼 아조 가버렸는지 그는 눈이 말똥말똥해져서 천정을 지키고 누어있다.
> "그래? 정말 그렇게해보아? 그를 내품으로?"
> 상만은 무서운 생각에서 도망이나 할 듯이 몸을 흠칫하고 고개를 이불속으로 드려밀었다.[15]

인애는 유치원 보육교사를 하면서 상만을 유학 보내고 그가 공부를 마칠 때까지 뒷바라지를 하는 순정적인 인물로 그려지고 있다. 반면에 오상만은 욕망과 물질에 현혹되어 인애를 배신하고 자경과 결혼을 계획하는

---

15 『밀림』上, 283쪽.

악한 인물로 형상화되고 있다. 상만은 인애의 눈을 피해 자경을 자극하고 자경에게 호감이 있다는 뜻을 은연중에 표현하면서 자경에게 접근하기 시작한다. 그는 인애보다는 자경을 챙기면서 차츰 본색을 드러낸다. 자경의 "배경"을 사랑하고, 자경의 등 뒤에서 빛나고 있는 "부와 지위와 공명"에 대한 유혹을 떨쳐버릴 수 없었던 상만은 자경의 약혼자인 동섭이 구속되는 사건이 일어나자 음모를 꾸며 자경과 육체적 관계를 맺는다. 부와 지위를 갖기 위해 비도덕적인 행동을 한 것이다.

　직장을 구하지 못하고 있을 때에, 본인의 능력이나 노력이 모자라기 때문이 아니라 부잣집에 태어나지 못하고 운이 없어서 가난하다고 여기는 상만의 심리 상태로 보면 부유 계층에 대한 적대감이 매우 강하다는 것도 알 수 있다. 그는 부유층에 대한 복수심으로 자경을 이용하기로 맘먹는다. 그에게 결혼은 신분 상승을 위한 수단일 뿐이다. 자경은 아버지의 힘이지만 상만에게 직장도 줄 수 있으며, 사회적 신분과 경제적 권력까지 안겨줄 수 있는 여성이었다. 가난과 멸시에서 탈피할 수 있는 통로는 인애가 아니라 자경이라는 사실을 알고 상만은 자경을 이용한다.

　밀도 있고 흥미 있게 서사를 전개하기 위해서 방해자가 필요하다고 볼 때, 자경과 동섭 그리고 인애에게는 상만이 방해자로 등장한다. 상만은 부와 명예를 목적으로, 자경은 외로움을 핑계로 서로에 대해 끌림이 있었던 건 사실이다. 두 사람은 육체적 관계를 맺고 난 뒤에 확연히 다른 태도를 보이고 있다. 정조를 잃은 죄책감을 가진 자경은 상만과의 결혼까지 결심하게 되는데 이는 순결을 지키지 못한 데에 대한 죄의식 때문이다.[16] 이런

16　여성은 언제나 모든 것에 대해 죄인이었다. 욕망이 있어도 죄, 욕망이 없어도 죄,

죄의식은 여성을 종속적 인물이 되게 한다. 반면, 두 사람의 육체적 관계로 상만은 부와 권력을 보장받게 되었고, 자경에게 정신적·육체적·경제적 권력까지 행사한다. 상만은 자경의 존재는 사랑보다는 자신의 신분 상승과 물질적 욕망을 성취하는 수단으로 이용한 것에 불과하다.

작품 전반적인 흐름을 보면 동섭과 상만은 주체가 되고, 그들의 타자로 인애와 자경을 재현한다. 인애의 '여성성'과 자경의 '욕망'조차도 모두 남성적 시선으로 비교되고 있다. 그러나 상만이 어려운 가정환경을 딛고 영특한 머리로 성실하게 공부하고 열심히 살았다는 서술을 통해 상만의 사회적 권력에의 욕망과 집착마저도 독자들의 충분한 동조를 얻어내고 있는 점은 위의 두 여성에 대한 서술과는 사뭇 다른 관점이다.

그런데도 작가는 상만이라는 인물을 통해 사랑이 없는 결혼은 곧 실패로 끝난다는 결말로 이끌어, 연애와 사랑과 결혼이 이어져야만 한다는 사랑관을 역설적으로 말한다. 육체적 관계는 곧 결혼으로 이어져야 한다는 작중인물들의 경직된 가치관은 그대로 작가의 말로 들린다. 여기에는 여성이 피해자라는 의식이 깔려 있으며 여성의 순결 이데올로기가 그대로 적용된다. 육체적 권력관계에서 늘 약자는 여성으로 규정되기 때문이다. 그렇지만 남성에게는 문제시되지 않는, 남성 중심적 가치관이다.

두 번째, 『화려한 지옥』의 황영빈으로, 그에게서도 여성을 신분 상승을 위한 도구로만 이용하는 남성의 면모를 쉽게 찾을 수 있다.

불감증이라서 죄, 너무 뜨겁다고 해서 죄, 동시에 두 가지가 아니라서 죄, 너무 모방적이라서 죄, 충분히 모성적이 아니라서 죄, 자식이 있어서 죄, 자식이 없어서 죄, 먹어서 죄, 안 먹어서 죄(엘렌 식수·카트린 클레망, 『새로 태어난 여성』, 이봉지 역, 나남, 2008, 175쪽).

『화려한 지옥』은 김말봉이 공창 폐지 운동의 정당성을 독자 대중에게 전달하고 여론화하기 위해, 1946년 봄부터 겨울에 이르는 시기에 이루어 졌던 공창 폐지 운동의 과정을 오채옥이라는 인물의 수난사를 통해 알리는 작품이다. 창기 오채옥이 황영빈의 아이를 잉태한 뒤 유곽을 도망쳐 나와 고생을 하고 있는 동안, 황영빈은 기생의 딸 백송희와 만난다. 황영빈의 의식 체계에서 볼 수 있는 가부장적 성권력, 한국 사회에서의 이중적인 성규범 체계는 『화려한 지옥』에서 드러나는 애정 갈등의 주요 원인으로 작용하고 있다.

> "이봐! 황군, 걱정할 것 없어 영빈군이 외교를 잘 했든지 못했든지 그런걸 탓할 내가 아닐세……결국 사람은 돈이라는 황금의 종교 앞에는 다 머리를 숙이는 법이야"
> "황금의 종교?"
> 영빈은 고개를 좌우로 흔들고
> "돈에 대해서 지극히 과소평가하는 사람들을 번연히 보시면서 그리셔요?"
> 하고 약간 눈살을 찌프려 본다.
> "아니야. 그건 돈 자체에 대해 과소 평가가 아니야. 돈을 내는 사람의 인물평가야. 하하하"
> 손성묵은 쓰디쓰게 웃고 맘속으로
> …(중략)…
> "내 돈 백만원을 무슨 불결한 헌데 만지듯 골치를 찌푸리는 놈들이 흥 인제 두고 보아 침을 질질 흘리지 않나? 흥흥흥"
> 손성묵은 어깨를 들썩거려 웃고 살기 띤 얼굴로 신문을 노려 본다.[17]

---

17 『화려한 지옥』, 102~103쪽.

손성묵과 황영빈은 돈을 종교로까지 신봉하는 철저한 물질 숭배적 가치관을 가진 남성이다. 두 사람에게 최고의 가치는 "철궤 속의 돈"이다. 손성묵의 경우를 보면, 사회 개혁 운동이 일어나자 "늙은 파우스트처럼 무서운 지혜"를 발휘하여 신변 보호의 목적으로 거액 백만 원을 중앙집행위원회의 기부금으로 기탁하려고 한다. 그의 기부로 인해 각 신문사는 "찬란한 문구"로 굽실거리고 "지도층에 있는 여자들"은 흥분한다. 그는 돈의 힘을 믿고 돈 앞에서는 체면이라든가 의리라든가 윤리라든가 하는 문제는 아무런 가치가 없는 것이라고 생각하며, 돈이 "인물을 평가"하는 기준으로 작용한다고 믿는다. 이 작품에서 작가는 "파우스트를 청춘으로 돌아가게 한 마왕"이라며 돈을 찬미하는 손성묵과, 돈이 되는 일[18]이라면 물불 가리지 않는 황영빈을 통해 부당한 방법으로 부를 축적하는 사회적 현실을 비판적으로 드러내고 있기도 한다. 돈은 권력으로 작용하고, 그 권력이 여성의 성까지 좌지우지하게 되는 실상을 보여주는 것이다.

사실 일제강점기 공창으로 전락한 여성 대부분이 오채옥처럼 가난과 무지, 타인의 강권 등에 의한 경우가 허다했다. 그러나 일단 공창이 되면 전차금 때문에 인신 구속의 상태에서 벗어나기 힘들었다. 채옥을 보더라도 몸값 때문에 유산시키려는 유곽 주인의 요구에 정면으로 저항할 수도

---

18 황영빈은 광복기 지식인의 이중성을 보여주는 인물로, 미군에게 창녀를 알선하는 통역을 해주고 김황룡에게 돈을 받거나 여자를 취하는 일, 아편 밀매업자 손성묵이 기부금을 전달할 정당이나 단체를 대신 물색해 성사시키고 돈을 챙기는 일, 유곽의 창녀 채옥을 임신시키고도 발뺌하는 일 등 자신의 욕심을 챙기는 일을 서슴지 않는다. 그러나 겉으로 보기에는 사상가로, 애국 청년으로, 나라를 근심하는 젊은 대학생으로 외모도 수려한 지성인이다.

없으며, 외출 또한 감시자를 대동하고서야 가능하였다. 이처럼 돈이 우선인 물신 풍조와 부당한 사회제도는 쉽게 여성의 성을 상품화하고 몸을 구속시킨다.

일반적인 관점에서 공식적이고 합법적인 성관계는 결혼한 부부 관계에서만 허용된다. 그러나 남성들의 본성은 공식적인 성 규범에 맞추지 못하고 때로는 그것을 벗어난 행동을 할 수도 있다는, 사회적으로 허용된 관점이 존재한다는 사실이 문제다. 물론 여성에게는 허용되지 않는다. 이러한 이중적 성 규범의 관점은 황영빈의 행위를 합법화하고 있다.

> "아버지는 고향에 약혼한 처녀 이은숙과 이 가을에 기어이 예식을 치르자는데……송희가 가만히 있을 리 없지?'
> 황은 두손으로 얼굴을 쌌다. 그리고 경솔하고 천박하고 호색하는 자기 자신에게 또한번 자멸과 분노를 느껴 본다. 일월루(日月樓) 채옥에게 다녀 올때와는 비교도 할 수 없는 불안이 그의 젊은 혈관을 떨리게 하는 것이다.[19]

황영빈의 관점에서 본다면 창녀인 오채옥은 뭇 남성의 성적 도구에 불과하며, 따라서 그녀의 임신 여부는 자신이 책임감을 느낄 필요도 가치도 없는 것이다.[20] 황영빈의 이러한 시각은 백송희와의 관계에서도 그대로 적용된다. 황영빈은 여왕처럼 도도했던 백송희에게서 어렵게 결혼 허락을 받고는 그것을 빙자하여 육체적 관계를 갖는다. 그러나 육체관계를 맺

---

19 『화려한 지옥』, 104쪽.
20 최미진, 「광복 후 공창 폐지 운동과 김말봉 소설의 대중성」, 『현대소설연구』 제32호, 한국현대소설학회, 2006, 108쪽.

은 후 송희에게 시들해졌을 뿐만 아니라 고향의 아버지가 정해준 약혼자인 또 다른 여성 이은숙과 만남을 계속한다. "경솔하고 천박하고 호색하는" 영빈은 애초부터 송희와 결혼을 할 생각은 없었던 것이다. 송희의 육체가 목적이었다. 그에게는 어른들이 짝지어준 참한 처녀 이은숙이 결혼 상대자이며, 사회적 통념에 따라 몸을 함부로 굴리는 여자가 아닌 집안 좋은 이은숙과 결혼할 생각이었다. 황영빈의 이러한 성적인 이중성은 한국 사회에 만연해 있는 모순적인 성 규범을 여지없이 보여준다. 결국 여성인 오채옥과 백송희는 황영빈에게 성적 욕망의 대상일 뿐이었다.

> 찬란하든 꿈은 보기 싫은 현실 앞에 추악하게 깨여졌다. 금단의 과일을 먹어버린 부끄러운 이부와 아담은 에덴에서 쫓길 수밖에 없는 것이다. 그러나 슬픈 일은 날이 갈사록 송희가 생명의 닻줄처럼 영빈을 붙잡을수록 영빈은 무거운 노(櫓)와 같이 송희의 존재가 차츰 괴로워지는 것이다.[21]

릴리언 러빈(Lillian Rubin)이 1989년에 18세부터 48세까지의 미국인 수천 명의 성적 편력을 연구한 결과에 의하면 대부분의 남자들은 여자 친구가 많은 남자를 선망의 대상으로 생각했지만, 여자 쪽의 남성 편력은 비난하였다고 한다.[22] 서구 사회를 배경으로 한 연구 결과이지만 보수적 성향이 강한 동양에서 더 심할 것이라는 걸 짐작할 수 있다. 『화려한 지

---

21 『화려한 지옥』, 107쪽.
22 앤소니 기든스, 『현대사회의 성 · 사랑 · 에로티시즘』, 배은경 · 황정미 역, 새물결, 1996, 37~39쪽.

옥』이 공창 폐지라는 사회적 문제의식을 담고 있는 작품이지만, 그 속에 남성과 여성에 대한 편견과 남성의 이중적 성규범이 선명하게 드러내는 작품이기도 한 것은 여러 곳에서 드러난다.

> 일월루를 뛰쳐나오던 때부터 지금까지 하루라도 이 사나이를 잊어본 적이 있었더냐. 허다한 사나이가 오고가고 하로에도 몇씩이나 겪는 손님 가운데 채옥의 가슴을 온전히 점령한 적은 오직 황영빈 한사람만이 아니었던가. 몸의 자유도 없고 시간의 자유 그리고 물질의 자유 외출의 자유까지도 없는 채옥은 황영빈을 기다려 미칠 듯이 괴로웠으나 그는 가버린 그 미모의 남자를 다시 대할 길이 없었든 것이다. 영빈을 만난 뒤부터 일절의 사나이는 모다 허수아비였다. 모다 기와장이나 돌멩이같이 아무런 흥미나 감정을 느껴본 일이 없다.
> 그러나 꿈인가 진실로 꿈이었다. 한 달 뒤 영빈은 일월루를 찾어왔다. 영빈은 요사이 학비도 곤난하고 여러 가지로 어려운 사정이 있는 듯하다. 채옥은 끼고 있든 루비반지를 오천원에 잡히고 순금 가락지를 만원에 팔아서 영빈의 손에 쥐어주었다.
> 「정말야 일 년만 지나면 나 졸업만 하면 채옥이를 여기 그냥 두지는 않을 작정이야」
> 몇 번이나 몇 번이나 되푸리를 하고 또 일주일에 한 번씩은 꼭 채옥을 만나러 온다고 약속하였든 그 황영빈이가 아니냐. 그러나 채옥이가 일월루를 탈출하기까지 고시라니 석 달이나 기다렸건만 그는 그림자도 보여주지 않았던 것이다.[23]

사상가로, 애국 청년으로, 나라를 근심하는 젊은 남자인 황영빈은 "부

---

23 『화려한 지옥』, 231쪽.

수수하게 쓸어 넘긴 굽슬굽슬한 머리"에 외모를 수려하게 꾸민다. 그는 물질적 욕망을 추구하기 위해 아편 거래상과 손을 잡기도 하고 사창에서 외국 군인의 통역을 해주는 일도 서슴지 않는다. 미모의 남자 황영빈은 일월루의 채옥을 만나서 그녀를 최대한 이용하여, 육체적 욕망뿐만 아니라 경제적인 도움까지 받아낸다. 그는 채옥의 동정심과 연정을 이용하여 "루비반지"와 "순금가락지"를 판 돈을 손에 쥐었다. 유곽에 있는 채옥의 환심을 사 자주 만나기로 약속을 하고 혼인을 빙자까지 하여 돈을 앗아간 것이다. 그러나 돈을 가져간 후에는 발길을 끊고 채옥이 유곽을 탈출할 때까지 석 달 동안 한 번도 나타나지 않는다. 유곽에서 꺼내주겠다는 달콤한 말들로 채옥의 마음을 흔들었지만 말뿐이다. 채옥은 영빈을 진정으로 사랑하였지만, 영빈은 채옥을 이용해서 육체적 욕망과 물질적 욕망만을 채운 것이다. "그까짓 유곽의 계집쯤 무어라 지껄인들" 영빈에게는 별로 중요하지 않다. 채옥이 자신의 아이를 가졌다는 소문이 나면 귀찮으니까 잘 처리해달라고 김 서방에게 부탁까지 하는 몰염치한 인물이 바로 황영빈이다.

황영빈이 백송희까지 농락하는 비도덕적인 면모를 살펴보자. 송희의 어머니는 기생 출신이었지만 딸 송희의 예쁜 자태를 자랑스러워하고 또 여대생이라는 존재를 높게 생각하였다. 도도하고 예쁜 송희를 차지하고 싶은 영빈의 욕망은 남성적 정복욕과 우월감을 바탕으로 하고 있다.

> 새깜한 스카트 아래로 미색 비단 양말을 신은 쪽 곧은 두 다리가 알맞게 살이 쪄서 신선한 탄력이 송희의 젊음과 건강을 충분히 보증한다.
> 송희와 나란히 서 있는 황영빈은 아름다운 여자와 동행한 때에만

느낄 수 있는 사나이의 만족감을 백퍼-센터 향락하고 있다.[24]

채옥에게 그랬던 것처럼, 영빈은 현혹하는 말과 행동으로 송희를 유혹하고 거짓으로 그녀를 대한다. 송희 어머니가 상당한 재력을 가지고 있다는 사실도 영빈이 송희에게 접근한 이유이다. 영빈은 아름다운 여자와 동행하는 "사나이의 만족감"으로 남성적 우월성을 과시하고, 그런 보여주기의 허위가 자신의 권력이라고 믿고 있다. 드디어 그는 영화 〈로미오와 줄리엣〉을 보던 날 남산 기슭의 깊숙한 호텔로 송희를 이끈다. 그는 욕망대로 여대생 백송희를 이용해서 경제적인 편의를 누릴 작정이었다. 그러나 송희와의 관계도 결혼을 염두에 둔 건 아니었으며, 고향 처녀 은숙과 약혼을 하는 파렴치한 행동을 영빈은 아무렇지도 않게 행한다.

영빈과의 육체관계에서 송희는 성병까지 옮게 된다. 그녀는 자신이 지켜온 스무 해의 전통과 교육을 지지하는 터라 성병까지 옮은 상황에서 어머니를 우선적으로 염려하지 않을 수 없었다. "내 몸에 일어난 모든 불행을 어머니가 아신다면" 하는 생각에 빠지면 그녀의 마음에는 그늘이 덮이고 만다. 자살도 생각해보고, "제까짓 것 때문에" 상처받을 수 없다고 마음을 다잡아도 근심은 깊어간다. 그런 상황에서 황영빈의 돌변한 태도에 속만 태운다. 이빨 자욱이 새파랗게 드러나도록 손가락을 깨물어도 그녀의 사랑은 배반으로 돌아온 것이다. 영빈에게 여성은 도구일 뿐이다. 자신에게 이익이 되면 여성을 이용한다. 일월루의 채옥, 그리고 여대생 송희는 황영빈의 성적 욕망과 경제적 욕망의 대상이자 희생자로 추락한다.

---

24 『화려한 지옥』, 61쪽.

영빈의 남성적 이기심은 여성의 사랑을 철저하게 이용한다. 채옥과 송희의 사랑과 육체는 황영빈의 부속물처럼 사물화되었을 뿐이다.

다음으로, 『푸른 날개』의 권상오를 통해서도 여성의 사랑을 신분 상승의 도구로 이용하는 면모를 찾을 수 있다.

『푸른 날개』는 권상오와 한영실의 사랑의 과정을 그린 작품이다. 권상오는 학생과 학부모에게 존경받는 교사였다. 주위의 여러 사람들로부터 관심을 받고 있으며 특히 여성들에게 인기가 많았다. 그래서 권상오가 여성을 도구로 이용하여 신분 상승을 꾀한 것이 아니라고 할 수도 있겠지만 오히려 좋은 평판을 등에 업고 자신의 이익을 챙긴 것으로 분석된다.

> 권상오는 추애련의 가정환경을 짐작할 듯도 하여 또 한 번
> "학교는 어느 학교를 나오셨죠? 실례합니다. 자꾸 물어서."
> 하고 권상오는 자세를 고쳐 앉으며,
> "추애련의 형님이 되신다니 관심을 가지게 되는군요. 양해해 주십시오."
> "반도여자대학을 나왔어요. 가사과를 작년에 졸업했어요."
> "네 그러시군요."[25]

추백련은 경제력이 상당한 집의 딸로 권상오가 맡은 반 학생인 추애련의 언니다. 존경받는 선생님인 권상오는 추백련을 만났을 때, "오래전부터 친해 오는 사이"처럼 느끼며 "향긋한 향취"에 취한다. 추애련을 통해 가정환경을 어느 정도 짐작하고 있었으므로 그녀에 대한 호감은 더해진

---

25 『푸른 날개』, 423쪽.

다. "하이힐을 신은 다리는 쭉 곧고 키는 훌쩍 커서 뒤로 보는 그의 스타일은 만점에 가깝다"며 권상오의 눈은 추백련을 뒤쫓는다. 사실 권상오는 한영실을 마음에 두고 있지만, "결혼이란 한 개의 사무, 인생이 살아가는 동안 수행해야 할 한 개의 의무"라고 하며 추백련을 결혼 상대자로 선택하게 된다. 그는 처가의 재산을 노리고 결혼한다는 비난을 받을까 불안해하면서도 결혼에서 결국 돈과 지위, 그리고 명예를 선택하는 이중적인 모습을 드러내고 있다. 평소에 사랑 없는 결혼을 경멸하던 권상오가 경제적 이유로 추백련을 선택하는 것은 명백히 여성을 이용한 신분 상승의 욕구라 하겠다.

남성 지식인인 교사 권상오나 부를 소유한 김상국에 있어서 성적 욕망의 문제는 자율적인 이성과 도덕률을 기준으로 삼는다. 그러나 여성 인물들의 성은 그렇게 재현되지 않는다. 비록 그 여성들이 지식인이라고 해도 오히려 성적 욕망이 본능적으로 큰 자연적 존재로서의 여성이라는 측면으로 조명된다. 신분이 낮거나 가난한 여성들은 아예 도덕이나 규범 등 제도적 차원을 벗어난 상태로 재현된다. 이러한 남성과 여성에 대한 대조적 인식의 바탕에는 문명/야만으로 자아와 타자를 서열화하는 식민주의가 도사리고 있음을 부인할 수 없다.[26] 여성을 남성보다 열등한 존재로 규정하며 타자화하는 것이다. 남성의 성 역할과 여성의 성 역할에 대한 경계를 강화시키는 것은 남성적 담론임에 틀림없다. 여성의 역할을 한정 지으려는 폭력적 성 권력은 『푸른 날개』의 결말 부분에서 더 뚜렷하게 드

---

26 이혜령, 「한국 근대소설의 섹슈얼리티 연구—1920~1930년대를 중심으로」, 성균관대학교 박사학위 논문, 2001, 168쪽.

러나고 있다.

> "저, 지금 그 말씀을 순종할 때가 왔다고 생각합니다. 즐겨 사랑
> 의 십자가를 지겠어요. 당신의 잃어버린 한 다리의 가치가 되는지
> 알 수 없지만 최선을 다하겠어요."
> 권상오는 잠자코 한영실의 두 어깨를 안았다.
> "영실씨, 당신만 내 곁에 있어 준다면 난 한 다리가 없어도 땅 끝
> 까지, 아니 저 대공을 향해 마음껏 날아갈 수 있어요. 당신은 나의
> 영혼의 푸른 날개야요."
> 잠자코 권상오의 가슴에 고개를 기대는 한영실의 눈에서 비로소
> 뜨거운 눈물이 흘러내린다.[27]

약혼녀인 추백련은 권상오가 사고를 당하자 부산으로 떠난다. 한쪽 다
리를 잃은 권상오를 보며 "괴물로밖에" 보지 않는 추백련과, 한쪽 다리를
잃었지만 권상오를 위해 사랑의 십자가를 지고 희생하려는 한영실을 대
비시킴으로써 한영실의 역할이 더 바람직하다고 작가는 규정짓고 있다.
전통적 사고에 의해 모성적 희생을 당연하게 받아들이는 것 또한 사실은
권력에 의해 창조된 성 역할일 뿐이다. 이렇게 한영실은 권상오의 보호자
가 되어 그의 곁에 머물게 된다.

결말에서 보이는 것처럼 돈과 육체에 눈이 멀어 여러 여자를 오가던 권
상오는 다리 하나를 잃고서야 한영실에 의해 구원받게 된다. 여기서 여성
에게 모성애적 희생을 강요하는 가치관을 드러내며 김말봉은 이들의 결
합이 육체적인 것이 아니라 영혼의 결합이라고 마무리한다. 그런데도 작

---

27 『푸른 날개』, 654쪽.

가는 권상오를 완벽한 남성으로 재현하고 있다. 전쟁으로 아내와 헤어져 아내의 생사 여부를 모른 채 남으로 내려온 사람이자 도덕적인 지식인 권상오는 모든 여성들에게 여전히 사랑받고 우상화되고 있다. 미스 현의 유혹에 빠지고, 한영실의 사랑을 저울질하여 돈 많은 추백련을 선택하는 등 비난받을 행동을 하지만 작가는 권상오의 이미지를 끝까지 추락시키지 않고 유지시킨다. 이런 점에서 권상오를 내세워 전능한 남성적 권력을 묘사하고 있는 작가 의식을 엿볼 수 있다. 또한 남성의 성이라는 개념을 통해 세상을 바라보고 있다는 점, 가부장적 사회에서 허용되는 남성의 특권을 고스란히 보여주고 있는 점도 드러난다.

3. 윤리적 고결성과 이상적 남성 이미지

김말봉은 기독교 가정에서 자랐고, 그가 다닌 부산의 일신여학교, 서울 정신여학교, 일본의 동지사대학도 모두 종교계 학교였으며, 그는 우리나라 최초 여성 장로로 활동한 기독교인이었다. 그러므로 그의 작품에 기독교 사상이 어떤 형태로든 반영될 수밖에 없었을 것이다. 작품의 주제 면에서 보수적인 성향이 강하고 종교적 윤리, 생명 중시 사상 등이 두드러지게 나타나는 것도 종교적 영향을 적지 않게 받았기 때문으로 보인다. 인간 존중과 도덕저 가치를 추구하고 남성의 기부장적 가치에 대한 비판을 담고 있는 작품들을 볼 때는 페미니즘적인 시각으로 볼 수도 있지만, 작가의 내면에는 전통적 가치관이 더 깊이 자리 잡고 있음이 확인된다. 인간성 회복의 측면에서도 남성이 우선이 되고 있는 점이 특징적이다. 대신 희생하고 헌신적인 여성에게는 호의적이다. 이 여성들은 완벽하고 능력 있는 남성과의 사랑으로 인해 행복에 이르도록 한다.

가부장제 이데올로기는 남성의 경험과 남성 중심적 언어는 갈등 없이 수용되지만 여성의 삶에 대해서는 관대하지 못하다. 이는 반페미니즘 요소라 할 수 있는데 이제부터 김말봉 소설 속의 이상적인 남성 이미지에 대해 알아보고자 한다.

『밀림』의 유동섭은 윤리적이고 도적적인 인물이다. 작품의 전반부는 순수한 의지와 애정으로 못 배우고 가난한 사람들에 대해 자원봉사를 하는 동섭의 이야기를 중심으로 전개되고 있다. 중·후반부에는 오상만을 중심으로 사랑과 욕망의 갈등이 진행된다. 이 작품에서는 동섭과 인애라는 인물을 통해서는 인간적인 면과 봉사와 희생 정신을 부각시킨다. 물신주의를 쫓는 당대인의 욕망은 상만, 오꾸마, 박영수, 정평산 등을 통해 드러난다. 이들은 작품 속에서 부에 대한 물질적 욕망 때문에 부유하는 인물로 형상화되고 있으며, 서로 얽힌 관계 속에서 서로가 서로를 이용하고 있다.[28]

유동섭은 의사라는 지위를 가졌음에도 빈민 구제 사업에 참여하는 실천적인 지식인으로 묘사되고 있어 오상만과는 대조를 이룬다. 자경에 대한 사랑도 끝까지 지키려 애쓰며, 자신의 지위를 이용해서 성욕이나 이득을 취하지 않는 도덕적인 인물을 대변한다. 이혼한 자경을 받아들이게 되는 동섭에 비해 수많은 여성을 이용만 하는 상만은 성의 문제뿐만 아니라 사회적 지위나 사회적 정의에 대한 가치관도 대조적이다.

---

28 홍은희, 「김말봉 소설 연구」, 대구카톨릭대학교 석사학위 논문, 2002, 38쪽.

점심 고동이불고, 사람들이 점심을 먹는, 시간에, 동섭은 이동(移動)치료를 개시하였다.
　　먼저 수동이 손까락을, 소독을하고 요도징기를 발르고, 가제로 동여매주었다. 다음에, 여인의 아들의 팔고뱅이와 젖먹이아이의 머리를 소독을 하고, 붕산연고를 발라가지고 붕대로 싸매고……
　　이렇게 치료를 받은 사람이, 근 이십명이나 된다. 뚱뚱부은 노파의 손까락은 째서 고름을 뽑아야 할 것이다.[29]

　장인이 될 서정연의 사업을 둘러보러 나왔던 동섭은 인천축항공사장 무산계급 노동자들의 빈궁한 삶을 직접 목격하고 큰 충격을 받는다. 치료는커녕 "소독"을 하고 "요도징끼"를 바르는 것조차 못하는 공사장 노동자들을 실상을 접하고 나서 동섭은 그들을 외면할 수가 없다. 그리고 아무런 생각 없이, 경제적인 어려움 없이 누리고 있던 자신의 풍요롭고 부유한 삶을 되돌아보게 된다. 그래서 동섭은 "점심 먹는 것도 잊어버리고 그들 사이를" 돌아다니며 정성껏 치료를 해준다. 점심 정도는 굶어도 "맘이 갓든하고 기분이 상쾌하다"는 것을 동섭은 알게 되었다. 자신의 돈을 노동자들에게 쥐어주며 약을 사주기도 하며 산동네의 빈궁한 노동자들을 치료하고 그들을 위해 도울 일을 찾기 시작한다. 그렇게 동섭은 하층민과 함께하는 삶을 시작한다.

　준비 중이던 박사 논문을 포기하고, 경제적 부가 보장된 서정연의 사위 자리도 포기하고는 빈민촌에 실비치료원을 개원하기까지 그에 대한 믿음과 신뢰는 작가와 독자 모두에게 당연하게 여겨진다. 실비치료원과 야

29　『밀림』上, 119쪽.

학을 운영하며 노동자들의 임금 투쟁도 후원하며 윤리적으로든 사회적으로든 이상적인 남성이다. 그는 욕망을 절제하며 빈민 구제를 통한 공동체의 행복을 위해 개인적 행복을 포기하는 헌신적이고 정의로운 면모를 줄곧 보여주고 있다. 노동자와 빈민의 삶에 대한 각성을 통해 자신의 개인적 행복과 명예를 포기하게 되는 동섭을 작품 속에서 완벽하고 이상적인 남성상으로 재현하고 있다.

> 두주일동안 하로도 빼지않고 동섭이 서울 대학병원으로 자경의 위문을 가는 것은 고사하고라도……아아 자경과 접근한 뒤에 나타난 동섭의 얼굴의변화를, 어찌하야 시들어 말라진 잔듸밭에 봄기운이 내뿜기듯 동섭은 결단코 전에 볼 수 없든 즐거운 표정이 넘처흐르고 있는 것이다.[30]

동섭이 빈민 구제를 위해 사회에 헌신하는 모습도 남성의 긍정적인 이미지가 된다. 더구나 욕망을 절제하고 사랑하는 여인 자경을 기다려준 완벽하고 능력 있는 남성으로 형상화되고 있다. 자경이 죽을 고비를 넘기며 병원에 입원하자 수혈을 해주었고 "하로도 빼지 않고" 병문안을 가서 그녀를 돌본다. 자신을 배신하고 결혼하였다가 이혼까지 한 자경을 "물리칠 용기"도 없이 이해하고 받아들인다. 동섭은 첫사랑을 끝까지 간직한 채 자경을 품어주는 완벽한 남성으로 남아, 독자들의 마음까지 사로잡는다. 이렇게 김말봉은 동섭을 통해서 사랑과 일, 개인적인 행복과 사회적인 성공을 동시에 이루게 하여, 이상적 남성 이미지를 완벽하게 보여주고

---

30 『밀림』下, 608쪽.

있다.

동섭을 통해 보여주었던 이상적인 남성 이미지는 『푸른 날개』의 권상오를 통해서도 재현된다. 권상오는 6·25전쟁 때 아내와 헤어져서 아내의 생사 여부를 모르는 채 살아가는, 작품 속의 모든 여성들에게 사랑을 받고 존경받는 고등학교 역사 교사다. 그는 교사로서의 사명감을 가지고 있으면서, 도덕적이고 감성적이며 다소 예민한 성격으로 그려진다. 그런 권상오에게 한영실도 미스 현도 사랑의 감정을 갖는다. 또한 추백련의 어머니도 사윗감으로 욕심을 낸다.

> 미스현! 용서하세요. 나는 연애라는 감정 때문에 내 운명을 희생시킬 만큼 순진하지가 못합니다. 나는 좀 더 희망이라면 희망이고 야심이라면 야심이 큽니다. 한 여자의 정열 때문에 내 야심을 포기하도록 그렇게 단순한 성격으로는 태어나지 못했나봐요."[31]

위의 인용은 권상오가 미스 현에게 고백한 말이다. 그는 사사로운 연애의 감정 때문에 자신의 운명을 희생시키지도 야심을 포기하지 않겠다고 선언한다. 미스 현과 육체적으로 만나면서, 한영실을 배우자로 택한 것도 교사라는 그의 사회적 신분에 한영실이 적합하다고 생각해서이다. 인생에서 연애가 전부가 아니라고 생각하는 권상오였지만 30대로 올라선 미스 현이 불타는 정열로 키스를 할 동안 그의 모세혈관이 일제히 문을 열고 말초신경의 한 가닥 한 기닥이 소리를 치고 일어선다. 미스 현이라는 한 여자의 "정열" 때문에 사회적 성공과 부에 대한 야심을 버리지 않겠

---

31 『푸른날개』, 478쪽.

다고 마음먹었지만 그녀의 육체를 멀리하지는 못한다. 그는 미스 현과 한영실 사이에서 갈등하고, 또 추백련의 경제적 뒷받침에 흔들린다. 그렇더라도 권상오의 이상적 남성 이미지는 속물적인 것과는 멀어져 있고, 고뇌하는 지식인으로 존재하게 그려진다.

권상오가 이렇게 여러 여성들을 오가며 내적 혹은 외적인 갈등을 겪는데도 독자들은 그 사실에 대한 적대감보다는 남자라면 당연하다고 받아들이게 된다. 즉 권상오의 고뇌가 독자의 고뇌로 공감되고 있다. 전통적으로 남성은 신체적 건강을 위해서 다양한 성관계를 가질 필요가 있다고 인식되어왔다. 이것은 남성들만의 생각은 아니었다. 남성들의 혼전 성관계는 일반적으로 허용되었으며 결혼 후에도 실질적으로는 이중적인 기준이 통용된다.[32] 권상오가 한영실과 미스 현 그리고 추백련까지 이리저리 여성 사이를 방황하지만 그의 행동은 '사소한 약점'일 뿐이다. 독자들은 그의 인격이나 그의 성품을 평가하지는 않는다.

> "대수롭지 않은 권상오씨가 되지 말아 주십시오."
> 한영실은 교의로 와서 앉으며
> "권선생님! 당신은 나의 철학이요, 동시에 나의 종교입니다."[33]

한영실에게 권상오는 철학이요, 종교로 추앙받고 있다. 그는 한영실의 친구인 탄실의 남편이지만 탄실의 생사조차 모르는 상황이다. 영실은 반

---

32 앤소니 기든스, 『현대사회의 성·사랑·에로티시즘』, 배은경·황정미 역, 새물결, 1996, 35쪽.
33 『푸른날개』, 513쪽.

듯하고 예의 바르고 존경받는 교사인 권상오에게 애정을 느끼고 있어도 친구에 대한 마음 때문에 그에게 쉽게 다가서지 못한다. 권상오도 한영실의 후견인으로서 그녀의 약혼자인 김상국을 만나고 조언을 해주는 역할을 할 뿐 친밀한 관계로 발전하지는 않는다. 정신세계를 지배하는 완벽한 사랑을 꿈꾸는 영실에게 권상오는 아무런 확신도 주지 않고 어정쩡하게 서서 영실을 애태우는 꼴이지만 권상오의 완벽한 남성 이미지는 바뀌지 않는다.

> 문득 미스 현의 머릿속에 한 개의 영상이 지나가자 깜짝 놀란 듯이 핸드백을 들고 일어섰다.
> "권상오씨, 권상오씨는 이런 밤 자기 하숙에서 참다랗게 혼자 있을 거야, 권상오씨를 두고 왜 이런 몹쓸 짐승들과 상대를 하고 있담?……권상오씨! 당신은 나의 쥬피타 나의 아폴로, 아니 나의 임금, 나의 영광, 나의, 나의……"
> 미스 현은 열병환자처럼 중얼거리고 층층대를 굴러 내려갔다.[34]

미스 현에게도 권상오는 최대의 찬사를 받는다. "나의 임금"이고 "나의 영광"으로까지 표현하며 권상오를 신격화하고 있다. 김상국 등은 "몹쓸 짐승"이지만 권상오는 "짐승"이 아니라 존경할 수 있는 "사람"으로 표현된다. 그러나 그렇게 대단한 남성인 권상오가 육체적 쾌락과 물질적 유혹에 젖어 사는 미스 현과 육체적으로 만나게 되는데, 그는 미스 현을 영혼으로 받아들이지는 못한다. 권위적이고 도덕적인 권상오에게 하류 계층

---

34 『푸른날개』, 558쪽.

의 삶을 사는 미스 현은 어울리는 짝일 수가 없다.

미스 현으로 인해 김상국과 한영실의 결혼이 깨지고, 미스 현의 밀고로 형사들이 김상국을 찾아가자 김상국은 깡통으로 미스 현의 얼굴을 엉망으로 만들어버린다. 외모가 가장 중요했던 미스 현은 권상오에게 유서를 남기고 한강철교에서 자살해버린다. 미스 현은 죽음을 맞는 순간에도 권상오를 생각할 만큼 이 소설에서 권상오의 자리는 굳건하다. 권상오가 물질적 욕망을 외면하지 못해 추백련과 약혼을 하게 되었지만 작가는 권상오에게 호의적 시선을 놓지 않고 있다. 물론 독자들도 작가의 시선을 그대로 따라간다. 사고로 한쪽 다리를 잃어 불구가 된 권상오에게 한쪽 날개가 되어 그를 지켜주겠다며 이번에는 한영실이 돌아온다. 영실이 자신의 전부를 희생하겠다는 것이다. 권상오는 다리를 잃었지만 그를 사랑하는 한영실의 모성적 보살핌으로 새 인생을 살게 될 것이다. 남성 중심의 사회에서 여성은 남성과 가정을 위해 의무적으로 희생을 강요당해왔다. 항상 따뜻하고 포용력 있는 모습과 희생은 여성의 당연한 덕목으로 요구된다. 이런 인습의 연장선에 한영실이 있으며, 그 혜택은 고스란히 권상오에게 향하고 있다.

제4장

작품의 서사 구조와 작가의 페미니즘

1. 작품의 서사 구조

독자들의 문학적 요구나 흥미는 대중소설 내에서 상상적 세계와 동일화, 긴장감으로 압축된다. 즉 기대 지평의 층위에서는 상상적 세계를, 인물적 층위에서는 동일화를, 플롯의 층위에서는 긴장감을 충족시켜야 대중성을 확보할 수 있다.[1] 특히 연애소설은 독자들에게 비교적 쉽게 읽히고, 쉽게 감정이입이 되어 공감대를 이루게 되는데, 이런 점이 바로 연애소설이 지닌 장점이라고 할 수 있다. 연애소설은 삼각관계를 중심으로 복잡하게 전개되는 경우가 많은데 구성이 반복적이며 도식적이라는 부정적 평가를 받기도 하지만 이 도식성이 오히려 독자들에게 낯익은 서사적 패턴을 제공하며 즐거움을 준다는 긍정적인 반응도 있다. 김말봉의 소설은 이런 독자들의 요구에 부합하는 요소를 가진 작품이 대부분이다. 독자

---

1   이정옥, 「대중소설의 시학적 연구—1930년대를 중심으로」, 서강대학교 박사학위 논문, 1999, 51쪽.

들이 그의 소설을 선택했을 때 소설의 인물에 감정이 이입되어 독서를 계속하게 하는 힘이 바로 김말봉 소설의 흡입력이기 때문이다.

그러나 김말봉 소설은 남성과 여성을 이분법적으로 나누어서 남성의 욕망은 당연시하고 여성의 욕망은 처벌을 받는 가부장적 의식을 많이 드러내는 특징이 있다. 남성은 적극적이고 여성은 소극적이다. 그의 소설은 여성도 두 부류도 나누고 있는데, 선과 악, 즉 순결한 여성과 타락한 여성으로 구분하고 순결 이데올로기를 지향한다. 순결하지 못한 여성은 처벌받을 수밖에 없는 가부장적 결론으로 마무리되고 있다. 여성의 성욕은 인정되지 않으며 모성으로서만 보는 것도 여성을 남성의 종속물 또는 부속물로 취급하는 것이다. 남성과의 관계에서 여성은 오직 어머니와 아내로서만 존재하게 된다.

『밀림』을 중심으로 여성을 희생양으로 삼는 서사 구조와 모성애의 운명론적 구조를 살펴보면 여성과 남성의 성별에 따라 선악의 규정을 달리 적용하고 있음을 알 수 있다. 이 작품은 동섭–자경–상만, 자경–상만–인애, 자경–동섭–오꾸마, 자경–상만–요시에, 자경–동섭–인애까지 등장인물들의 삼각관계가 다층적이고 중첩되어 나타난다. 이렇게 복잡하게 얽힌 삼각관계는 사건을 전개시키는 핵심 조건이 되고 있다. 자경은 상만에게 이용당하여 사랑하던 동섭을 떠나게 되고, 상만과의 불행한 결혼 생활을 한다. 반면 상만은 자경 집안의 재력으로 사회적 권력을 얻고, 오꾸마와 요시에를 오가며 육체적 욕망까지 채운다. 빈민촌에 살다 생계를 위해 몸을 팔게 된 오꾸마에 주목해보면, 초반에는 사상 운동을 하는 지하조직의 요원으로 비춰지다가 어느 사이엔가 사기꾼으로 전락되고 있음을 알 수 있다. 동섭을 마음에 두고 있지만 "처녀"가 아닌 오꾸마는 순결치 않은 몸으로 그에게 다가갈 수가 없다. 결국 작가는 오꾸마의 삶을 비극적으로 끝낸다. 그녀는 상만과 고야 형사의 돈을 가로채고 자살로 생을 마감하게 되는데, 이는 사회에서 거부되는 성매매 여성의 단면을 보여주는 서사이다. 반면, 상만은 오꾸마로 인해 회사에 막대한 손실을 입고 자신의 입지도 어렵게 되지만, 그 일로 죽음까지 생각하지는 않는다. 상만은 적극적이고 주체적으로 재현되고, 오꾸마는 타자의 모습으로 처리되고 내몰리며 죽음에 이르게 된다. 남성적 관점의 이런 서사 구조는 독자들에게 오꾸마의 죽음을 아무런 저항감 없이 자연스럽게 받아들이게 한다. 즉 오꾸마의 처형으로 결말짓는 남성 중심적인 작가의 가치관을 고스란히 담고 있다고 하겠다. 순결을 잃은 여성 또는 성적으로 문란한 여성 인물을 결국 불행하게 만들거나, 팜파탈의 처형이라는 가부장적 의식으로 그 여성을 죽음으로 몰아 여성을 희생양으로 삼는 구조다. 그녀들은 악녀로 재현된다. 그러나 악행을 행하던 남성은 어떠한 응징도 없이 평화로운 삶을 산다.

또한 『밀림』은 모성애 때문에 여성의 개인적인 욕망과 삶을 포기하는 작품으로서, 자경과 요시에가 한 남성을 사이에 두고 모성애의 희생양이 되고 있음을 알 수 있다. 상만이 떠난 뒤 요시에는 아들 학세를 위해서 몸을 팔며 생계를 유지해 나간다. 그러다 어머니라는 의무감으로, 아들에게 아버지를 찾아주기 위해서 상만을 찾아 조선으로 오게 된다. 그녀에게는 학세 어머니로서의 삶이 중요하기 때문에 상만과 자경의 결혼으로 인한 이중생활도 기꺼이 받아들인다. 다시 말해 법적으로 결혼을 하지 않은 첩의 생활도 아들의 앞날의 위해 참아낸다.

유학 시절 요시에와의 사이에서 아이가 생겼지만 그 일이 자경과의 결혼에 크게 문제 된다고 여기지 않는 상만의 태도는 여성의 입장과는 대조적이다. 남성의 성은 다양하고, 구체적이고, 살아 있고, 경험되는 주체로 재현되는 반면 여성은 타자로 대상화되며 주체의 지위가 끊임없이 부정되는 것으로 재현된다. 자경, 즉 여성의 성적 주체성은 단지 남성 주체의 욕망의 기의로서 존재할 뿐이다. 더구나 자경의 임신과 그녀와의 결혼은 상만에게 더 이상 육체적 욕망을 일으키지 않는다. 우리 사회가 여성을 그토록 어머니로 호명하고 싶어 하는 이유가 바로 여기에 있다. 어머니로 간주되는 여성은 성적 주체가 될 수 없고, 자신의 몸을 가질 수 없다. 자경의 몸은 단지 어머니로서, 가족을 지키는 수단으로서 작용한다. 더불어 자경의 경제적 능력은 상만의 물질적 욕망을 채워주는 수단일 뿐이다. 즉 자경의 몸은 가야트리 스피박이 말했던 '하위 주체'[2]가 되며, 성행위를 하는 육체가 아니라 거룩한 '어머니의 몸'으로 간주된다. 동섭과의 사랑을 포기하고, 아이 때문에 상만과의 결혼을 받아들이게 된 자경에게는 모성애만 남는다. 어머니로서의 삶은 자경에게 최선의 선택이 되며, 육체적 순결을 지키지 못한 '잘못'에 대한 당연한 책임으로 받아들이게 한다.

다음으로 『찔레꽃』을 살펴보자. 이 작품은 이민수-안정순-조만호의

---

2   여성의 하위 주체는 제3세계의 부르주아 지식인 여성과 구분되는 하층의 여성을 말하는 것으로, 자본주의 체계에서 중심을 차지하던 프롤레타리아 계급을 포괄하여 성, 인종, 문화적으로 주변부에 속하는 사람들로 확장된다. 스피박은 영국 제국주의와 인도 가부장제하에서 이중으로 억압당하는 인도 여성들을 위해 이들 스스로 목소리를 낼 수 있는 전략이 필요하다고 주장했다(박종성, 『탈식민주의에 대한 성찰』, 살림, 2006, 60~66쪽 참조).

관계가 핵심축이다. 이민수와 안정순을 경제적으로 압박하며 방해하는 조만호. 다른 관계로 안정순–이민수–조경애도 있다. 정순과 민수의 관계를 모르는 경애가 민수에게 접근하며 이들 사이가 복잡해진다. 순정과 애욕(이민수–안정순–조만호), 가난과 부(이민수–안정순–조만호, 이민수–안정순–조경구), 아버지와 아들(조만호–안정순–조경구), 상사와 부하(조만호–백옥란–최근호) 등 다양한 대립항은 이 소설이 독자의 흥미를 늦추지 않는 조건이 되고 있다.

『찔레꽃』은 순결하고 순정적인 정순과 유학을 다녀온 신여성인 경애, 그리고 옥란 등 세 명의 여성이 큰 축을 이루는데 세 여성의 삶을 보는 시선은 차이가 있다. 조만호가 정순과 결혼을 서두르자 옥란은 조만호를 응징하고자 그의 침실에 숨어든다. 그러나 조만호의 방에 있던 사람은 정순이 아니라 침모의 딸 영자였으며, 영자가 옥란의 칼에 맞아 죽음에 이르게 된다. 결국 조만호의 안방을 기대하던 옥란은 살인자로 추락한다. 옥란과 함께 침모의 딸 영자까지 희생양이 된다. 이는 팜파탈의 여성을 죽음으로 몰고 가는 가부장적 의식 구조이며, 성적으로 타락한 여성에게 죽음의 운명을 피할 수 없게 만드는 서사 구조라 할 수 있다. 옥란과 영자를 천박한 여성으로 그리며, 나아가 이들을 비참한 최후에 이르게 함으로써, 남성의 가치 체계로 공감하도록 독자를 유도하고 있다. 반면 조만호는 별다른 희생 없이 부와 권력을 예전처럼 누린다. 아내를 두고도 부와 권력을 이용하여 옥란을 취하고, 어린 정순까지 첩으로 두고자 하는 욕망을 드러내지만, 그의 삶은 큰 시련도 변화도 없이 그대로 유지된다. 옥란과 영자와는 반대로 정순을 끝까지 순결하고 순정적인 여성을 신비스럽게 남겨두는 작가의 남성적 가치관은 작가의 페미니즘적 사고의 결여라

할 수 있으며, 대중소설의 판에 박힌 세계관과 일치한다.

『화려한 지옥』에서는 오채옥-황영빈-백송희의 삼각관계로 갈등이 일어난다. 황영빈은 자신의 아이를 가진 오채옥을 차갑게 외면하고 백송희와 결혼을 하려고 하면서도 고향에 있는 정혼자 이은숙과 계속 만나는 등복잡한 사생활을 누린다. 황영빈의 악행으로 채옥과 송희는 시련을 겪지만 그에 대한 응징이 이루어지기는커녕 송희가 죽음으로 내몰리게 된다. 오히려 영빈에게 순결을 잃은 송희는 정숙하지 못한 여성으로 인식된다. 이 작품에서는 창기로서 갖은 고생을 하는 채옥과 죽음에 이르는 송희 두 여성 모두 약하고 수동적인 인물로 묘사되고 있다. 여성의 경우 성적 타락은 자아를 완전히 파괴해버리는 거나 다름없기 때문에 순결을 잃은 여성은 결코 죽음을 피할 수 없다는 가부장적 의식이 그대로 반영된 것이라할 수 있다.

가부장제 사회에서 여성은 종종 남성들 간의 권력 관계의 표지이며 점령지로 간주된다. 남성 권력과 사회적 능력의 증표 중 하나는 성적 능력이다. 가부장제 사회가 여성을 분류한 성녀(聖女)와 성녀(性女), 본처와 애첩, 아내와 애인 등은 배타적인 범주처럼 보이지만 모두 남성을 위한 여성의 기능이라는 점에서는 동일하다.[3] 남성은 권력을 가질수록 많은 여성과 성을 즐길 수 있다. 성매매와 성폭력은 이처럼 성에 대한 남성과 여성의, 서로 다른 상황에서 발생하는 성차별적 현상들이라고 할 수 있다. 남성들은 창녀나 기생에게 돈을 지불함으로써 그녀들을 동물의 지위로 격하시킨다. 아편 중독에 걸려 그녀를 유곽에 맡긴 채 2년이 지나도록 소

---

3   팸 모리스, 앞의 책, 36쪽 참조.

식이 없는 남편, 자신의 아이임을 부정하고 피하기만 하는 황영빈, 채옥을 이용해 돈벌이를 하려는 김 서방 등은 모두 그녀를 이용하는 남성들이다. 공식적인 권력도 일상적인 권력도 없는 하위층인 채옥은 가난 때문에 창기의 생활을 벗어날 수가 없다. 채옥의 사랑이나 욕망은 철저하게 무시당하고 외면당한다. 심지어 황영빈의 아이를 임신하게 되었는데도 '어머니의 권리'마저 인정받지 못하고 있다. 채옥은 임신 사실을 알고 나서 유산시키는 약을 뱉어가며 아이를 지키려고 한다. 아이를 포기하지 않는 모성애로 유곽을 도망쳐 온갖 고생을 하며 버텨나간다. 공창폐지연맹의 정민혜 여사와 연적인 송희까지도 채옥의 아이를 지켜주기 위해 도움을 주게 된다. 그러므로 이 작품은 공창 폐지라는 창녀들의 인권 문제를 배경으로 삼고 있지만 실질적으로는 모성애와 행복한 결혼을 최고 덕목으로 꼽고 있으며, 뿌리 깊은 가부장적인 사고가 두드러지게 부각되는 소설이다. 채옥은 아이 때문에 유곽을 탈출하고, 아이 때문에 모진 고난을 견딘다. 여기에 그녀 스스로의 삶이나 그녀의 사랑은 전혀 중요하지 않다. 오직 어머니로서의 삶만이 중요하다. 능력 있는 의사를 만나 행복한 가정을 꾸리는 결말도 가정 안에다 채옥을 안주시키는 것이며, 그녀를 수동적인 여성으로 규정짓는 것이다.

『별들의 고향』에서도 공통점을 찾을 수 있다. 이 작품은 사랑의 욕망과 이데올로기, 사회적 혼란 등이 뒤엉켜서 이영숙-최창열-유송난, 철-유송난-최창열의 애정 관계가 복잡하게 교차되고 있다. 이들 인물들은 서사의 긴장감을 높이고 위기감을 만들어내며 독자들의 감정을 직접적으로 자극해 이야기를 읽는 재미를 느끼게 한다. 그중 송난과 연심에게 주어진 역할로 여성에게 주어진 편견이 잘 드러나고 있다. 송난은 예쁘고 똑똑한 여대생으로 냉정하면서 매력적인 이미지로 그려진다. 그러나 남성과 달리 큰일 앞에서는 감정적이고 즉흥적인 여성일 뿐이다. 최창열을 사랑하던 기생 연심은 자살을 택한다. 창열에 대한 사랑을 증명하는 희생양으로 연심을 택하고 있지만 창열에게 그녀는 사랑으로 존재하지는 못한다. 몸을 파는 여성들을 소재로 소설을 쓰면서도 순결하지 못한 여성인 그들을 죽음으로 몰아간 것은 김말봉 소설의 모순적 일면이기도 하다. 육체적 순결 문제로 여성을 희생양으로 삼는 것은 김말봉 소설이 가부장적 서사 구조를 버리지 못하고 있음을 말하는 증거가 된다.

『푸른 날개』의 경우는 권상오와 한영실을 중심축으로 사랑과 경제적 현실의 문제를 다루고 있다. 한영실-권상오-미스 현, 한영실-김상국-미스 현의 삼각관계, 김상국과 한영실의 결혼식날의 파혼, 권상오와 추백련의 결혼과 파혼, 미스 현의 성적 방종과 죽음 등 이들 인물들을 둘러싼 사랑과 욕망은 여러 사건들이 겹치면서 흥미를 유발시킨다. 미스 현은 팜 파탈의 이미지를 강하게 드러내며 육체적 욕망과 물질만 추구하다가 그녀도 자살로써 생을 마감한다. 작가는 순종적이고 선한 한영실의 적대자인 미스 현을 죽음으로 몰아 악의 응징으로 결론짓고 있다. 그런데 권상오의 경우는 한영실과 추백련 사이에서 자신의 경제적·사회적 이익을 계산하고, 미스 현의 유혹도 뿌리치지 못하며 우유부단하게 행동하지만, 결국에는 불구의 몸이 되었어도 외면당하지 않는다. 특히 불구가 된 권상오를 떠나는 추백련과 그의 곁으로 돌아오는 한영실을 대조시킴으로써 한영실의 희생을 아름다운 사랑으로 재현하는 점도 남성적 관점의 서사 구조이다.

『생명』은 전창님-설병국-유화주를 중심으로 서사가 전개되는 작품이다. 유화주는 김한주와 기철을 이용해 성적 욕망을 채우고 밀수를 통해서 부를 쌓는다. 창님과 대조를 이루는 유화주의 팜파탈 이미지는 탐욕스런 여성의 육체를 재현한다. 화주의 운명을 죽음으로 마감하는 구조 또한 타락한 여성은 받아들이지 않는다는 사회적 통념을 반영하고 있다. 여성의 욕망은 금기시되어 유화주는 제거되지만, 설병국이나 김한주 등 남성 인물은 여전히 잘 살아가고 있는 점에서 작가의 가부장적 사고가 이 작품에서도 드러나고 있다.

　육체적 욕망이 아닌 모성애적 측면을 생각해보자. 창님이 설병국과 육체관계 후 임신을 하는, 미혼모 문제도 반영하고 있다. 창님은 결혼을 앞두고 병국과 육체적 관계를 맺었지만, 병국과 유화주의 관계가 들통 나면서 파혼을 선언하였다. 순결을 중시하던 창님에게는 충격적인 사건이었고, 이후 미국 유학길에 오르게 된다. 그러나 병국과의 하룻밤을 순결을 잃고 단순한 육체적 쾌락에 빠진 것으로 처리하지 않고 '생명'을 잉태한 사랑의 행위로 가치를 부여한다. 이로써 창님이 유학으로 새 삶을 개척할 것이라는 독자의 기대는 사라지고 그녀에게 어머니의 삶이 주어진다. 유학으로 새로운 문물을 접하고 사회적 관계를 넓히면서 공부를 하려던 그녀에게 모성애는 그녀의 새 삶을 방해한다. 여성은 늘 어머니로서, 가정적인 존재로서 간주되기 때문이다. 작품 말미에 병국과 약혼한 정미가 자신의 사랑을 양보하고, 창님과 병국을 다시 만나게 한다. 즉 '생명'을 지키면서 사랑의 결실을 맺고 단란한 가정을 꾸리는 것으로 결말짓고 있다. 작가 김말봉은 사랑만큼 생명을 지키는 것도 중요한 것임을 정미와 창님을 통해 강조한다. 병국이 정미와 결혼을 하고, 창님이 아이를 출산하게 된다면 창님은 미혼모가 된다. 그러나 가부장적 사회에서는 미혼모는 바람직하지 못한 현상이다. 미혼모 문제와 함께 모든 갈등은 창님과 병국의 결혼으로 한꺼번에 해소되고 있다. 이런 서사는 여성의 주체적인 삶보다는 종교적이면서도 휴머니즘적인 색채를 띤 모성애가 우선시되는 작가의 의식 세계를 반영하는 것으로 보인다. 그러나 결혼으로 모든 문제를 해결한 것 또한 작가의 가부장적 사고의 결과이며 남성 중심적 사고가 분명하다. 창님의 주체적인 성은 철저하게 외면당하고, 오직 모성성과 생명에 대한 책임만을 강조하여 설병국과의 억지 결합으로 결말짓는다는 비난을 피할 수 없다. 이는 통속소설의 전형인 해피엔딩의 작위성을 보이는 것이며, 모성애 중심의 가부장적 사고에 사로잡힌 서술 방식으로 작품의 세련미를 떨어뜨리는 점이기도 하다.

위에서 살펴본 바와 같이 여성을 희생양으로, 특히 순결하지 못하거나 악한 여성을 죽음에 이르게 하는 것은 김말봉 소설의 보편적 구조이다. 그렇다면 김말봉 소설의 서사 구조가 여성들의 이미지를 편견으로 그려내고, 남성적 시각으로 규격화하는 요소는 무엇일까. 우선 작품 속에서 삼각관계는 대부분 남성에 의해 주도되고 있음을 발견하게 된다. 즉 여성을 사이에 두고 두 남성 혹은 더 이상의 남성들이 경쟁하며 갈등을 일으키고 있다. 그들 사이에서 여성이 주체적인 결정권을 행사하지 못하는 것은 물론이다. 소설의 서사는 이처럼 여성이 남성에게 이끌려가는 상황이 자연스럽도록 만들어지고 있다는 것이다. 나약하고 소극적이며 현실 대처 능력이 없는 여성의 이미지는 삼각관계 속에서도 그대로 드러나고 있는 셈이다. 그리고 김말봉 소설의 여성 인물들이 가부장적 사고를 자연스럽게 받아들이고 있다는 점을 생각하지 않을 수 없다. 밀렛에 의하면 가부장적 이데올로기는 남성과 여성 사이의 생물학적 차이점들을 과장하여 남성은 항상 지배적인 또는 '남성적인' 역할을, 여성은 항상 종속적인 또는 '여성적인' 역할을 맡도록 규정짓는다고 보았다. 남성은 우월성에 집착하는 태도를 궁극적으로 버리지 않는다.[4] 그런데 남성은 천성적으로 공격적이고 지배적인 반면, 여성은 수동적이고 복종적인 모습이 천성이라고 믿는 것이 문제다. 남성들의 성적 위업은 여성이 정조를 지키는 것이 당연시되던 시대에는 더 추앙받았다. 남성들과는 달리 여성들의 성적 경험이나 연애는 불행의 결과를 가져오는 것과는 완전히 대조적인 상황이다.

지금까지의 논의에서 알 수 있듯이 김말봉 소설 속의 남녀 인물들의 연애와 결혼에 대한 사고방식은 상당 부분 작가의 의식을 반영하고 있다. 남성은 수천 년 전부터 생식이나 쾌락, 자기실현 등 다양한 차원에서 성을 즐겨왔지만 여성의 성은 지금까지도 출산의 영역에 한정할 것을 강요받는다. 즉 여성의 성욕은 종족 보존을 위해서 제한적으로 허용된 것이다. 남성사회, 가부장적 사회가 여성에게 요구하는 인습이 김말봉 소설의 작중 인물들에게 그대로 투영되고 있음을 알 수 있다.

현대의 페미니즘은 '현모양처'를 이상적 여성상으로 제시하지 않는다. 현모양처가 위장하고 있는 가부장적인 남성 우월주의와 여성에 대한 억압의 실체를 분석하고, 여성도 타인 지향적 삶에서 벗어나 독립적 주체로서의 자아실현을 이룰 수 있도록 사회제도를 개혁하고, 개인의 의식 개혁을 도모하는 큰 흐름 아래 놓여 있다.[5]

---

4   로즈마리 통, 『페미니즘 사상』, 이소영 역, 한신문화사, 1995, 147쪽.
5   송명희, 「이문열의 『선택』, 왜 반페미니즘인가」, 『섹슈얼리티·젠더·페미니즘』,

따라서 '현모양처'를 내세우고, 정숙해야하며, 순결을 지키는 여성을 이상적으로 그리는 김말봉 소설은 현대 페미니즘의 사고에 역행하는 것이다. '현모양처'라는 말은 여성의 성 역할이 가정이라는 사적 영역의 유지와 관리에 한정되어 있음을 강조하는데, 이 말에는 '약함과 부드러움, 보호되어야 할 대상' 등의 뜻이 내포되어 남성성이 강조된 역사적 맥락과 닿아있다. 현모양처라는 말 자체에 주목해보는 것도 도움이 된다. 이는 일본의 메이지 정부가 현대적 산업 국가 체제를 확립하기 위해 새로운 여성상인 '양처현모'라는 슬로건을 제시한 것이 유래이다. 그런데 우리나라에 들어왔을 땐 전통적인 모자 관계가 여전히 더 강조되어 '현모양처'라는 말로 정착된 것이다. 김말봉 소설의 특징 중 하나가 바로 여성의 삶을 충족시키는 수단으로 '모성애'를 꼽고 있는 점이다. 모성애는 일방적으로 여성의 희생을 요구하며, 이를 여성의 당연한 덕목이라고 생각한다. 김말봉 소설 속의 여성의 사랑과 욕망은 모두 '가족'이라는 이름 아래서만 허용되었으며, 주체적인 성적 욕망은 죄악시하여 좋지 않은 결과를 초래하는 것으로 분석된다. 대부분의 서사 구조가 모성애를 여성 최고의 덕목으로 엮어내고 모성애를 회복하는 것으로 결론짓고 있는 것은 작가가 의도적이든 의도적이지 않든 여성을 '어머니'로 묶어두고 바라보는 것이다. 그의 소설에서는 성적 욕망에 대해 요즘보다 더 심각한 이중성을 드러내고 있으며, 가부장적인 가치관의 틀 안에 여성을 가두어놓는다. 여성의 욕망을 금기시하면서도 남성들은 끊임없이 욕망의 대상인 여성을 찾아나선다. 바로 여성을 타자로 인식하고 있다는 것이며, 여성은 보는 주체

푸른사상사, 2000, 179쪽.

가 아니라 그저 보여지는 대상으로 간주되고 있다는 것이다. 남성의 욕망은 당연시하고 여성의 욕망은 부정하는 것은 여성을 남성 인물과 차별적으로 대한다는 말이다. 즉 김말봉이 연애와 연애결혼의 서사를 옹호하며 작품을 풀어냈지만 정작 가부장적 사고의 틀은 깰 수 없었다는 한계점이라 할 수 있다.

　다음으로, 김말봉 소설에서 권력 구조의 도식화가 주요 서사로 드러나고 있는 점을 살펴보려고 한다. 자본주의 사회의 병폐와 맞물려 자본과 권력관계는 공식처럼 형성된다. 대중소설은 본질적으로 남녀의 갈등 대립, 삼각관계 등으로 남녀의 애정 문제에 관심을 두고 진행되지만 그 이면에는 언제나 권력관계가 숨어 있다. 김말봉의 소설에서 '돈'이라는 의미망을 통해 그려내고 있는 것이 바로 왜곡되고 뒤틀린 인간관계들이라 할 수 있는데, 경제적 권력은 또 다른 권력으로 확장되고 나아가 성적 권력까지 누리게 된다. 성을 억압하는 동기가 경제적 이유라고 본 프로이트의 주장처럼 성 권력을 행사하는 것도 경제적 이유가 가장 크다.[6]

　소설의 배경이 되었던 1930~1950년대는 자본주의적 가치가 폭넓게 퍼져 있었고 그만큼 돈의 생리, 자본의 논리가 구체적으로 작동하고 있었다. 단지 그저 돈이라는 속물적인 논리가 하나의 억압적인 이데올로기로 고착되고, 동시에 인간의 덕성이라든가 인륜성이라든가 하는 덕목을 일거에 무용지물로 만들어버렸다. 자본주의라는 것이 인간의 삶을 재화를 위한 황폐한 삶으로 변질시키는 계기로 작용하였다.[7] 이에 점차 물질만

6　게오르크 루카치, 『역사와 계급의식』, 박정호·조만영 역, 거름, 1986, 193쪽.
7　류보선, 「환멸과 반성, 혹은 1930년대 후반기 문학이 다다른 자리」, 『민족문학사

능주의가 팽배하고, 물화되고 도구화되는 인간관계가 만연하게 된다.

일제강점기 자본주의 병폐 중 하나는 극히 일부만이 부를 소유할 뿐 대부분이 소외되었다는 점, 그리하여 빈부의 격차가 점차 심해졌다는 점이다. 빈곤의 문제는 1950년 6·25전쟁을 겪으면서 더욱 심각한 사회문제로 부각된다. 이런 시대적 상황에 부합하며 자본주의의 병폐가 드러나는 김말봉의 작품인 『밀림』에는 가난의 문제가 대단히 사실적으로 다루어지고 있으며, 『찔레꽃』에서도 주인공들이 돈 때문에 사랑의 위기와 갈등을 겪는다.

모든 지배계급은 자신들과 동맹한 지식인들을 통하여 그들 나름의 독특한 그러면서도 보편적인 가치를 창출하며, 이 보편적인 가치들이 문화적 헤게모니를 형성한다고 그람시는 주장한다.[8] 『밀림』에서 자경과 그의 친구들은 보트를 즐기고, 유학과 해외여행을 즐기는 소위 부유한 지배계층이며 그들만의 문화를 향유하고 있다. 그러나 그들의 문화는 다수 계층에게는 소외되고 파편화되어 있으며, 경제적 조건에 종속되어 있다는 점이 중요하다. 상류층의 문화는 헤게모니를 형성해서 일반 독자에게 보편적인 문화인 듯이 인식시킨다. 자신들의 도덕, 전통, 종교적 관행의 '정신'이 다른 계층에게 스며들기를 바라는 것이다. 작가는 자경과 친구들의 호화로운 생활을 자세히 묘사하여 당시의 신흥 부르주아 계급의 생활상을 보여주면서 일반 독자들의 시선을 끌고 있다. 이들의 생활을 독자들은 선망의 눈으로 바라본다. 부를 소유한 일부 지식인들과는 대조적으로 축

연구』 제4호, 민족문학사학회, 1993, 238~239쪽.

8   앨런 스윈지우드, 『문화사회학 이론을 향하여—문화이론과 근대성의 문제』, 박형신·김민규 역, 한울아카데미, 2004, 44쪽.

항 공사장의 노동자들[9]과 인애, 상만의 가난한 생활은 비참하게 그려냄으로써 작품은 극심한 빈부 격차의 문제를 사회구조적 모순과 관련지어 드러내게 된다. 경제적 능력이 사회적 또는 성적 권력으로까지 확장되는 것이 권력의 구조이며, 이런 권력관계가 김말봉의 여러 작품에서도 그대로 수용되고 있다.

자본주의 논리를 철저하게 따르는 인물로 『밀림』의 상만을 들 수 있다. 그는 어려움을 겪으면서 학업에 열중하며 성실하게 살려고 하였지만, 점점 자본주의 논리에 영합하면서 물질주의적 사고를 하는 인물로 변모하게 된다. 상만의 변화는 당대의 현실 가치의 흐름과도 맥락을 같이한다. 취직을 도와주겠다며 논문 대필 등으로 이용하던 부유층 자녀들은 상만의 급한 사정을 외면한다. 단지 "기분이 좋지 못해 아모도 맞나주실 수 없다"는 그들에게서 상만은 쓸쓸함과 분노를 느낄 수밖에 없다. 상만이 절박한 심정으로 은행가의 아들인 민병수에게 취직 부탁을 하러 갔을 때, 민병수는 보증인을 구할 수 없어 취직이 무산되었다는 핑계를 대면서 터무니없게도 골프를 치러 가자고 한다. 골프나 테니스 시합 등도 부유층의 한가함을 나타내는 표지이다. 그래서 상만은 부자들의 냉대와 모욕 때문에 운명을 바꾸어보리라 결심하게 된다. 작가는 실업의 문제와 빈부 격차의 문제를 상만의 변모를 통해 사회구조와 연관시키고 있긴 하다.

돈에 대한 상만의 집착은 자경에 대한 욕망과 권력에의 욕망으로 굴절

---

9   『밀림』에서는 아침 일찍부터 저녁까지 돌을 깨고도 네 식구 두 끼 죽거리도 안 되는 15전의 임금을 받는 여인, 숟가락마저 전당포에 맡기고 나무꼬챙이로 밥을 찍어 먹는 일남이, 서양 사람 공동묘지에서 나물을 뜯어먹었다는 청년의 이야기 등을 통해 노동자들의 빈곤한 실상을 묘사하고 있다.

되어 나타나고 있다. 남성에게 있어 낭만적 사랑의 종착점은 집착 대상에 대한 정복과 소유이고 이는 성관계에서조차 융화감이 아니라 상대방을 정복했다는 만족감으로 구체화된다. 남성에 의해 소유되는 대상화된 성은 '남녀의 불평등한 관계로 인한 사랑의 파괴적 결합이자 여성의 억압'이 된다.[10] 철저하게 자본주의 논리를 따른 상만은 자경을 취함으로써 사회적 권력과 더불어 성적 권력까지 부여받게 된다. 상만의 욕망은 이미 자본주의의 가치를 실현하는 내면화된 욕망으로 드러난 것이다. 여기에는 자본주의 체제에 의한 억압이 아니라 자신에 의해서 자신의 욕망이 타자화 되는 이중성과 모순을 안고 있다.

조만호의 권력도 상만과 비슷하게 표면화된다. 『찔레꽃』에서 안정순을 호시탐탐 노리는 조만호는, 은행 두취라는 권력을 이용하여 재물을 축적하며, 병든 아내를 두고 다른 여성까지 탐하고 있다. 사회적 지위를 이용하여 자신의 성적 욕망을 충족시키는 조만호의 이미지는 대중 로맨스(popular romance)에서 가부장제의 이득을 누리는 전형적인 남근적 영웅(phallic hero)과 일치한다. 남근적 영웅은 도덕적으로 여성 인물을 억압할 뿐 아니라 성적 욕망에 찬 육체만을 추구하는 비도덕적 인물이다.[11] 즉 돈의 폭력적 논리를 상징하는 인물이 조만호다. 그는 자신의 경제력을 이용해 여러 여성을 취한다. 여성이 가질 수 없는 경제적 능력과 권력 등의 헤게모니를 쥐고 있는 남성으로서 무기력한 여성들을 농락하고 있다. 옥란의 경우 조만호의 본처가 될 야심과 먹고 사는 문제들 때문에 조만호를

---

10 이여봉, 『가족 안의 사회 사회 안의 가족』, 양서원, 2010, 59~60쪽.
11 위의 책, 같은 쪽.

택할 수밖에 없었다. 그러나 둘의 관계는 동등한 연인의 위치가 아니다. 조만호는 경제적 권력을 무기 삼아 옥란을 억압하고 옥란의 육체를 이용하여 자신의 욕망을 채운다. 이처럼 경제적 문제는 성적 권력관계까지 결정짓는 중요한 요소가 된다.

『찔레꽃』의 결말을 보면, 조만호의 유혹을 뿌리치고 사랑의 숭고함을 지킨 정순마저도 자본주의적 가치 체계에서 멀리 있는 인물이 아님을 알 수 있다. 그녀가 돈(조만호)과 사랑(이민수)을 둘 다 포기한 것처럼 보이지만 달리 생각하면 돈과 사랑 모두를 추구하고 있음을 발견하게 된다. 바로 경구와의 결합 가능성을 열어두었기 때문이다. 경애에게 민수를 양보하고, 조만호의 아들이자 민수의 동생인 용길까지 돌보는 착하고 성실한 정순에게 어떤 방식으로든 보상을 해주려는 작가의 자본주의적 가치가 숨어있다고 하겠다. 순정적이고 성실하고 착한 정순에게 듬직하고 세련된 유학파 남성 경구와 경구 집안의 재력이 보상으로 주어진다.

『화려한 지옥』과 『별들의 고향』은 앞의 논의에서도 살펴봤듯이 돈으로 성을 사고 파는 성매매를 소재로 한 작품이다. 이들 작품에서 김말봉은 성매매의 부당함, 공창 제도의 폐지를 주장하고 있으나, 작품에서 그려지고 있는 성매매의 실상은 다수의 독자들에게 절망을 준다. 경제적인 능력이 있는 사람은 성까지도 마음대로 사서 욕망을 채우고도 당당하게 살아가고 있으며, 그렇지 못한 사람은 생활고에 쫓기고 인간 이하의 삶을 살아간다. 공창 폐지 운동이라는 사회적·역사적 배경을 가지고 있는 소설인 『화려한 지옥』과 『별들의 고향』마저도 어지러운 사회 상황과 자본주의의 물질 만능 사상, 그리고 권력관계를 바탕으로 서사를 전개하고 있다는 점은 유감스럽다.

『화려한 지옥』을 보면, 손성묵과 그의 하수인 황영빈은 돈을 종교로까지 신봉하는 철저하게 물질적 가치를 추구하고 있다. 손성묵은 사회 개혁 운동이 일어나자 "늙은 파우스트처럼 무서운 지혜"를 발휘하여 신변 보호의 목적으로 거액 백만 원을 중앙집행위원회의 기부금으로 기탁하려고 한다. 그의 기부로 인해 각 신문사는 "찬란한 문구"로 굽실거리고 "지도층에 있는 여자들"은 흥분한다. 그는 돈의 힘을 믿고 돈 앞에서는 체면이라든가 의리라든가 윤리라든가 하는 문제는 아무런 가치가 없는 것이라고 생각한다. 돈을 "인물을 평가"하는 기준이라고 믿는다. "파우스트를 청춘으로 돌아가게 한 마왕"이라며 돈을 찬미하는 손성묵과, 돈이 되는 일이라면 물불 가리지 않는 황영빈을 통해, 작가도 부당한 방법으로 부를 축적하는 사회적 현실을 비판적으로 드러내고는 있다. 돈은 권력으로 작용하고, 그 권력은 여성의 성까지 좌지우지하게 된다. 인간 존엄과 인간 평등이라는 구호를 내세우지 않더라도 독자들은 공창 제도의 문제점에 시선을 두게 되고, 사회제도나 인권 문제에 대한 인식을 넓히게 된다. 그러나 그들의 권력에 대한 저항이나 문제 해결의 방법이 구체적으로 형상화되지 않는다. 작품에서도 창기 생활을 청산한 채옥이 종교를 통해 심리적인 안정을 얻게 되고, 능력 있는 의사 남편을 만나서 새로운 생활을 시작하고 있다. 단지 도식적인 권력 구조를 바라보는 씁쓸함만 남길 뿐 어떤 대안이나 해결책이 없어서 답답할 따름이다.

『별들의 고향』에서는 창녀 연심과 정을 나눈 최창열을 통해 창녀나 기생에 대한 인식 변화를 표면화하고 있다. 창열은 그를 연심에게 데려간 피덕칠, 성병인 줄 알면서도 영업을 시킨 포주, 방임한 정부 등 모두에게 분노한다. 그러나 창열은 태도에는 상당한 모순이 있다. 매음의 당사자

이면서 자기에 대한 반성은 없고 포주나 정부에 대해서는 심하게 반발을 한다는 점이다. 처음 연심을 만났을 때는 "아주 순결한 인간성을 가진 쏘니아"라고 생각하다가, 성병이 옮은 후에는 "의리도 없고 진실도 없는 창기"로 매도하는 창열의 인식은 창녀에 대한 전반적인 사회 인식과 다를 바 없는 태도다. 피덕칠에 대해서도 "종놈의 종자란 하는 수가 없다"며 비난하는 창열의 독백은 봉건적 신분제도에 대한 사회적 가치관이 작용함을 보여준다. 연심이 창기라는 신분이기에 스스럼없이 그녀의 성을 취하고, 여대생인 송난에게는 자기를 인정해주기를 바라며 구애하는 창열의 이중적인 태도에서, 성 위에 군림하고 있는 사회적 폭력을 보게 된다. 경제적·사회적 강자는 성의 영역에서도 약자를 지배하며 철저하게 자본주의 논리를 따르고 있다.

일반적으로 소설에서 남성 인물이 경제적이든 성적이든 약자에게 권력자로 행세하는 경우가 많다. 그런데 『생명』에서는 여성 인물인 유화주 여사가 돈을 미끼로 남성인 설병국을 그림의 모델로 끌어들이고, 돈을 매개로 병국의 육체를 차지한다는 점이 다른 소설과 차별적이다. 아이러니한 점은 설병국과 유화주 두 인물 모두 상대방에 대해 정복감과 성취감을 느낀다는 것이다. 넉넉하고 편리한 환경에서 살고 있는 유화주의 돈의 힘에 위압을 느꼈던 병국은 그녀의 육체를 정복하고 나서 일종의 승리감을 가진다. 화주도 돈을 이용했지만 훌륭한 외모의 설병국을 차지했다는 성취감을 갖는다.

돈에 초연한 듯 보이던 병국의 창님에 대한 사랑도 자본주의의 논리 앞에 무너지고 만다. 재력가인 김한주의 딸 정미와 결혼을 결심하게 되는데 이는 아들 없는 집의 장녀이자 부유한 환경이라는 현실적인 조건을 전제로 하고 있다. 부자의 사위가 된다는 것으로 "가슴은 떡 벌어지고 그의 다리는 거만스럽게 포개"질 수 있는 자신감과 힘을 갖게 된다. 돈의 논리, 자본주의적 사고는 곧 권력으로 이어짐을 보여주는 것이다.

남성의 지배와 여성의 복종은 성 활동과 같은 근본적인 것의 규범이기 때문에, 그것들은 다른 맥락에서도 역시 규범이 된다. 대부분의 급진적 페미니스트들이 지적하듯이, 마치 이브가 정말로 단지 아담의 모든 욕구와 필요에 봉사하기 위해서 창조된 것처럼, 여성들은 이성간의 성관계가 완전히 평등해질 때까지 결코 남자의 완전한 정치적, 경제적, 사회적 동년배는 될 수 없을 것이다.[12] 김말봉의 소설은 타락된 삶을 사는 주인공과 그에 맞서는 인물을 대조적으로 제시하여 자본주의 사회의 모순과 성의 왜곡, 그리고 그 이중성을 자주 들추어낸다. 부를 바탕으로 한 성과 쾌락의 향유는 도덕적 가치를 생각지 않더라도 불평등하고 모순된 남성적 특권 사회의 단면을 보여주는 것이다. 가장 은밀하고 개인적이라 할 수 있는 성의 영역까지도 자본주의적 욕망과 경제적 위력이 지배하고 있음이 확인되었으며 이는 바로 사회적 정치적 권력과 밀접하게 관련되어 있다.

2. 작가의 페미니즘 의식

근대 소설사에서 1930년대는 여성 문인들이 제약적 환경에서도 약진한 시기이다. 이 시기에 비중 있게 거론되는 여성 소설가로는 박화성, 강

---

12 로즈마리 통, 앞의 책, 170쪽.

경애, 백신애, 최정희[13] 등이 있다. 그런데 김말봉의 작품 성향은 다른 여성 작가들과 달라서 사회적 분위기와는 동떨어져 있다고 여겨졌다. 김말봉을 통속·역사소설에 끼워 겨우 이름만 올려놓는 것으로도 만족해야할 정도여서 그에 대한 연구는 간헐적이고 국소적일 수밖에 없었다.[14]

다른 여성 작가와는 달리 출발부터 신문을 통해 장편소설을 발표했던 만큼 김말봉에게 '독자'와 '대중'은 빼놓을 수 없는 요소였다. 1958년 『한국일보』에 『화관의 계절』 연재를 끝내면서 "대중소설이라면 으레 저급하다는 착각을 하지만, 대중이 얼마나 정의감에 불타고 있는가는 말할 필요가 없다"고 강조할 정도로, 대중의 존재를 새로운 시각에서 찾고 평가한 작가가 바로 김말봉이다. 어떤 정신이나 사상 때문에 소설이 인기를 얻게 되는 것일까를 생각해보면 독자 대중이 찾고 있던 그 무엇, 독자의 정신적 욕구를 일정 부분 만족했기 때문이라는 결론에 이르게 된다. 대단한 인기를 끌었던 『찔레꽃』의 경우는 자유연애를 통하여 자기의 길을 찾아가는 여성의 모습을 단편적으로 보여주었다. 여기서 우리는 소설에 있어 문학적 기교나 예술적 가치도 중요하지만 사회적, 시

---

13 연구 목적에서 밝혔듯이 이 시기의 여성 작가들은 빈궁에 대한 관심을 가지고 작품으로 형상화하였다.

14 김말봉의 이름을 언급한 경우는 김우종의 『한국현대소설사』(선명문화사, 1974)와 이재선의 『한국현대소설사』(홍성사, 1976)이다. 그러다가 백철이 『한국신문학발달사』(박영사, 1975)에서 그의 작품을 언급하면서 김말봉을 최초의 대중소설가로 밝혔고, 조동일이 『한국문학통사』 제5권(지식산업사, 1994)에서 통속연애소설의 맥락에서 김말봉을 구체적으로 다루었다(최미진·김정자, 「한국전쟁기 김말봉의 『별들의 고향』 연구」, 『한국문학논총』 제39호, 한국문학회, 2005, 294쪽 참조).

대적, 정신적 차원의 의미도 간과할 수 없다는 사실을 알게 된다. 그러므로 김말봉의 작품이 독자 대중과 공유하는 어떤 정신세계가 있었다는 점은 분명하다.

1930년대 말, 조선총독부에서 조선어의 중학교 교과과정을 폐지하기에 이른다. 그리고 나아가 우리말의 사용조차 금지하고 창씨개명의 탄압이 시작되었다. 그즈음 김말봉은 일본 글로 소설을 쓰라는 요구를 받고, 청탁을 온 청년 앞에서 "일본 글로는 죽어도 소설을 안 쓰겠다"며 그 자리에서 필통을 열어 만년필을 꺾어버리는 일이 있었다. 그는 일제가 통제하는 동안에는 두 번 다시 붓을 들지 않겠다며 저항하게 된다.[15] 광복 후 김말봉은 이러한 적극성으로 일본 제국주의의 유물인 공창 폐지 운동에 가담하기에 이른다. "노예의 굴레에서 신음하는 여자들을 해방시켜야 한다"[16]는 생각이었다. 당시 공창 폐지 운동은 이데올로기적 갈등을 넘어 여성운동가들의 공통적인 관심사였는데, 그는 아나키스트 유림이 주도하던 한국독립노동당의 중앙위원이자 부녀부장으로 일하면서 이 운동에 참여하기 시작하였다.[17] 1926년 경무총감부령 제4호 '대좌부창기취체규칙'이 공포됨으로써 공창 제도가 이어져오다가, 1946년 3월 6일 조년부녀총동맹이 '공사창폐지 결의문'을 제출하였고, 같은 해 5월 17일 미군정은 법령 제70호 '부녀자의 매매 혹은 그 매매계약의 금지'를 발표하였다.

15　김항명, 「눌린 여성과 민족을 사랑한 민중 작가」, 『김말봉의 문학과 사회』, 종로서적, 1986, 159~162쪽 참조.

16　김항명, 『찔레꽃 피는 언덕』, 명서원, 1976, 431쪽.

17　정하은, 「반속정신의 금자탑을 세운 『화려한 지옥』」, 『김말봉의 문학과 사회』, 종로서적, 1986, 122~126쪽.

그러나 근본적인 생활 대책의 부재로 창녀들에게 혼란만 가중시켰을 뿐이었다. 이에 6월 22일 조선부녀총동맹 주도로 '공사창 폐지를 위한 대책 좌담회'를 개최하여 창기와 업자에 대한 적극적인 생활 대책의 마련과 공창들에 대한 인격 존중의 태도 유지를 강조하는 한편 군정장관 러치에게 '공사창 철폐 요구건의문'을 제출한다. 그리고 8월 10일 조선부녀총동맹을 비롯한 14개 좌우익 여성 단체가 '폐업공창구제연맹'을 결성하여 창녀 갱생 운동에 앞장서기에 이른다. 이때 김말봉이 이 단체의 회장을 맡으면서 공창 폐지 운동의 전면에 나서게 되었다.[18] 폐창연맹에서 김말봉은 창녀 갱생을 위한 실질적인 대책 마련과 법 제정을 추진하였으며, 창녀들의 구제 대책으로 '희망원'[19] 설립을 주도하였다. 그러나 재원 마련이 어려워 희망원은 무산되고 사재를 털어 '박애원'을 설치하여 운영하였다.[20] 이후 폐창연맹의 이름으로 공창폐지법 제정을 적극적으로 추진하고, 공창 폐지 운동의 필요성을 여론화하기 위해서 1947년 7월 1일부터 『부인신보』에 소설 『카인의 시장』(『화려한 지옥』)을 연재하게 된 것이다.

김말봉의 공창 폐지 운동에 대한 신념과 열성은 여성 단체 활동뿐 아니라 창작 활동에서도 두루 확인할 수 있었다. 그는 광복기 혼란한 사회현실 속에서 종교와 이념을 뛰어넘어 자신의 신념을 끝까지 실천한 보기 드

---

18 최미진, 「광복 후 공창 폐지 운동과 김말봉 소설의 대중성」, 『현대소설연구』 제32호, 한국현대소설학회, 2006, 101~102쪽 참조.

19 희망원은 창녀들의 성병 치료, 직업교육, 결혼 알선 등 사회생활에 적응하기 위한 교육기관으로 현실적인 대책이었다.

20 정하은, 앞의 책, 123쪽.

문 여성운동가임은 분명하다.[21] 『화려한 지옥』뿐만 아니라 『별들의 고향』
에서도 공창 폐지에 대한 내용과 창녀의 현실에 대한 서사로 그들의 생활
상을 알리고 있다.

1952년에는 이탈리아 베네치아에서 유네스코가 주최하는 세계 예술인
대회가 개최되었는데 김말봉이 한국 대표 문인으로 참가하게 된다. 그때
세계 예술가들 앞에서 전쟁의 참혹한 상처와 혼란, 기아 속에서 신음하
는 한국의 실정을 자세하게 소개하여 민간 외교의 일익을 담당하기도 하
였다.[22] 이처럼 김말봉은 사회적 시대적 상황을 외면하지 않은 작가였다.
일본에 대항하여 붓을 꺾기도 하였고, 창녀 등 여성의 현실을 직시하고
그들의 인권을 위해 실천적으로 참여하였으며, 전쟁으로 피폐해진 사회
의 혼란과 어려움을 외면하지도 않는 행동하는 여성이었음에 틀림없다.

그러나 김말봉은 일생을 통해서 진취적이고 적극적인 여성으로 활동했
지만, 작품을 중심으로 분석된 작가의 의식은 그의 삶의 태도와는 다소
다른 면모를 발견하게 된다. 김말봉의 소설은 대중소설을 표방하고 있으
면서 연애소설이 주를 이루기 때문에 대중의 사고와 감정에 밀착되어 있
다고 할 수 있다. 그러나 여성주의의 입장에서 다시 보면 작가의 시선은
여전히 가부장적인 틀을 벗어나지 못하고 남성적 시선으로 여성을 바라
본다.

소설 속의 여성 인물들은 대체적으로 그들이 강요받았던 정숙하고 가

---

21 최미진, 「광복 후 공창 폐지 운동과 김말봉 소설의 대중성」, 『현대소설연구』 제32
    호, 한국현대소설학회, 2006, 104쪽.

22 김항명, 「눌린 여성과 민족을 사랑한 민중 작가」, 『김말봉의 문학과 사회』, 종로
    서적, 1986, 167~168쪽 참조.

정적인 삶을 벗어나지 못하고 가부장적 이데올로기에 순응하는 태도를 취하고 있다. 『밀림』의 자경은 사랑하는 남자를 떠나 어머니의 삶을 살아간다. 『찔레꽃』의 안정순, 『화려한 지옥』의 백송희, 『푸른 날개』의 한영실, 『생명』의 전창님도 가정과 가부장적 사고에서 벗어나지 못한다. 이들 여성은 자신의 육체적 욕망이나 정체성은 생각지도 못하고 모성애를 우선으로 하고 있으며 개인적 삶을 포기해버린다.

남성 인물들도 가부장제의 인습을 버리지 못하고 있음이 확인된다. 『밀림』의 오상만과 『찔레꽃』의 조만호는 가부장적 남성의 권리를 행하면서 여성에게는 복종과 순종을 요구하고 있다. 『화려한 지옥』의 황영빈이나 『푸른 날개』의 권상오도 남성 중심적인 가치관을 고집한다. 또 김말봉의 작품에는 체제에 순응하듯 하면서도 자본주의에 대한 비판 의식을 담고 있음도 발견된다. 산업화와 물신화로 인한 개인주의와 파편화되어가는 인간의 삶을 보여주기도 한다.

결론적으로 현실 생활에서는 여성 운동에 앞장서며 여성의 권익을 위해 애썼지만 김말봉이 여성 작가로서 여성을 바라보는 의식은 체제 순응적이라는 모순을 가지고 있다고 분석된다. 이는 김말봉이 독자의 흥미를 위주로 한 대중소설 작가라는 점, 식민과 전쟁을 겪은 세대의 트라우마를 간직하고 있다는 점 때문이라고 이해할 수 있다. 이런 상황을 염두에 두고 작품 속에 투영된 김말봉의 작가 의식을 살펴보면 세 층위로 나눌 수 있다.

첫째, 가부장적 이데올로기의 순응이다. 『밀림』의 인애와 자경, 『찔레꽃』의 정순, 『화려한 지옥』의 채옥과 송희, 『별들의 고향』에서는 송난과 연심 그리고 영숙, 『푸른 날개』의 한영실, 『생명』의 창님 등 여성 인물들은 조용하고 착하고 예쁘게 재현된다. 이들은 끊임없이 참고 기다리며, 온순하고 지혜로운 여성으로 살아가고자 한다. 그들은 스스로 삶을 꾸려 나가기보다는 주위나 다른 남성들의 도움을 받는다. 소극적이고 무기력 하면서도 그것이 자신들의 문제점이라고 의식하지도 못한다. 이에 비해 남성들은 변화무쌍하며 입체적인 성격을 보이고 있다. 그들은 활동적이 고 공격적이고 도전적이다. 또 물질적인 부와 사회적 지위를 얻기 위해서 부단히 노력하고, 또 그것을 과시하기 위해서 애쓴다. 이렇게 김말봉은 그의 작품에서 남녀의 역할을 확연하게 구분지어 남성과 여성의 이미지 를 정형화시켜놓았는데, 이는 바로 작가 자신이 갖고 있는 남성과 여성에 대한 시각이라고 할 수 있다.

둘째, 김말봉의 소설에서는 욕망하는 주체로서, 성적 주체로서의 여성 을 인정하지 않고 있다. 여성 인물들은 모두 결혼이라는 문제 앞에서 전 통적 속박과 강요를 벗어나지 못한다. 여성의 사랑과 욕망은 오직 가정의 테두리 안에서만 가치 있는 것으로 여겨 나머지는 문제화한다. 정숙한 여 성은 선한 여성으로, 성에 대해 자유로운 여성은 비도덕적이고 악한 여성 으로 서술하고 있다. 작가의 여성 인물에 대한 이런 도식성은 김말봉 소 설의 전반적 흐름이다. 여성의 삶을 충족시키는 수단으로 '모성애'를 꼽고 있는 점도 큰 특징인데, 일방적으로 여성에게만 희생을 요구한다. 김말봉 소설 속의 여성의 사랑과 욕망은 모두 '가족'과 '어머니'라는 이름 아래서 만 허용되었으며, 주체적인 성적 욕망은 죄악시하고, 욕망을 추구하는 여 성에게는 좋지 않은 결과를 안기고 있다. 모성애를 우선시하여 여성의 성 역할을 어머니에 한정해버린다. 이런 사회적 인습을 반영한 작가의 가부 장적 사고는 여성의 성을 감추고 숨기려고 하는 설정에서 쉽게 찾아볼 수 있다. 따라서 현모양처를 내세우며 정숙하고 순결을 지키는 여성을 이상적으로 그리는 김말봉 소설은 페미니즘의 사고에 역행하고 있는 것이다.

또한 창녀들의 실상과 그들의 권익을 다루는 작품을 발표하면서도 그들에 대한 사회적 편견과 처우에 대한 문제는 외면한다. 종교적 귀의를 종용하거나 가정의 울타리로 불러들임으로써, 공창 폐지 운동을 하면서도 창녀를 보는 시선이 남성적이라는 모순에 빠지게 된다. 이는 공창 폐지 운동 등의 사회운동에 적극 참여하였음에도 불구하고 작가가 여성의 성 정체성과 페미니즘에 대한 확고한 신념이 확립되지 않았던 탓으로 보인다.

셋째, 자본주의에 의한 성 권력의 수용 면을 들 수 있다. 김말봉은 그의 작품에서 자본주의 사회의 타락된 삶을 사는 주인공과 그에 맞서는 인물을 대조적으로 제시함으로써 사회의 모순과 이중성을 공공연하게 들추어낸다. 돈이라는 속물적인 논리가 하나의 억압적인 이데올로기로 고착되고, 동시에 인간의 덕성이라든가 인륜성이라는 덕목을 일거에 무용지물로 만들었다. 자본주의는 인간의 삶을 재화를 위한 황폐한 삶으로 변질시키는 계기로 작용하였다.[23] 이에 점차 물질만능주의가 팽배하고, 물화되고 도구화되는 인간관계가 만연하게 된다. 일제강점기에는 빈부의 격차가 점차 심해졌고, 빈곤의 문제는 전쟁을 겪으면서 더욱 심각한 사회문제로 부각된다.

이런 측면에서 권력과 체제에 무기력한 인물들이 김말봉의 작품 속에도 그대로 재현된다. 혼란한 시대적 상황과 맞물려 자본주의의 병폐 문

23　류보선, 「환멸과 반성, 혹은 1930년대 후반기 문학이 다다른 자리」, 『민족문학사연구』 제4호, 민족문학사학회, 1993, 238~239쪽.

제는 『밀림』, 『찔레꽃』, 『화려한 지옥』, 『푸른 날개』, 『생명』 등에서 찾을 수 있다. 애정의 문제 등으로 남녀가 갈등을 겪는 연애소설인 이 글의 텍스트들은 자유연애의 실상을 보여주는 것처럼 보이나, 사실상 그 이면에는 돈의 논리, 자본주의적 사고가 바탕이 되어 있음을 알게 된다. 돈에 상처 받고 아울러 사랑에도 상처를 받는 작중인물들의 고통스런 삶은 애처롭기까지 하다. 그런데 경제적 궁핍 속에서는 자신의 이상을 실현하기 어려운 시대라는 사회적 공감대를 형성할 뿐 어떠한 해결 방안도 보이지 않는다. 작가가 부에서 소외된 인물들을 통해 돈의 논리, 경제적 논리가 사랑의 문제까지 지배하는 성 권력의 단면을 보여주고 있지만 사회적 차원으로 확장하지는 못하고 있는 셈이다. 무기력한 피지배 계층인 가난한 자, 여성 등은 권력에서 멀리 있을 수밖에 없고, 남성 우선의 사회 관습을 깨트리는 인물도 존재하지 않는다는 사실만 확인하게 된다.

제5장

이미지 재현과 페미니즘

김말봉이 작품 활동을 시작한 1930년대는 식민지 현실 속에서 검열의 강화와 카프 해체의 영향으로 당대 문인들은 자신의 신념대로 분명한 자기의 입장을 취할 수 없는 상황이었다. 이 시기에는 신문 중심으로 문학 활동이 이루어지고 있었고, 일제의 검열과 신문사의 이윤 추구로 인해 신문 연재소설은 상업화되어갈 수밖에 없었다. 방인근, 이광수, 함대훈, 장혁주, 김말봉, 김내성 등에 의해 많은 대중소설이 창작되고 이들 작품이 신문에 연재되면서 폭넓은 독자층이 형성되었다. 그중 김말봉의 『찔레꽃』을 1930년대 대중소설의 정점으로 보는 것은 그의 소설이 당시 문단에 통속소설 논의를 불러일으킬 만큼 통속소설에 대한 주위를 환기시켰으며, 본격적인 대중문학의 길을 열었기 때문이다.

김말봉의 소설은 본격문학에 접근하기 어려웠던 대중 독자들에게 문학을 향유할 기회를 제공했다는 점에서 의의가 크다. 엘리트 중심의 리얼리즘 문학은 대중에게 큰 호응을 얻지 못하였으나, 김말봉의 소설은 알기 쉬운 언어와 흥미 위주의 연애 서사로 독자층의 확대를 가져왔다. 일제

강점기에서 지향점을 잃은 대중에게 정신적 위안과 카타르시스를 제공함으로써 그의 소설이 공감을 얻을 수 있었다고 본다. 김말봉 소설은 또한 1930년대 후반의 상황 속에서 순수소설의 모순을 극복하고 본격적인 대중 문학의 길을 열었으며, 그것이 이어져 오늘날의 대중소설의 토대가 되었다고 평가된다. 이런 점에서 그 소설사적 의의를 소홀히 할 수 없을 것이다.

『찔레꽃』으로 대중소설의 독자층을 넓혔고, 『밀림』으로 우리나라 대중소설이 본격적으로 시작되었다고 할 만큼 대표적인 대중소설 작가인 김말봉이 문학 연구나 평가 면에서 외면당하고 있는 점에 의문을 갖고, 이 글에서는 작품을 통해 작가의 인생관과 작가의식을 규명하고자 하였다. 그래서 이 글은 김말봉 장편소설의 남녀 이미지를 페미니즘 관점에서 살펴보는 데 일차적인 목적을 두었다. 대중 소설 속에서 남녀 인물들, 특히 여성 인물의 이미지는 거의 고정되어 있다. 여성은 강하기보다는 유약하며 이성적이기보다는 감정적이고 적극적이기보다는 소극적이다. 남성들에 의해 규정되고 재현되는 여성은 언제나 그들의 타자로 간주되었기 때문에, 남성의 시선으로 규정된 여성에 대한 왜곡과 기만에서 벗어나 '있는 그대로의 여성'으로 바라보고자 하는 학문적 움직임이 페미니스트들에 의해 대두되었다. 소위 페미니즘 비평이 그것이다. 우리가 알고 있는 여성의 이미지는 대부분 남성이 만들어낸 이미지이며, 남성의 요구에 맞게 구체화된 것이다. 일반적으로 여성들은 자연이나 죽음이 갖는 수동적 이미지들에 동화된다. 팸 모리스는 남성이 되는 것은 곧 인간이 되는 것이고, 여성이 된다는 것은 '아무것도 느낄 수 없는 사물'이 된다는 것을 의미하였음을 지적하기도 하였다. 말하자면 우리가 보아온 대부분의 텍스트 속에서 판단력을 가지고 적극적인 의식으로 나타나는 것은 남성적이라는 것이다. 이에 여성 이미지 비평은 남성이 창조한 기존의 여성의 이미지 왜곡을 수정하고, 남성들에 의해 결정되어 있는 이미지가 아니라 새로운 이미지의 발견과 가치의 창조를 지향한다. 가부장적 사회의 여성들은 그들의 주체성마저 부정되어왔다. 남성은 주체이고 여성은 대상이라는 이분법이 그것이다. 억압의 대상이며 상대적 피해자인 여성의 주체성이 구성될 수 있는가 혹은 타자성을 극복할 수 있는가라는 질문은 여성운동 초기부터 지금까지 계속되는 질문들이다. 여성에 대한 왜곡된 이미지는 남성이 여성의 종속을 유지시키고 이를 정당화하는 수단이 되며, 남성적인 것이 인간적 진리라는 절대적 이미지를 고착시킨다. 이런 맥락에서 이 글은 남녀 인물의 이미지를 여성적 읽기로 분석하였다.

그런데 남성적인 것을 진리로 보며 그들의 관점으로 여성을 규정하고 바라보는 것은 단지 문학작품에만 적용되는 문제는 아니다. 가부장적 사회에서 남성은 주체이고 여성은 남성의 대상이자 타자였다. 타자로 간주되어 오던 여성에 대한 남성의 왜곡은 소설 속 인물의 이미지에도 고정되어 적용되었다. 보는 주체가 보여지는 대상을 어떻게 보는가 하는 문제는 이미지 형상화에 중요한 영향을 미친다. 미디어가 발달한 현대사회에서 여성들의 이미지와 재현은 모순과 편견으로 가득 차 있다. 그 이유는 사회·문화적으로 보여지는 대상이 주로 여성들이기 때문이다. 더구나 여성들 또한 자신이 대상화된 것을 보는 관객으로 존재하는 이중적이고 복합적인 상황에 처해 있는 실정이다. 이 글에서는 소설 속에서 여성의 이미지가 어떤 방식으로 고정화되어 재현되는지, 또 절대적 남성의 이미지는 어떤 가치관을 바탕으로 재현되는지 살펴봄으로써 김말봉 소설 속의 남녀 이미지의 특성을 추출해 정리하였다.

　제2장에서는 이 글이 주제로 삼고 있는 김말봉 소설 속의 여성 이미지를 분석하여 정리해보았다.

　1절에서는 여성 자체로서는 긍정적인 의미를 소유할 수 없고, 남성과의 관계 속에서 남성이 아닌 것으로 규정되는 여성 이미지를 서술하였다. 타자성이라는 것은 '나'에 대한 의식이 없고, 그 자체로는 아무런 정체성도 갖지 못하는 것이다. 『화려한 지옥』의 채옥, 『별들의 고향』의 유송난, 『생명』의 전창님 등은 남성에 의해 일생이 좌우되는 여성 인물이다. 훌륭한 남성의 사랑을 얻음으로써 여성은 행복을 얻게 되고, 남성의 적극적인 지원으로 성공을 이룬다는 줄거리는 여성의 신데렐라 콤플렉스를 자극하여 이들 여성을 더욱 나약하게 만든다. 남성은 여성에게 아내 혹은 주부, 어머니로서 복종적이고 헌신적이며 이타적인 삶을 요구한다. 이렇게 남성들에 의해 규정된 선은 내면화의 과정을 통해 순종적이고 헌신적인 삶을 여성에게 은근히 강요한다.

　2절에서는 순결과 희생의 여성 이미지를 분석하였다. 『밀림』의 인애와 자경, 『화려한 지옥』의 백송희, 『생명』의 전창님의 순결 강박, 『찔레꽃』의 안정순, 『푸른 날개』의 한영실의 희생 미담 등을 통해 여성의 욕망을 금기시하고 순결을 강요하는 가부장 사회의 모순점을 찾을 수 있었다. 성관계의 가장 고귀하고 바람직한 형태로 결혼이라는 제도를 규범으로 해서 결혼 생활 외의 성행위는 허용하지 않게 된다. 특히 이 규범은 가부장적 사회의 여성에게만 철저하게 적용되고 있다. 게다가 여성조차도 순결을 잃는 것에 대한 죄의식이 갖고 있는 것은 여성임에도 불구하고 남성의 눈으로 자신들을 바라보기 때문이다. 고찰 결과 이 절에서는 순종적이고 참한 여성과 육체적 욕망을 쫓아가는 여성을 극단적으로 대비시켜 전자를 '바람직한 여성상'으로 각인시키고 있음이 확인되었다. 가부장적 이데올로기의 영향으로 어머니 같은 따뜻한 여성, 사랑하는 사람이나 가족을 위해 희생하는 여성만을 선이라 규정하고 있어 김말봉 소설은 성차별적인 가부장주의로부터 벗어나지 못하고 있다는 것을 알게 되었다.

3절은 선악의 이분법과 팜파탈의 이미지이다. 성적으로 문란한 여성 인물을 결국 불행하게 만들거나 죽음으로 몰고 갔으며, 이들 여성은 악녀로 재현하고 있었다. 예컨대, 『밀림』의 요시에와 오꾸마, 『찔레꽃』의 옥란, 『푸른 날개』의 미스 현, 『생명』의 유화주 등은 성을 내세워 자신의 욕망을 채우게 되고, 끝내는 파멸로 치닫게 된다. 이들은 소위 매춘 행위를 하는 여성들이다. 이들의 육체적 매력은 남성들을 유혹하는 몸짓으로 묘사되고 있으며, 물질만능주의에 빠져서 오직 육체적·물질적 욕망만 추구하는 속물들로 그려진다. 그래서 이들 '타락한' 여성들에게는 평범한 사랑이나 평범한 결혼 생활은 주어지지 않으며 불행한 결말로 이끌고 간다. 여성을 성녀와 창녀, 본처와 애첩 등으로 구분하는 이분법적 사고 역시 남성적 시선으로 여성을 규정하는 것이다. 남성은 창녀와 기생에게 돈을 지불함으로써 그 여성들을 동물의 지위로 격하시키고 그들의 위에서 권력을 행사하게 된다.

다음으로 제3장에서는 주체로서의 절대적 남성 이미지에 대해 논의하였다.

1절은 보는 시선 : 주체의 이미지로, 지배와 정복의 남성 우월주의를 살펴본 부분이다. 『찔레꽃』의 조만호, 『푸른 날개』의 김상국이 보여주는 이미지가 그것이다. 조만호는 부와 권력으로 사회와 가정, 그리고 여성의 위에서 제왕처럼 군림한다. 김상국도 마찬가지다. 부와 남성적 우월성을 이용해서 무엇이든지 할 수 있다고 믿는다. 이 절에서는 남성에게만 일방적으로 부여되는 사회적 · 경제적 권력의 모순 외에도 가부장제하의 절대적 부권과 봉건적 권력에 대한 문제도 살펴보았다. 남성 우월주의는 상대적으로 여성을 가치 없는 존재로 규정짓고 있다.

2절은 여성의 사랑을 신분 상승의 도구로 이용하는 『적과 흑』의 줄리앙 소렐형 이미지를 가진 남성 인물로, 『밀림』의 오상만, 『찔레꽃』의 황영빈, 『푸른 날개』의 권상오를 찾을 수 있었다. 이들 남성은 여성을 사랑과 결혼에 도구로 이용하여 자신의 경제적 · 사회적 신분 상승을 꾀한다. 이들은 사랑보다는 돈과 지위, 그리고 명예 때문에 여성을 선택하고 있으며, 자신의 신분 상승 후에는 고마움은커녕 오히려 그 여성의 적대자 역할을 한다.

3절에서는 윤리적 고결성과 이상적 남성 이미지에 관해 고찰하였다. 『밀림』의 동섭이 빈민 구제를 위해 사회에 헌신하는 모습은 남성의 긍정적인 이미지가 된다. 더구나 동섭은 욕망을 절제하고 사랑하는 여인 자경을 기다려준 완벽하고 능력 있는 이상적인 남성으로 형상화된다. 『푸른 날개』의 권상오도 작품 속의 모든 여성들에게 사랑을 받고 존경받는 남성으로 절대화되고 우상화되고 있다. 이렇게 남성은 완벽하고 빈틈없는 이미지로, 여성들의 선망의 대상으로 그려지고 있다.

제4장에서는 작품의 서사 구조와 남녀 인물의 이미지를 통해 드러나고

있는 작가 의식에 대해 논의하였다. 애정의 관계에서 여성을 희생양으로 취급하는 구조, 모성애를 강요하는 가부장제 의식, 권력 구조의 도식화라는 측면으로 서사 구조를 도출해내었다. 대중소설의 공식이겠지만 남녀 인물들은 애정의 대립과 삼각관계의 갈등을 표면으로 내세운다. 여성 인물들은 순결에 대한 도덕적 책임을 느끼며 모성애를 운명으로 받아들이고 있다. 당연히 육체적 쾌락은 죄악시된다. 특히 남녀의 권력 구조는 고정화되어 나타난다. 권력을 가진 자, 즉 남성은 여성을 성적으로 지배하고 부를 소유하고 사회적 지위까지 갖추고 있다. 그들은 스스로도 여성보다 높은 존재라고 여기고 있으며, 사회적 관습도 항상 여성의 위에 남성이 존재하는 것으로 되어 있다. 이 고정화된 틀을 벗어나지 못하는 것은 김말봉 소설의 한계가 된다.

마지막으로 전기적 사실과 작품을 통해서 본 작가 김말봉의 페미니즘 의식을 정리해보면, 공창 폐지 운동 등의 사회 활동을 적극적으로 했음에도 불구하고 작품 속에서는 가부장적 이데올로기에 순응하며, 여성 인물들에게 순결, 복종, 희생, 모성애를 강조하고 있다는 점을 알 수 있었다. 자본주의적 욕망과 돈의 위력이 지배하는 사회에 대한 인식, 자유연애에 대한 주장은 소설의 인물들을 통해 일부 드러나기도 하지만 현실에 대한 저항이나 여성의 이미지 변화에 대한 새로운 시선은 찾아보기 어렵다. 완벽한 남성과의 사랑으로 여성 독자들로 하여금 가부장적 이데올로기에 익숙하도록 하여 남성 중심적 규범에 대해 비판적인 감각을 마비시켜버리고 있으며, 가부장적 사회가 요구하는 전형적인 '여성성'을 이상적으로 그리고 있다. 그가 여성 작가임에도 불구하고 '남성적 시선'으로 작중인물을 규정짓고 서사를 이끌어간다는 점, 여성을 타자이자 수동적인 존재로 보고 있다는 점에서 성차별적 가부장주의로부터 자유로울 수 없는 작가임이 드러난다.

그러나 이 글의 주제인 남녀 이미지 연구는 페미니즘 이론을 통해서 여성의 수난사를 확인하고 정체성을 고착시키는 것이 아니라, 이를 통해 성적 억압과 권력의 문제를 제기하고 극복해보자는 의도가 있다는 점을 밝힌다. 그리고 오랜 세월 남성적 시선으로 고정화·규범화된 여성 이미지의 왜곡을 비판함으로서 이제는 여성을 '있는 그대로' 다시 보자는 데 이 글의 목적이 있었다. 이 글에서는 출간된 김말봉의 장편소설 여섯 편 전체를 텍스트로 한, 남녀 이미지 분석이라는 점에 의의를 두고자 한다. 덧붙여 앞으로 김말봉 문학이 더욱 다양한 방법론으로, 객관적으로 다뤄져서 새로운 연구 성과물이 계속 이어지길 바란다.

제2부

김말봉 단편소설의
대중성과 문학성

제1장

단편소설의 서사적 특징

1. 들어가는 말

한국의 여성 소설은 제1세대 여성 작가인 나혜석, 김명순, 김일엽을 중심으로 창작되었으며, 이후 제2세대 작가로 백신애, 강경애, 최정희, 김말봉, 정덕조, 이선희, 임옥인, 지하련 등이 활발하게 작품 활동을 하면서 여성 문학의 자리를 만들었고 현대까지 이어졌다. 그중 김말봉은 여성적 섬세함을 바탕으로 하여 시대적 상황 속에서의 여성의 심리와 여성의 생활상을 비교적 풍부하고 리얼하게 재현하였다. 그는 1932년 등단작 「망명녀」를 시작으로 1950년대까지 작품을 발표하였으며, 단편소설에서는 식민지 현실과 전쟁기 여성의 생활상, 여성의 수난을 담은 내용들이 주를 이룬다.

문학은 이질적인 사회적인 사회적 층위를 받아들이며, 그것들을 특수하게 담론화함으로써 성립하며, '문학이라 불리는 것 속에는 이미 사회와 경제와 역사와 심리와 종교가 녹아들어 있는 것'[1]이라는 측면에서 볼 때 이제까지의 김말봉 소설 연구는 이러한 측면을 외면해왔다. 특히 그는 장편으로 인기를 끌었기 때문에 이를 텍스트로 한 연구에 집중되고 있는 실정이며, 연구 내용도 대중소설의 통속적 요소에 대한 언급이 주를 이룬다. 김말봉의 단편소설에 대한 논의는 신동욱[2]과 홍은희[3]의 연구에서 부분적으로 단편을 다루고 있으며, 그 외에는 뚜렷한 결과물을 찾을 수 없다는 사실이 이 글의 출발점이 되었다. 이에 이 글은 김말봉의 단편소설을 두루 살펴서 서사적 특징을 분석하고 그의 문학 세계를 좀 더 세밀하게 고찰하는 것이 목적이다. 대상 작품으로, 「망명녀(亡命女)」(1932), 「편지」(1934), 「고행(苦行)」(1935), 「망령(亡靈)」(1952), 「어머니」(1952), 「바퀴소리」(1953), 「전락(轉落)의 기록」(1953), 「여심(女心)」(1955), 「여적(女賊)」(?) 등 1932년의 등단작부터 1950년대 작품까지 김말봉의 전 문학인생을 통해 발표한 대표 단편 아홉 편을 선택하였다.

김말봉 단편소설에 등장하는 여성을 분류해보면 어머니의 삶에 충실한 여성, 매춘부로 살아가는 여성, 고난을 겪지만 새로운 정체성을 찾게 되는 여성 등 크게 세 유형으로 나눌 수 있다. 그는 여성의 운명을 비교적 냉정하게 바라보았으며, 사회적 환경과 개인적인 삶의 필연성을 연결고리로 여성들의 생활상, 특히 욕망의 문제를 흥미롭게 풀어내었다. 한마디로 김말봉의 문학관과 인생관은 단편소설에 재현된 다양한 여성의 삶

1   권혁웅, 「대중문학시대에 있어서의 작가상」, 『문학사상』 4월호, 문학사상사, 1997, 57쪽.
2   신동욱, 「여성의 운명과 순결미 의식」, 『김말봉의 문학과 사회』, 종로서적, 1986.
3   홍은희, 「김말봉 소설 연구」, 대구가톨릭대학교 석사학위 논문, 2002.

을 통해 투사되고 있다고 할 수 있겠다. 그는 실생활에서도 여성들의 삶을 발전시키고 가부장적 인습을 바꾸기 위해 노력하였는데 공창 폐지 운동[4] 등의 사회운동에 참여하여 여성의 권리를 위해 선두에 섰다. 그러나 김말봉 문학 연구는 장편소설 위주였고 방법론적 한계가 있음에도 불구하고 늘 통속성의 문제가 걸림돌이었다. 이런 문제점을 염두에 두고 단편소설의 서사적 특징과 문학적 재미 요소 등을 두루 고찰하는 것은 김말봉이 현실적으로 인식하고 있는 여성의 모습과 이상적인 여성상, 그리고 그의 문학 세계를 넓게 이해하는 데 도움이 될 것이다.

2. 운명론적 여성의 삶

김말봉은 모성애적 운명과 타고난 여성의 운명에서 벗어나지 못하는 인물들을 통해 당시 가부장제 사회의 부당함과 모순을 몇몇 단편을 통해서도 보여주고 있다.[5] 해당 작품으로는 「어머니」(1952)[6], 「망령(亡靈)」

---

4   1916년 일제에 의해 강제 도입된 공창제를 '일제의 잔재'로서 청산하기 시작한 것이 폐창 운동이다. 1946년 6월 조선부녀총동맹은 '공사창폐지를 위한 대책 좌담회'를 열고 성 판매자들에 대한 적극적인 생활 대책 마련과 인격 존중 태도를 주장한다. 그리고 8월에 '폐업공창구제연맹'을 결성해 성매매 여성들의 갱생 운동에 앞장서게 된다. 김말봉은 '폐업공창구제연맹'의 회장을 맡았고, 후에 '박애원'을 운영하며 성매매 여성들의 구제에 앞장서게 된다(최미진, 「광복 후 공창 폐지 운동과 김말봉 소설의 대중성」, 『현대소설연구』 32호, 현대소설학회, 2006, 101~104쪽 참조).

5   『밀림』의 자경과 인애, 『찔레꽃』의 정순, 『화려한 지옥』의 송희 등 가부장제의 인습에서 벗어나지 못하는 여성의 모성적 운명론은 장편소설 대부분에서 재현되

(1952)[7], 「바퀴 소리」(1953)[8], 「전락의 기록」(1953)[9] 등이다.

「어머니」의 '남순'은 약간 모자라지만 어여쁘고 매력 있는 여인으로, 전쟁 통에 남편과 헤어지고 고향 부산에 도착할 때는 거의 1년이나 흘렀다. 그러나 부산까지 오는 동안 한 트럭 운전사는 그녀를 강간하고 돈을 건네주었고, 또 다른 운전사는 부산으로 데려다준다는 거짓말을 하며 거의 한 달을 남순과 같이 여관에서 지냈다. "지프를 태워다준다는 군인에게, 기차를 태워준다는 중년사나이에게, 닷새 혹은 열흘씩 몸을 맡기고 고향 갈 날"만을 기다린 남순이었다. 그런데 뭇 남성들의 성적 노리개가 되었던 이 부분에서 가부장제와 자본주의 사이의 관계, 여성에 대한 억압과 착취, 끝없는 자본축적의 관계에 대해 생각하지 않을 수 없다. 남성의 여성에 대한 가부장적 지배 관계와 함께 경제적 권력을 가진 남성들의 여성에 대한 성적 착취의 문제가 나타나고 있기 때문이다.[10] 남순의 경우처럼 여성에 대한 성 착취나 폭력은 남성 체제 혹은 가부장적인 남성의 여성에 대한 지배의 일부임이 분명하지만 남성의 고유 권한이라고 생각한다. 결국 남순의 몸은 자신으로부터 소외되어 타자의 대상이 되고 '점령지'가

고 있다.

6   1952년 『신경향』 1월호 발표.

7   1952년 『문예』 1월호 발표.

8   1953년 『문예』 2월호 발표.

9   1953년 『신천지』 8월호 발표.

10   남녀 문제를 성 역할의 정형화와 사회화의 문제로 규정함으로서 이는 곧 이데올로기적 차원으로 넘어가게 되고, 문화적 문제가 된다. 이 문제는 구조적 뿌리는 여전히 안 보이는 것으로, 자본축적과의 관계 역시 여전히 가려지게 된다. 그래서 최근의 페미니스트들은 자본주의 문제를 심각하게 다루고 있다(마리아 미즈, 『가부장제와 자본주의』, 최재인 역, 갈무리, 2014, 62~63쪽 참조).

되어버린다.

갖은 고생 끝에 부산 영주동 고향집에 도착했는데 남편은 이미 고향에 도착해 있었다. 어머니는 "춤을 덩실덩실 추며" 아버지의 혼령이 돌보아 주신 거라며 남순을 반갑게 맞이해준다. 그러나 남순은 홀몸이 아니었다.

> 어머니는 무르팍 위에 팔꿈치를 세우고 담뱃대를 물고 앉아 땅이 꺼지도록 한숨을 쉬다가,
> "이년아, 어느 세상인 줄도 모르고 이년아, 차라리 철로에나 치어 뒤어지고 말 게지 무슨 주제로 살아왔노. 아이고, 이 망신을 어떻게 하노."[11]

남편이 아닌 다른 사람의 아이, 누구의 아이인지도 모르는 임신을 받아들이지 못하는 것은 남편뿐만 아니라 어머니도 마찬가지다. "가진 것이라고는 몸뚱이밖에" 없는 남순은 한 번도 "잡심을 먹고" 몸을 내어주지 않았지만, 정절과 현모양처의 윤리가 우선인 사회적 인습은 그녀의 사정을 곱게 봐주지 않는다. 어머니는 남순을 외숙모네 산막에 감금하여 몰래 아들을 낳게 하고, 그 아이를 자식 없는 집에 주기로 한다. 그러나 아이를 출산한 남순은 돌아오지 않겠다는 편지를 써두고 아이를 데리고 떠나버린다. 남순의 지극한 모성애가 돋보이는 대목이다. 그러나 페미니즘 시선으로 보자면, 남순이 남성들의 경제력에 의지해 생활을 이어간 것, 어머니로서의 삶을 운명으로 받아들이는 태도 등에서 가부장적 사고를 벗어나지 못하고 있음을 알 수 있다.

---

11 김말봉, 「어머니」, 『한국단편문학』 3, 금성출판사, 1987, 262쪽.

「망령(亡靈)」은 피난길에 남편과 헤어진 주인공이 식모로 들어간 집에서 남편의 사진을 발견하게 되는 짧은 이야기다. 부인이 죽은 줄로 알고 재혼한 남편, 임신 중인 안주인 앞에서 자신을 드러낼 수 없었던 주인공은 그 자리를 피해버린다. 그녀는 남편을 망령이라 여기며 조용히 떠나옴으로써 순종적이고 착한, 전통적 여인상을 재현하고 있다. 이것은 운명이란 거스를 수 없는 것이라며 체념해버리는 소극적인 태도이다. 여성이 희생하는 것은 당연하다는 사회적 관념에 대한 작가의 비판의식이 드러나는 부분이기도 하다.

여성의 운명론은 「바퀴 소리」에서 절정을 이룬다. "삐웅 삐기기익 하는 소리가 정수의 등 뒤에서 들렸다. 불쾌하고 소름이 끼치는 음향이었다."로 시작되는 이 단편에서는 작은 오해로 인해 엄청난 운명을 맞이하는 여성 '순애'의 이야기가 전개된다. '정수'는 유네스코 한국 대표로 베니스에 가면서 호감을 가졌던 친구의 동생 순애를 동행한다. 그러나 베니스에서 이태리의 여류 조각가인 이사벨라의 매력에 빠지게 되어 순애를 멀리하게 되고, 설상가상으로 이사벨라로부터 선물 받은 넥타이핀을 순애가 훔쳤다는 오해를 하게 된다.

> 정수는 요 이삼일 내 순애를 바로 보기가 싫었다. 보기 싫은 것뿐 아니라, 그의 말소리도 듣기 싫었다. 그가 무어라고 그 넓죽한 입을 벌리고 빙그레 웃는 얼굴을 볼 때는 구역이 나도록 밉고 징그러웠다.[12]

---

12 김말봉, 「바퀴 소리」, 『한국단편문학』 3, 금성출판사, 1987, 278쪽.

정수는 마음에 두고 있는 순애가 다른 사람의 시선을 받자 불쾌함을 느끼고, 순애를 무시하면서 다른 여성을 유혹하며 그들과 어울린다. 여성은 다른 사람들 특히 남성들과 편하게 웃고 즐기면 안 되고 남성은 당연하다는 가부장적 사고는 인용문의 정수의 태도를 통해서 적나라하게 보여진다. 순애와 나란히 걷기 싫어 일부러 걸음을 빨리하던 정수, 그러나 그 뒤에서 헐떡이며 따라오던 순애가 갑자기 교통사고로 목숨을 잃게 되는 일이 벌어지고 만다. 이런 우연한 사고는 누구에게나 올 수 있지만 이 소설에서는 여성에게 그 주인공의 자리를 내어주었다는 점 또한 주목해 볼 문제다. 순애는 정수의 오해를 풀지도 못하였으나, 그녀의 죽음은 어쩔 수 없었다는 식의 전개로 여성의 삶을 희생적이며 운명적으로 치부하고 있는 셈이다.

「전락의 기록」은 가정교사였던 '순실'이 매춘부로 전락하게 되는 이야기다. 순실은 집주인 '장'의 재력과 외모로 인해 청혼을 받아들이고 졸업 때까지 별거하기로 한다. 그러나 그날 장과의 동침으로 임신하게 된 순실은 낙태 수술을 받는다. 순실이 물질적 풍요로움은 누리나 장으로부터 배신을 당하게 되고, 고향에서 순실과 장래를 약속했던 의대생 명규마저 이미 다른 여자와 결혼한 뒤다. 그러던 중, 장이 다른 정부를 둔 사실을 목격하게 된 순실은 충동적으로 장의 눈을 멀게 하였고, 이 일로 쫓겨나 자포자기로 거리의 여자가 되고 만다.

> 장이 괘씸하다느니보다 내 자신이 천박한 데에 나는 새삼스레 놀랐다. 결혼식도 치르지 않고 어딜 믿고 사나이에게 몸을 내맡기다니. 아무리 어머니 아버지가 안 계시기로니 그렇게 내 몸을 천대할

수 있을까.[13)]

인용문에서 보듯이 순실이 자신을 배신한 장을 원망하는 게 아니라 오히려 자기 탓으로 돌리는 것은 순결 의식과 가부장적 사고 때문이다. 결국 남편과 시어머니에게서 내쳐진 여성이 갈 곳은 '거리'일 수밖에 없다. 작가는 제도적 결혼에 실패한 여성의 사회적 위치와 비극적인 현실에 대해서 냉정한 시선을 보이고 있다. 맨 밑바닥 생활로 떨어졌는데도 "절망 비슷한 안도감"을 느낀다는 표현을 통해 순실의 운명은 이미 정해져 있었음을 짐작하게 한다.

가부장제 사회에서 여성은 순결, 순종, 모성, 희생, 운명 등의 단어로 상징할 수 있었으나 김말봉은 그의 단편소설에서 이런 사회 통념의 문제점을 환기시키고 있다.

3. 젠더 정체성의 반영

한국의 여성들은 봉건적인 가부장제 문화를 청산하지 못한 상태에서 제국주의의 억압을 받으며 근대화 과정을 겪었다. 일제는 식민 통치를 위해 대지주에게 권위를 부여했으며 이러한 구도는 지주와 소작농의 문제로 이어지고 생계의 주도권이 가부장에게 집중될 수밖에 없었다.[14)] 그러

---

13 김말봉, 「전락(轉落)의 기록(記錄)」, 『한국단편문학』 3, 금성출판사, 1987, 273쪽.
14 정혜경, 「한국 현대소설에 나타난 여성 정체성의 변모과정 연구」, 부산대학교 박

다가 신여성을 중심으로 가부장제 문화에서 요구하는 의존적인 여성의 삶에 회의하기 시작한다. 그들은 순종적이고 전통적인 여성상을 거부하며 가부장 사회의 구속에 대해 조금씩 대응하게 된다. 자기의 삶을 스스로 선택하고 발견하는 과정을 겪으며 자신이 주체가 되는 삶을 꿈꾸는 것이다. 여성을 둘러싸고 있는 억압의 인식은 여성 정체성 형성에 중요한 출발점이라 하겠다.

김말봉이 통속적 흥미 위주의 연애 이야기를 작품의 소재로 다루면서 여성 작가 특유의 섬세함으로 여성들의 생활과 사랑을 묘사하였으며, 연애담 뿐만 아니라 고난의 과정을 겪은 후 자아를 발견하고 새로운 삶을 이어가는 주체적 여성상을 제시하기도 한다. 특히 「망명녀(亡命女)」[15]와 「여적(女賊)」[16]을 통해서 강한 여성의 이미지를 재현하고 있는데, 이 작품들은 근대 여성의 새로운 정체성 형성에 일조하는 작품이다.

「망명녀」의 '순애'는 산호주라는 이름으로 매춘을 하는 기생이었다. 작품이 발표되던 당시는 근대의 일부일처제와 근대적 노동 개념이 구축되는 과도기로, 가족제도 안에 있는 여성과 기생은 동일한 범주에 넣지 못하는 적대적 위치에 있었다. 기생은 스스로 임금 노동자이기를 소망했지만 노동자로 편입하지 못하는 경계의 존재들이었다.[17] 작가도 이 작품에

사학위 논문, 2007, 20쪽 참조.

15 1932년 『중앙일보』 신춘문예에 보옥(步玉)이란 필명으로 당선된 작품이다.

16 「여적(女賊)」은 『단편선집 I – 삼성당 한국현대문학전집』 18(삼성출판사, 1978)에 김말봉편에 「고행(苦行)」과 함께 수록되어 있다. 그러나 발표 연도와 발표 매체에 대한 정보는 알려지지 않고 있다.

17 서지영, 「부상하는 주체들: 근대 매체와 젠더정치」, 『여성과 역사』 제12집, 한국여성사학회, 2010, 226~227쪽.

서는 육체를 상품으로 살아가는 기생을 천한 삶이라 규정짓고 있으며, 기생의 생활을 탈피하여 여성운동가의 모습으로 변모해가는 순애를 영웅적으로 묘사한다. 담배, 술, 모르핀에 의지하며 8년을 살아온 순애가 기독교 신자이자 선생인 '윤숙'의 도움으로 자유의 몸이 되었지만 새로운 생활에 적응하기가 쉽지 않다. 쾌락적 과거로 돌아가고자 하는 집착과 무료한 생활은 순애를 힘들게 한다. 그러다 윤숙의 애인이자 사회운동가인 '윤창섭'을 만나게 되고 마르크시즘에 의한 새로운 삶을 추구하게 된다.

> 오래 말라버린 흙에 봄비가 내리고 그 속에 숨어 있던 움이 돋아나오는 것처럼 마르고 바스러진 내 마음 속에 새로운 생기가 약동하였습니다.
> 윤은 이따금 잡지고 갖다 주고 내가 볼 만한 서적도 가져왔습니다. 물론 어려운 대목은 언제나 그가 친절히 가르쳐 주었습니다. 나는 읽고 배우고 생각하는 동안에 차차로 나의 인생관에 희망이 일어나기 시작하였습니다. 이리하여 제법 나는 사회 운동에 대한 동경을 갖게 되었습니다.[18]

여기서 작가는 피식민자의 입장에서 순애를 프롤레타리아 여성으로 변모시켜, 개인을 버리고 착취당하는 노동자와 농민을 위해 투쟁하도록 하고 있다. 그러나 '윤'이라는 남성 조력자에 의해서 순애가 변화된다는 점에 주목하면 순애 스스로 새 삶을 찾지도 않았으며 정체성이 형성되었다고 할 수가 없다. 순애와 윤은 같이 공부하고 활동하는 동안 이념적 동지이면서 사랑하는 사이로까지 발전하게 되고, 윤숙의 이해로 결혼 날짜까

---

18 김말봉, 「망명녀(亡命女)」, 『김말봉의 문학과 사회』, 종로서적, 1986, 372쪽.

지 받는다. 그러나 윤과 오랜 연인 사이였던 윤숙의 아픔을 순애는 외면할 수가 없다.

> "윤숙 형님, 저는 형님의 참 동생이 되었습니다. 이것도 오로지 당신의 노력의 선물입니다. 이로서 내 앞에는 인류의 행복을 위하여 싸우는 문이 열리었습니다. 다시 만날 동안 길이 행복되소서. 언제나 윤을 도와주시고 그를 참으로 이해하는 동지가 되어 주실 줄로 믿습니다. 돈 백원을 가져갑니다. 당신의 아우 순애 올림."[19]

결혼 전날 밤새 고민한 순애는 "더럽혀진 가엾은 시체 같은 몸"이라 자학하면서 윤을 윤숙에게 보내주는 것이 도리라고 생각한다. 결국 결혼식 날 순애 혼자서 위험한 임무를 수행하기 위해 봉천행 기차를 탄다.[20] 소설 속에서 묘사되는 순애의 삶은 바로 신여성의 삶을 대변하며 여성의 정체성을 확립해 나가는 과정을 보여주는 듯하다. 또한 기생이라는 육체적 삶에서 사회운동가라는 정신적인 삶으로 변모해간 순애를 통해 당시 여성들의 의식 변화를 엿보게 된다.

근대 자본주의 발달과 함께 남성/여성, 공적/사적인 남녀의 역할 분담은 여성들에게 모성애, 현모양처를 강조해왔다. 가정의 정서적 분위기 창출을 위해 여성을 가정에 묶어두려는 남성들의 노력은 여성들에게 과도한 현모양처를 기대하였고, 여성들은 가정과 자기실현 사이에서 정체

---

19 김말봉, 앞의 책, 379쪽.
20 명혜영, 「한일 근대문학에 나타난 섹슈얼리티의 변용」, 전남대학교 박사학위 논문, 2009, 134~135쪽.

성의 혼란을 겪었다.[21] 이런 측면에서 순애가 윤과의 결혼을 포기하고 사회운동가의 길로 들어선다는 결론은 "기차의 기적이 요란히" 울리고, "속력을 내어" 달린다고 묘사했듯이 순애의 힘찬 사회적 출발점으로 시사된다. 즉 순애의 사회적 활동과 의리를 통해 작가는 근대 여성의 젠더 정체성의 변화를 시도하고 있다고 읽혀진다.

다음 작품 「여적」은 '염실'이라는 대학생을 둘러싼 네 남녀의 치정극을 다룬 단편이다. 염실은 채혈로 생활비를 마련하다가 그것도 여의치 않자 가정교사 자리를 알아본다. 그녀는 작년 봄부터 구혼하고 있는 '박철환'을 우연히 만나게 되고 그의 재력에 마음이 흔들리게 된다. 만나기로 한 철환을 찾아간 염실이 '김'과 '로스매리'와 얽히면서 살인 사건까지 나고, 스스로 도둑이라며 자수하기에 이르는 내용을 담고 있다.

주인공 염실은 갑자기 집안이 기울고 부모까지 돌아가시게 되자 피를 뽑아 팔기도 하고 굶기도 하면서 공부를 계속하고 있는 인물이다.[22] 반면 '로스매리'는 기생 출신으로 현재는 고급 관리의 안주인으로 있으면서 철환을 몰래 만나는 여성이다. 철환이 나타나기 전에는 김이 '로스매리의 남자' 역할을 해왔다. 이렇게 이 작품에 나오는 두 여성 '염실'과 '로스매리'는 상반된 여성 이미지를 보여준다. 염실은 어려운 환경에서도 공부를

---

21 한국여성문학학회 편, 『한국 여성문학의 이해』, 예림기획, 2003, 20쪽.

22 김말봉의 장편소설 『생명』(1956)에 주인공 '전창남'이 피를 팔아서 학비 등 생활비를 충당하는 내용이 있다. 「여적」은 발표 연도가 확인되지 않지만 여대생 염실이 채혈로 돈을 마련하는 내용으로 보아 1950년대 작품으로 추정할 수 있다. 우리나라는 1960년대 헌혈 운동이 시작되기 전에는 매혈(賣血)로 모자라는 혈액을 충당하였다고 한다. 또, 이 작품에서 화폐의 단위 '환'을 사용하고 있는데 환은 1962년 6월에 '원'으로 바뀌었으므로 창작 시기를 짐작할 수 있는 근거가 된다.

계속하는 신여성의 모습으로, 로스매리는 육체와 돈으로 남성들에게 접근하여 쾌락을 즐기는 여성 즉 하위 주체로 그려지고 있다. 대부분의 문화, 대부분의 시대에 걸쳐 대다수 여성들에게 성적 쾌락은 가능하다 할지라도 본질적으로 두려움과 결부되어 있었다.[23] 남성뿐 아니라 여성들조차 여성의 성적, 육체적 쾌락에 대한 시선은 부정적이었다. 그러나 제도적 성찰성[24]으로 섹슈얼리티의 의미를 규정한다면, 섹슈얼리티는 여성의 자아정체성을 형성하는 또 다른 방향이 될 수도 있는 것이다.[25] 이 작품에서 염실보다 로스매리를 더 비극적 삶으로 끝맺음한 점은 여성 정체성에 대한 작가의 한계가 아닐 수 없다. 다만 이 글에서는 자본주의와 폭력에 대응하는 근대적 여성의 젠더 정체성을 염실을 통해서 제한적으로 찾아볼 것이다.

염실은 형편이 어려워지자 고향의 대지주의 아들인 철환에 대해 환상을 가진다. 그의 재력에 기대려고 했던 마음은 철환의 정부 로스매리를 만나면서 산산조각이 나고 만다. 게다가 바로 전날 가정교사 면접을 갔던 고급 관리의 안주인이 로스매리로 밝혀진다.

> 진실된 인간은 아니고, 강도나 혹은 산간을 탈출해온 맹수같이
> 보이는 이 사나이 앞에 권총을 들고 호령한다는 것은 지금까지 단

---

23 앤소니 기든스, 『성 사랑 에로티시즘』, 새물결, 1996, 62쪽.
24 푸코는 "제도적 성찰성"으로 성을 설명하는데, 성이란 권력과의 연관성을 가지고 있으며 고정된 것이 아닌 계속적으로 움직이는 것으로 보았다(앤소니 기든스, 위의 책, 새물결, 1996, 64쪽).
25 이태숙, 「근대성과 여성성 정체성의 정립」, 『여성문학연구』 제3호, 한국여성문학회, 2000, 31쪽.

한 번도 맛보지 못한 통절한 쾌감이 아닐 수 없다. 무기가 '힘'이란 것은 이런 것인가 생각하며 염실은 손가락으로 권총의 방아쇠를 더듬었다. [26]

돈도 없고 약한 염실이 권총을 드는 순간 "힘"을 느끼게 되고, 두려움이 사라진다. 특히 철환을 보호하겠다는 마음은 위험도 무릅쓰게 한다. 그러나 철환은 염실이 생각하던 것보다 훨씬 많은 비밀을 숨기고 있었다. 염실에 대한 로스매리의 질투, 로스매리를 사이에 둔 김과 철환의 관계는 살인 사건으로 치닫는다.

로스매리가 남편의 권력과 자신이 가진 돈을 배경으로 가정교사 자리를 찾는 염실을 거부한 적이 있는데 "얼굴이 너무 이뻐서 채용하지 않는다"는 이유였다. 철환의 사무실에서 로스매리를 다시 만나게 되었을 때 염실은 "마마를 앓지 못해서 미안합니다" 하고 배시시 웃으며 고개를 까딱 숙인다. 얼굴이 너무 고와서 채용할 수 없다는 전갈에 대꾸를 한 것이다. 그녀는 "무죄한 여자 대학생"이 사회적 악조건에서 받는 학대에 대한 도전처럼, 모든 불행한 여자 대학생의 대변자처럼 로스매리를 공격한다. 자본주의 병폐에 대한 자각이 있는 염실이었기에 로스매리에게 당당하게 맞서는 게 가능하다.

염실은 또, "나는 분명 당신을 ××부 요직에 있는 모씨의 부인으로 생각하고 있지만…"이라고 비꼬며 로스매리를 당황하게 만든다. 로스매리와 철환의 비밀스러운 관계를 눈치 채고는 염실은 철환을 상대로 꿈꾸었던 행복을 체념했지만, 어느 순간 자기의 행복을 로스매리에게 빼앗길 마

---

26 김말봉, 「여적(女賊)」, 『한국현대문학전집』 18, 삼성출판사, 1978, 85쪽.

음이 없어진다. 오히려 철환을 소유함으로써 로스매리의 거만한 콧대를 꺾어야겠다고 마음먹는다. 염실의 눈에는 고급 관리의 안주인 노릇을 하며 철환을 정부로 둔 로스매리는 "화류계의 여인"일 뿐이기에 멸시의 눈초리로 훑어보게 된다. 당시 사회 분위기는 기생이나 화류계의 접대부를 바라보는 시선이 매우 적대적이었다. 특히 근대 일부일처제가 뿌리내리는 과정에서 전근대적 축첩제는 사라져야 할 폐습 중의 하나로 인식되었다. 착취는 어떤 사람이 다른 사람을 강탈하여 무언가를 취하는 것, 또는 다른 사람의 희생을 기반으로 살아가는 것을 의미한다. 이는 남성의 여성에 대한 지배, 한 계급의 다른 계급에 대한 지배, 혹은 한 국민의 다른 국민에 대한 지배가 시작되는 것과 관계가 있다.[27] 이런 측면은 경제적·정치적 권력으로 착취를 일삼는 계층적·자본주의적 모순을 로스매리와 염실의 상황에서도 엿볼 수 있다.

> 푸른 잎사귀가 드문드문 찍혀진 파자마를 입은 박철환은 이 저녁 삶아 논 돼지고기처럼 염실의 눈에 비쳤다. 천하디 천한 고깃덩어리에 입과 코가 붙어 있는 듯, 염실은 일순 구역을 느끼고 권총을 높이 들었다.
> …(중략)…
> "잘 보란 말이야, 내가 누군지? 박철환씨, 나는 당신을 경멸합니다."
> 염실은 휙 돌아서서 마루를 나왔다. 염실이가 복도로 서너 걸음 걸어갔을 때다 '김'이 염실의 손에서 번개처럼 권총을 빼앗아 버린다.[28]

27 마리아 미즈, 『가부장제와 자본주의』, 최재인 역, 갈무리, 2014, 107쪽.
28 김말봉, 「여적(女賊)」, 『한국현대문학전집』 18, 삼성출판사, 1978, 100쪽.

위의 인용은 철환의 실체를 알게 된 염실이 로스매리의 돈과 보석을 뺏는 걸로 끝내려고 했지만, 김이 로스매리를 죽이고 자신도 자살해버림으로써 로스매리와 철환의 "장난"에 끝을 내는 결말 부분이다. 권총을 들고 착취 계급의 돈과 패물을 빼앗는 염실의 행동이 무모함일지라도 자본주의에 대한 저항의 몸짓으로 본다면 중요한 의미를 가지고 있다. 여기에서 작가는 소극적이고 정적인 여성 이미지를 탈피해 적극적으로 행동하는 신여성의 변화된 젠더 정체성을 의도하고 있는 셈이다.

4. 반전과 유머의 서사

소설에서 유머나 해학이 드러나는 방식은 여러 가지가 있지만 일반적으로는 상식의 파괴, 비정상성, 극적 반전으로 통쾌함과 웃음을 유발한다. 유머의 속성은 실수, 부족을 즐거운 마음으로 함께 시인하는 공감적인 태도라고 할 수 있다.[29] 불일치를 발견하되 자신도 그런 불일치가 자행되는 사회의 일원임을 암시하는 일종의 뱃심 좋은 겸허와 아량을 보이는 것이다. 즉 세상과 더불어 세상을 웃는 태도이다. 김말봉도 단편을 중심으로 유머적 요소, 기지와 위트의 기법을 적절히 사용하여 소설적 재미를 주는 작품을 발표하였다. 필자는 초기 작품인 「편지」(1934)[30]와 「고행(苦行)」(1935)[31], 그리고 전후 작품인 「여심(女心)」(1955)[32] 등에서 그 웃음

---

29 한용환, 『소설학 사전』, 고려원, 1992, 79쪽.
30 1934년 「신가정」에 발표.

의 긍정적 효과를 찾아볼 수 있었다.

「편지」는 급성 폐렴으로 사별한 남편에게 온 편지의 발신인이 '인순'이었고 그 이름의 주인공이 여자인 줄만 알았던 '은희'의 이야기다. 존경하고 신뢰하던 남편에게 여자가 있었다는 사실과 그녀의 학비를 몰래 대주고 있었다는 사실은 은희에게는 날벼락 같은 충격이었다. 질투와 분노, 적개심으로 견딜 수 없었던 은희는 인순을 만나기로 한다.

> 급박하여 오는 호흡을 늦추기 위하여 두어 번 숨을 크게 쉬고 자주 침을 삼켜 목을 적시면서 천천히 발을 옮겨 놓았다. 그러나 은희의 호리호리하고 날씬한 몸이 바깥방 방문 가까이 갔을 때 그는 갑자기 걸음을 멈추고 그 자리에 서버렸다.
> …(중략)…
> "저는 지금 동경서 오는 길입니다. 박인순이라고 합니다. 무어라고…말씀을……."
> 손님의 눈에서는 또다시 굵다란 눈물이 쏟아졌다.
> '그러면 박인순이란 게 여자가 아니고 남자이었던가?'
> 속으로 부르짖는 은희의 등골에는 화끈하고 진땀이 솟았다.[33]

"사랑을 도적한 여인에 대한 분노와 그 비밀을 발견하였다는 상쾌감이 마치 꿀을 섞어 겨자즙을 먹는 때와 같았"던 은희의 호기심이 무참히 무너지는 순간이다. 그녀가 기다리던 "인순"은 여학생이 아니라 남학생이라는 반전으로 작가는 독자들에게 놀람과 함께 허탈한 웃음을

---

31 1935년 「신가정」 7월호 발표.

32 1955년 「현대문학」에 발표.

33 김말봉, 「편지」, 『한국단편문학』 3, 금성출판사, 1987, 232~233쪽.

선물한다.[34]

「고행(苦行)」은 아내 몰래 정부를 만나러 갔던 주인공이 벽장에 숨어 곤욕을 치르게 되는 이야기다. 벽장 속에서 동동거리는 주인공을 알고 있는 독자는 아내에게 들킬까 봐 조마조마한 마음, 한편으로는 외도한 남자를 골탕 먹이는 재미까지 맛보게 된다.

> 그뿐만 아닙니다. 내가 회사에서 나올 때 변소에를 다녀온 후 여태껏 그냥입니다. 집에서 아내가 준 수박을 한 대접이나 먹고 미자의 손에서 비이르를 두 병이나 마셨으니 나는 지금 새로운 고통이 엄습하여오는 것을 어찌할 수 없습니다. 나의 양편 무릎은 돌과 같이 감각을 잃었습니다.[35]

벽장 속의 벌레에 공격당하고, 생리적 욕구를 해결하지 못하게 된 남편은 아내에게 들통이 나더라도 벽장 문을 열고 나가려는 한계상황까지 도달한다. 때마침 아내가 집으로 돌아가 남편은 위기를 넘기지만 외도한 남편을 응징하는 해학적 전개는 익살스러우면서도 통쾌한 재미를 느끼기에 충분하다.

「여심(女心)」의 '온녀'는 남편이 암인 것을 알고 남편과 함께 죽을 생각으로 자살용 아편을 준비한다. 그런데 동경에 남편의 정부가 있다는 사실을 우연히 알게 된 온녀의 태도는 싹 바뀌어버린다.

---

34 박산향, 「김말봉 단편소설에서의 웃음의 미학: 「편지」, 「고행」을 중심으로」, 『한국문학이론과 비평』 제18-3호, 한국문학이론과비평학회, 2014, 218쪽.
35 김말봉, 「고행(苦行)」, 『한국단편문학』 3, 금성출판사, 1987, 247쪽.

온녀는 발딱 일어섰다. 방을 나오며 핸드백을 열었다. 까만 고약처럼 유지에 싸인 아편을 쥐고 변소로 달려갔다.

변소문에 서서 똥통으로 아편을 홀짝 던져버리자, 온녀는 탕 하고 소리가 나도록 변소문을 닫아버렸다.[36]

온녀는 뜬눈으로 밤을 새우고 입술이 까맣게 타도록 남편의 병이 가슴 아프다. 남편이 잘못되면 따라 죽으려고 아편도 준비한다. 그러나 온녀는 남편의 외도를 알자마자 아편을 변소에 던져버리고 싸늘하게 돌아서버린다. 아내를 속이며 이중생활을 해온 남편에 대한 반발이자 비웃음이다. 여기서 김말봉은 온녀의 약삭빠른 행동과 여성의 민감한 심리를 극적으로 형상화시키고 있으면서도, 남편을 무조건 믿는 여성의 우둔함에 대해서도 비판의 시각을 드러내고 있다고 하겠다.

위에서 살펴본 「편지」의 은희는 무조건적으로 남편을 믿고 의지하였으며, 「고행」의 정희도 남편을 한 치의 의심도 없이 완벽하고 깨끗한 사람으로 믿는다.[37] 「여심」의 온녀는 남편을 따라 죽을 생각까지 한다. 세 여성 모두 가부장제의 시각으로 보면 바람직한 아내들이다. 그러나 김말봉은 그들의 에피소드를 통해 여성에게는 자각을, 남성에게는 반성을 유도하며 비판적 웃음으로 전환하고자 하였다. 「편지」와 「고행」에서의 유머와 위트의 기법은 당시 일제강점기의 서사 장르들에서 유행하던 웃음의 전달 방식을 따른 것으로 보인다.[38] 또한 김말봉은 평범해 보이는 부부의 이

36 　김말봉, 「여심(女心)」, 『한국단편문학』 3, 금성출판사, 1987, 255쪽.

37 　박산향, 앞의 글, 216쪽.

38 　위의 글, 212쪽.

야기에서 반전과 웃음으로 끌고 가는 노련미를 보여줌으로써 소설적 재미를 확장하고 있다.

5. 맺는 말

김말봉은 제2세대 여성 작가군에 속하면서 그 위치에만 머무르는 것이 아니라 현대에 이르기까지 대중소설의 선두이자 교두보 역할을 하였다. 그러나 연구사를 살펴보면 몇몇 작품에 한정되어 있으면서 작품성 내지 문학성으로는 호평을 받지 못하고 대부분 통속성의 범주 안에 두었다. 그래서 김말봉 소설의 숨겨진 진면목을 보기 위해서는 연구 방법과 대상, 연구 범위의 확대가 필요하다고 보았다. 이런 문제의식에서 출발하여 그동안 연구에서 배제되어 오던 김말봉의 단편소설을 텍스트로 하여 서사적 특징을 찾아냄으로써, 그의 문학을 좀 더 폭넓게 이해하려고 하였다.

김말봉의 단편소설에서 찾을 수 있었던 서사적 특징은 첫째, 여성의 운명론을 그리는 점이다. 「어머니」「망령」「바퀴 소리」「전락의 기록」에서 타고난 여성의 운명에서 벗어나지 못하는 인물들을 그려 당시 가부장제 사회의 부당함과 모순을 보여준다. 「어머니」의 남순은 전쟁 중에 남성들의 성적 노리개로 전전하다 겨우 고향으로 돌아오지만, 아이를 지키기 위해 다시 고향을 떠난다. 아이를 받아들이지 못하는 가부장적 사회 분위기와 남순의 지극한 모성애가 대조적으로 묘사되고 있으며, 돈과 힘으로 성을 착취하는 남성들에 대한 비판적 시각도 그려진다. 「전락의 기록」은 물질적 풍요를 누리려던 순실이 남편과 시댁으로부터 쫓겨나자 거리의 여자로 전락하는 내용으로 여성의 운명은 가정일 수밖에 없다는 경직된 사고를 비판한다. 「망령」에서는 전쟁 중에 헤어진 남편이 재혼을 한 사실을 알게 되지만 그 앞에 나서지 못하고 떠나는 소극적인 여성이 등장한다. 「바퀴 소리」의 순애는 오해 때문에 정수에게 외면당하다 사고로 죽음을 맞이하는 안타까운 여성이다. 어떠한 변명도 불만도 말하지 않는 순종적이고 착한 순애가 교통사고를 당하는 것 또한 운명적이라는 가부장적 사고가 짙은 작품이 바로 「바퀴 소리」이다.

둘째, 젠더 정체성 형성을 들 수 있다. 흥미 위주의 연애 이야기를 작품의 소재로 다루면서도 김말봉은 여성의 사회 활동과 사회적 역할에 대한 관심도 많았다. 그는 연애담 속에서 고난의 과정을 겪은 후 자아를 발견하고 새로운 삶을 이어가는 주체적 여성상을 제시하기도 한다. 특히 「망명녀」와 「여적」을 통해서 강한 여성의 이미지를 재현하고 있는데, 이 작품들은 근대 여성의 새로운 정체성 형성에 일조하게 된다. 「망명녀」의 순애는 결혼을 포기하고 사회운동가로서 임무를 수행하기 위해 떠나는 것으로 젠더 정체성을 확장하고 있다. 「여적」의 염실도 사랑에 매달리지 않고 과감하게 총을 들고 행동하는 새로운 여성의 모습을 보여준다.

셋째, 반전과 유머로 이야기를 끌어가는 특징이 있다. 「편지」에서는 죽은 남편의 숨겨진 여자인 줄 알았던 학생을 만나보니 남학생이었다는 반전으로 독자에게 웃음을 주고, 「고행」은 정부의 벽장 속에 숨어서 아내에게 들킬까 봐 조마조마하는 남편을 해학적으로 그려냈다. 벌레에 공격당하고 생리 현상을 해결하지 못해 전전긍긍하는 남편을 통해 독자들은 외도에 대한 당연한 응징으로 쾌감을 느끼게 된다. 「여심」에서도 수술을 앞둔 남편을 따라 죽을 결심까지 한 온녀가 남편에게 애인이 있다는 사실을 알고는 싸늘하게 태도를 바꾼다.

지금까지 살펴본 바에 의하면 김말봉의 단편소설은 모성애 등의 가부장제의 사고에서 벗어나지 못하는 부분도 있지만 간결한 문장, 명쾌한 스토리, 의외의 반전과 위트로 독자들에게 흥미롭게 다가서고 있음을 알 수 있었다. 새로운 여성상을 제시하기도 하고, 무엇보다도 여성의 심리를 섬세한 눈으로 바라본 점은 김말봉 단편소설의 또 다른 매력이다. 앞으로 소설뿐만 아니라 그가 발표한 수필, 평론 등을 통한 연구의 확장은 앞으로의 과제로 남겨둔다.

제2장

「꽃과 뱀」에 나타난 양면성

1. 들어가는 말

대중소설은 당대의 사회 · 문화적 상황과 밀접한 관련을 맺고 있다. 대중의 관심이 집중되고, 찾아서 읽혀지는 작품은 그 소설이 시대상을 반영하고 시대 정서와 맞물려 있었기 때문이라는 것을 역으로 추리할 수 있다. 즉 대중소설은 대중의 정서를 반영하며, 대중과 함께하는 문학이다.

1930년대에 대중소설이 대량으로 등장한 사실은 우리 소설사의 중요한 사건이었다. 이 무렵 김말봉 외에도 박계주, 방인근, 김내성 등이 대중소설가로 활약하였다.

근대 한국 문학에 있어서 대중소설이란 명칭은 통속소설, 신문소설, 역사소설, 상업소설 등과 혼용하여 사용되었다. 그중에서도 통속소설과는 거의 변별력 없이 사용되고 있다. 백철은 통속소설을 다음과 같이 설명하고 있다.

그리하여 통속소설은 그런 상업주의를 배경하고 1935년 이후에 등장하였다.

그러나 1935년 이후에 통속소설이 등장한 또 하나의 중요한 원인은 이 시대의 현실이 그처럼 어두워서 그 전과 같이 경향적으로 나갈 길이 막혀 버린 때문에 통속소설로 흐르게 된 사실을 중시해야 할 것이다. 일부의 작가가 세태소설·신변소설을 쓴 것이나, 또 일부의 작가들이 역사소설을 쓰게 된 사실을 참조해 볼 때에 이 시대의 문학이 가장 무난하게 이 시대를 통과하려는 경향으로 표현된 것이 통속소설의 등장인 것이다.

그러면 구체적으로 1935년 이후에 어떤 통속소설이 등장했는가 하면, 그 일례가 김말봉이 『밀림』(1935년 동아일보 연재)과 『찔레꽃』(1936년 조선일보 연재)[1]을 갖고 일약 저어널리즘의 스타아가 되었다는 사실이다.[2]

대중소설은 일반적으로 비교적 예술적 감상력이 저급한 일반 대중에게 읽힐 목적의 문학이라는 의미로 파악되고 있으나, 실제로는 특수한 범위를 대상으로 하는 것이 아니라 대중 전체를 대상으로 하여 쓰인 문학이라고 해석해야 할 것이다. 대중소설은 이른바 본격소설과 대립하는 말이지만 그 경계는 애매하다. 본격적인 순수소설이라 해도 인간의 욕망과 갈등의 문제를 다루지 않을 수는 없기 때문이다. 그러므로 대중소설과 본격소설이 따로 있다는 견해보다는 세속적 삶의 문제를 다루되 그 인간적 한계를 예술적으로 승화시켜가는 작가의 사상과 예술적 상상력의 융합을 작가의 성숙된 기량으로 얼마나 성공시키고 있는가의 여부나, 또는 정신적

---

1   백철의 『신문학사조사』에서는 "1936년 조선일보 연재"라고 밝히고 있으나, 여러 자료들을 조사한 결과 『찔레꽃』은 1937년 3월 31일~10월 31일까지 『조선일보』에 연재되었음을 확인하였다.

2   백철, 『신문학사조사』, 신구문화사, 1992, 527~528쪽.

성숙의 주제로 형상화된 그 심각성의 정도를 판단하는 것이 중요하다[3]고 생각한다.

1932년『중앙일보』신춘문예에「망명녀」가 당선되어 문단에 데뷔한 김말봉은 1961년 작고할 때까지 장편소설 30여 편, 단편소설 100여 편 외에도 시, 수필, 평론 등 많은 작품을 발표하면서 왕성하게 창작 활동을 한 작가이다. 또 김말봉은 신문이나 잡지에 소설을 연재하면서 '대중소설가'임을 자처했던 작가이기도 하다. '대중소설' 또는 '통속소설'이라는 통념 하에 있던 그녀의 작품은, 확인되는 단행본이 아홉 편 정도[4]로 몇몇 출판사가 중복 발간하였고, 문학 전집에 실린 몇 편의 단편소설이 고작이다.

지금까지의 김말봉 문학 연구는 크게 두 가지의 문제점을 안고 있다.[5] 첫째는 작가의 생애 연구에 진전이 없고 그의 문학 정신을 제대로 밝히지 못하는 점이고, 둘째는 김말봉의 초기 문학의 경우, 몇 개의 단편과『찔레꽃』만을 논의의 대상으로 함으로써 김말봉 문학의 조명에 많은 결함을 보이고 있는 점이다. 대중소설로 인기가 있었던『찔레꽃』에 대한 연구가 집중되는 것은 당연하다 하겠지만, 여성 작가이고 대중소설가라는 점 때문에 김말봉의 문학이 매우 소홀하게 다루어진 것은 또 다른 문제점이다. 김말봉의 문학과 사상, 문학적 성과 등에 관한 연구는 아직 초기 단계라

3　신동욱,「여성의 운명과 순결미의 인식」,『김말봉의 문학과 사회』, 종로서적, 1986, 57~58쪽.

4　김말봉의 신문 연재소설 중에서 단행본으로 출판된 장편소설은『찔레꽃』『밀림』『화려한 지옥』『태양의 권속』『별들의 고향』『푸른 날개』『꽃과 뱀』『생명』『바람의 향연』등이 확인된다.

5　서정자,「삶의 비극적 인식과 행동형 인물의 창조-김말봉의『밀림』과『찔레꽃』연구」,『여성문학연구』8, 한국여성문학학회, 2002, 193쪽.

앞으로 여러 방면의 연구가 요구되고 있다.

이 글에서 논의하려는 「꽃과 뱀」은 1949년[6) 문연사에서 발간한 중편 분량의 작품이다. 남녀의 애정 문제를 소재로 한 소설로, 종교적인 색채와 판타지적 요소를 함께 보여주는 것이 특이한 점이라고 하겠다. 김말봉 문학 연구에서 외면당하고 있는 이 작품의 양면성을 우선적으로 살펴보고, 이로 인해 김말봉 문학의 다양성을 인식하는 계기가 되는 것이 본고의 목적이다. 이 글은 소설 「꽃과 뱀」의 양면성 고찰을 위해 대중성과 예술성, 욕망의 세계와 종교의 세계, 현실과 판타지 등으로 나누어 분석하려고 한다.

2. 대중성과 예술성

김말봉 소설은 일명 통속소설로 분류되는 연애소설이 주를 이루고 있다. 애정 문제가 중심이 되는 소설은 독자들이 쉽게 접근할 수 있는 공감대를 형성하는 반면, 문학성과 예술성이 떨어진다는 비난을 받고 있기도 하다. 편안하게 읽히고 인기가 있다는 것은 작가와 독자의 소통이 원활하다는 것을 말하며, 독자의 정서를 작가가 가장 잘 반영하고 있다는 뜻으

---

6   정하은 편저 『김말봉의 문학과 사회』(종로서적출판주식회사, 1986) 등 많은 연구들에서 『꽃과 뱀』의 발간 연도를 1951년으로 기술하고 있지만, 단기 4282년 (1949년), 문연사에서 발간한 『꽃과 뱀』을 직접 확인하였다. 본고는 1976년 청산문화사에서 발간한 『바람의 향연』을 텍스트로 삼았다. 이 책에는 「꽃과 뱀」과 「여적」이 수록되어 있다.

로 이해된다.

「꽃과 뱀」의 대략의 줄거리를 살펴보자.

통도사의 스물두 살 젊은 중이었던 혜남(민관우)과 공양승이었던 묘운(백첩지)은 기이한 인연에 엮이면서 파란만장한 삶을 살게 된다. 혜남은 "꽃 속에 뱀이 있고 뱀이 처녀로 변화하는 꿈"을 꾸고 나서, 초파일에 꿈속에서 본 처녀와 꼭 닮은 처녀를 스치게 된다. 그 후 혜남은 처녀의 환상이 사라지지 않아 먹지도 못하고 괴로워하다 절을 등지고 만다. 진화의 집안에서는 아버지의 사업상 관련 있는, 딸 하나를 두고 상처한 고경덕에게 진화를 시집보내게 된다. 어쩌다 다시 만나게 된 관우와 진화는 몰래 만남을 계속한다. 몇 년 후, 관우는 은혜를 입은 집에서 버린 아이 노석을 데려다 기르게 된다. 관우는 진화의 조카뻘인 난실에게 장가를 간다. 그러나 진화의 육체와 진화의 기억에서 벗어나지 못하는 관우는 첫날밤부터 난실을 외면하고, 두 사람이 내연 관계에 있는 것을 고경덕과 난실이 알게 된다. 배신감에 억울한 고경덕은 진화를 데리고 서울로 이사를 가고, 난실은 관우를 학대하게 된다. 깡마른 관우의 맨살에 채찍질하며, 난실도 관우도 진화의 기억을 잊으려 한다. 설상가상 관우의 아들로 자란 노석, 고경덕의 친자인 노석이 난실을 희롱하게 된다. 그러다 결국 난실의 채찍에 관우가 죽었는데 그의 품에는 진화가 그렸던 뱀 그림이 안겨 있었다. 이날 서울의 진화도 갑자기 죽음을 맞았다는 소식이 들린다.

살펴본 바와 같이 「꽃과 뱀」에서는 관우의 꿈속에 나타났던 꽃과 뱀이 진화의 그림 소재로 등장한다. 김말봉은 관우와 진화의 사랑을 둘러싼 갈등과 주위의 상황에 맞물리는 불가항력적인 사건들을 설득력 있고 긴장감 있게 서술하고 있다. 남녀 간의 사랑의 이야기는 대중에게 가장 접근이 용이한 소재이며, 아울러 남녀의 사랑 문제는 우리 인생사에서 빼놓을 수 없는 내용이다.

　대중성 확보의 측면을 염두에 둔다면 대중들의 삶의 방식과 취향을 반영하는 문학이 대중소설이다. 인간의 삶은 근원적으로 양극화된 갈등의 연속이므로 인간은 이 갈등에서 벗어난 세계를 끊임없이 염원한다. 그런 의미에서 대중소설은 대중들이 현실에서 받는 소외감과 불안 의식을 위로해주는 역할을 한다. 대중들은 현실의 모순에 절망하면서도 자신의 삶의 기반이 되는 현실을 긍정해야 하기 때문에, 관습적인 것과 선한 것 등을 유지하려는 욕망과 관습과 윤리의 제약으로부터 벗어나고자 하는 이중적 욕망을 동시에 지닌다.[7]

　수행을 하던 중 혜남이 파계하게 되는 일은 종교적 도덕적으로 바람직하지 못한 일이다. 그러나 종교의 힘으로써도 풀지 못하는 인간의 감정은 관우와 진화를 만나고 헤어지게 만들었다. 관습적인 사랑에서 벗어나고자 하는 작가의 상상력은 두 사람의 뒤를 계속 쫓는다.

　　관우는 진화의 체취가 전신의 혈관 속으로 배 드는 것을 느끼면서 한 손으로 가만히 자기의 가슴을 눌렀다. 후들후들 떨리는 손으로 한참을 가슴을 누르고 있다가 드디어 두 손을 한데 모아 쥐었다.
　　관우의 손은 그의 무릎 위에서 합장되고, 그리고 입으로는 무슨 말인지 부지런히 중얼거린다.
　　"관세음보살 관세음보살 해안고절처 보타낙가산, 정법명왕, 성관자재, 소복화관, 원용여질, 순염주홍, 미만초월."

7　이정옥, 「대중소설의 시학적 연구—1930년대를 중심으로」, 서강대학교 박사학위 논문, 1999, 47쪽.

참으로 오랫동안 잊었던 관음경이었다. 이윽고 관우는 입을 다물고 진화 쪽으로 눈을 돌리며,

"진화씨도 나를 만나고 싶었던가요?"

"지중한…지중한 전세부터의 인연이올시다."[8]

관우와 진화의 관계가 주요 플롯이지만 이들을 방해하는 요소는 곳곳에서 나타난다. 종교적인 갈등을 겪는 쪽은 관우이고, 경제적 현실과 사랑 사이에서 갈등하는 쪽은 진화다. 누구나 이런 상황에 처할 수 있으므로 독자들은 그들의 감정을 공감하게 된다. 때론 응원을 하고, 때론 너무 심하다 싶어 화가 치밀면서도 이 소설은 궁금증을 가지고 끝까지 읽혀지는 장점이 있다. 이것이 바로 김말봉 소설의 매력이 아닌가 한다.

김말봉은 처음부터 대중작가로 출발한 만큼 그의 작품들은 대중이 신뢰하는 기성의 가치 체계와 사회적 질서에 대한 동의를 암묵적으로 전제하고 있다.[9] 김말봉이 『중외일보』에 입사했을 때 상관이 대중소설 작가로 이름을 떨치던 최독견이었다. 임화는, 김말봉이 등단하자마자 최독견의 수준을 능가하였다며, "자기 독특한 방법을 가지고 현대소설의 깊은 모순인 성격과 환경의 불일치를 통일하였다"고 평하고 있다.[10]

「꽃과 뱀」에서는 김말봉의 인물 묘사가 단순한 선과 악의 형상과 대립을 표현하는 데서 그치지 않고, 인물들이 입체적이라는 점이 특징적이

---

8 김말봉, 「꽃과 뱀」, 『바람의 향연』, 청산문화사, 1976, 41~42쪽. 이후에는 도서명과 쪽수로 간략하게 표기한다.

9 김미영, 「김말봉의 〈밀림〉과 〈찔레꽃〉의 독자수용과정에 대한 인지심리학적 고찰」, 『어문학』(107), 2010, 한국어문학회, 238쪽

10 임화, 「통속소설론」, 『문학의 논리』, 학예사, 1940, 389~410쪽.

다. 관우의 경우, 종교인으로 살아가다가 육체적 쾌락에 빠지는 인물을 사실감 있게 묘사하였고, 진화는 관능미 넘치는 여성이지만 그림을 그리는 예술인으로서의 고뇌를 잘 묘사하고 있다. 단순한 일회적인 인물 설정과 서사 구성을 지양하고, 독자를 참여시킨 구성 또한 김말봉 소설의 예술적인 면모가 아닐 수 없다.

3. 욕망의 세계와 종교의 세계

인간의 삶에는 항상 양면성이 있지만 사람들은 자신의 감정만은 절대적이고 완전한 것으로 생각하려고 한다. 자신을 절대화하려는 개인적 관점은 자칫 편협하고 잘못된 결과를 유도할 수도 있는데, 진화는 바로 이런 관점을 대변하는 상징적 인물이다. 뚜렷하게 밝혀지지 않는 그녀의 성격은 그녀의 행동과 일치하지 않는다. 그녀는 현실과 위배되는 이상인 관우를 끊임없이 갈구한다. 김말봉은 진화를 자신의 행동에 대해 죄책감을 가지지 않으면서 독자들의 이해를 바라는 캐릭터로 등장시켰다. 진화는 욕망의 중심에 서 있는 인물이다. 그녀는 사랑이라는 이름으로 자기 마음대로 관우를 조정한다. 집안의 강요로 돈 있는 홀아비 고경덕과 결혼은 하지만 끊임없이 관우를 찾는 이중성과 모순성을 보인다. 돈 있는 부잣집 마님으로서의 풍모를 간직한 반면 육체적 욕망을 끊지 못하는 통속성, 그림이라는 예술 활동을 통해서 현실의 고통의 벗어나려는 몸부림 등 다양한 속성을 갖고 있는 인물이 바로 진화이다. 이렇게 사랑과 현실이라는 두 가지 요소로 인해 진화는 천사와 악마의 이미지를 모두 가지게 된다.

진화를 만나기 전 관우는 종교인으로 살아가던 인물이다. 그는 종교의 세계에 있고자 하며 끊임없이 고뇌를 하지만 결국 욕망의 세계에서 빠져서 그 늪을 벗어나지 못한다. 마지막 얼굴이 "범할 수 없는 높은 경지로 들어간 어떤 인격"처럼 보였다 하지만 그의 죽음을 종교적 승화라고 보기는 어렵다. 오히려 욕망에서 벗어난 편안함으로 이해할 수 있겠다.

인간은 이 세상과 대립 없는 삶을 욕망하나 피할 수 없는 그 한계 때문에 괴로움을 겪으며 살아야 한다. 따라서 이 세계는 언제나 자아와 대립되어 나타난다. 이 대립에서 느끼는 감정이 곧 갈등이다. 융 심리학에 의하면 갈등은 자아실현을 위한 인간이 움직임에서 야기되는 피할 수 없는 감정이다.[11]

> 채찍을 들고 방으로 들어가는 진화의 눈 속에는 파아란 불이 흘러내린다.
> "옷 벗으세요."
> 관우는 기다렸다는 듯이 훌훌 조끼며 저고리며 속적삼까지 벗었다.
> "초야의 감상 얘기 못하시겠어요?"
> "감상 없다 하지 않았어요."
> 관우는 빙긋이 웃고 탐하듯 채찍을 돌아본다. 진화의 손이 치켜지자 찰싹 하는 소리가 났다.[12]

> 관우는 이따금씩 못견디게 진화가 그리운 날이면, 그리고 바람이 문풍지를 울리는 날이면 미칠 듯 등어리가 간지러워지는 것이다.
> 드디어 관우는,

---

11 김영민, 「〈바리데기〉 무가의 신화비평적 연구」, 『한국언어문학』 58집, 한국언어문학회, 2006, 196쪽.

12 『바람의 향연』, 190~191쪽.

"채찍을 가져와!"

하고 소리를 쳤다. 채찍을 들고 멍하니 서 있는 아내에게

"자 이 등어리를 힘껏 내리쳐."

하고 관우는 훨훨 웃통을 벗는 것이다.[13]

관우는 자기 몸을 학대함으로써 일종의 면죄 의식과 카타르시스를 느낀다. 현실의 고통은 육체를 학대하여 잊어버리려고 하나 그것은 일시적인 방법일 뿐이다. 진화가 떠나고 세월이 흘러도 진화를 향한 그리움은 사라지지 않는다. 아내 난실에게 채찍을 들게 하며 여전히 자신의 육체를 학대한다. 난실은 "허구한 세월을 소박데기로 늙어가는 자기의 원한을 오래간만에 찾아온 귀신에게 갚아 보려는 듯"이 관우를 채찍질한다. 의원을 청해 진맥을 하고 약을 먹어봤지만 관우의 이러한 행동은 설명이 안 된다.

인간의 욕망과 종교의 세계는 정확하게 나뉠 수는 없다. 인간의 내면은 그 깊이를 알 수 없이 복잡하다. 마찬가지로 종교의 세계에도 끊임없는 고뇌와 갈등이 존재한다. 현실과 내면의 성적 충동 등의 갈등에서 벗어나려는 노력은 인간의 실존을 암시하기도 한다. 그것의 경계에 종교의 힘이 있다. 인간은 자신의 실존과 현실을 극복하기 위해 종교를 택하는지도 모른다. 그러나 절을 떠나서 많은 사람들과 엮이게 되는 관우는 보편성을 무시한 삶을 보내지는 않는다. 그의 삶 자체가 또 다른 수행으로 보여진다.

"금수암을 갈려면 어디로 갑니껴?"

---

13 『바람의 향연』, 205쪽.

"여기서 한참 걸어야 할걸요, 큰 길로 나가시면, 서북쪽으로 난 좁은 길을 마음놓고 올라가셔야 합니다. 한 10리쯤."

할머니는 실망한 듯이,

"안되겠는데요, 어디가 어딘지 모르겠는데요…이 근처에 방 한 개 빌릴 데 없는기요?"

"글세요 없을 겁니다. 여기서 한참 내려가서 동리를 찾아보시지요."

하고 관우는 할머니를 데리고 동리가 보이는 곳까지 바래다 주었다.[14]

관우의 인간애적 행동들은 그의 삶의 가치를 반영한다. 그가 파계를 한 중이라 해도 삶의 보편적인 가치를 떠나지는 않는다. 고경덕의 아들인 노석을 데려다 키우는 것도 같은 의미로 해석할 수 있다.

고경덕의 경우는 물질적, 육체적 욕망을 대변한다. 외도로 태어난 노석은 귀가 없는 장애인으로 폐인처럼 살게 되고, 돈으로 사다시피 하여 아내로 맞은 진화는 관우를 잊지 못한다. 고경덕은 자신의 욕망을 추구하면서도 딸 옥련[15]이나 아내에게는 자신과 같은 생활을 용납하지도 이해하지도 못하는 이중성을 간직한 인물이다. 이 작품에서 고경덕은 가장 부정적인 인물로 그려지지만 가장 현실적인 인물로 볼 수 있다.

포스터는 인간 생활에서 중요한 것은 '탄생, 밥, 잠, 사랑, 죽음'의 다섯 가지라고 추정했다. 정도와 방법의 차이는 있겠지만, 소설가들은 이와 같이 다섯 가지로 압축되는 삶의 문제를 재생하거나 확대, 축소하려는

---

14 『바람의 향연』, 106쪽.

15 옥련은 관우가 산길에서 만난 할머니의 손녀이다. 관우와의 결혼이 진행되었으나, 옥련의 부모가 바로 진화 부부였다. 그래서 관우는 옥련과의 결혼에서 도망치게 된다.

자세를 보여온 것이다. 그러나 이 다섯 가지 문제 중에 포스터는 '사랑'을 가장 중요한 것으로 보았다.[16] 많은 작가들이 이 문제를 다루어왔고 인간의 삶에 있어서 가장 흔하게 나타나는 문제가 바로 사랑이다.

「꽃과 뱀」도 사랑, 즉 애욕을 다루고 있지만, 종교적 색채를 띠면서 인간애를 암시하고, 실존의 문제를 은유하고 있다. 여기서 바로 김말봉 소설의 양면성을 보게 된다.

4. 현실과 판타지

관우는 꿈에서 본 처녀를 초파일에 직접 마주치게 된다. 그러나 잠깐 스치고 만 그 처녀는 영영 다시 나타나지 않았다.

혜남의 눈앞에는 바가지를 들고 물을 뜨는 처녀가 미소하는 얼굴로 자기를 응시하고 혜남은 처녀와 이야기를 시작한다.

자그르르 자그르르 목탁 소리의 사이 사이로 혜남은 꿈속으로 들어간다.

"그대는 보상의 화신이옵니까, 아니면 그대는 부처님의 현현이옵니까, 정염의 화옥에서 타는 이 중생 위에 대자 대비를 내리옵소사…내리옵소사 대자 대비…관세음…"

그러나 염불이 혜남의 마음에 편안을 가져오기 전 처녀의 환상이 꽃처럼 혜남의 가슴에 안기우고 뱀처럼 혜남의 허리에 감기었다. 혜남은 괴로웠다.[17]

---

16 정영자, 『한국현대여성문학론』, 도서출판지평, 1988, 166쪽.
17 『바람의 향연』, 21쪽.

관세음보살의 형상은 머리에 보관을 쓰고 있으며 손에는 버드나무 가지나 연꽃을 들고 있다. 관우는 꿈에서 진달래꽃을 배경으로 뱀이 변하여 된 처녀의 모습을 잊지 못한다. 꿈속의 처녀가 관세음보살의 모습이라고 믿는다. 그러다 꿈속에서 보았던 그 처녀를 실제로 만나게 되자 괴로움에 휩싸이게 된다.

판타지는 우리가 살고 있는 것과 똑같은 일상적 세계 속에서 갑자기 논리적으로는 설명할 수 없는 초자연적인 것에 맞닥뜨리게 되는 상황을 묘사한다. 꿈속에서 본 처녀를 실제 생활에서 만나게 된 것을 논리적으로 설명하지는 못한다. 그러나 관우는 자연스러운 것으로 받아들인다.

미술을 전공하는 진화는 관우의 꿈 이야기를 듣고 화폭에다 그 모습을 담아낸다.

방으로 들어서는 관우는 주춤 한 자리에 서 버렸다.

요전날 보던 그림에 배경이 생각났다. 연옥색 고의적삼을 입고 합장하고 앉아 있는 젊은 중의 이마며, 머리 위로 바람에 쫓긴 화판이 여기저기 나비처럼 날아 있고, 화판이 날아온 쪽에는 이름 모를 고목의 가지가 휘어져 멀리 중의 머리를 천정처럼 떠받았는데, 나무 둥지를 한 바퀴 감은 큰 뱀이 중의 몸을 틀어감았다.

뱀의 상체가 중의 가슴에 합장하고 있는 손바닥을 지나 오른편 겨드랑이를 빠져 왼편 귀밑으로 나와 빨간 주둥이를 중의 턱 아래에 바싹 들이댔다.

배암의 몸은 흑칠 같이 완전히 검고 번쩍…윤이 나는데, 뱀의 상체는 중의 몸에 그 하체가 숨은 곳은 불꽃이 활활 타오르는 듯이 풍성하게 피어 있는 진달래 덤불이다.

젊은 중은 가슴에 안긴 뱀을 쥐고 꿈을 꾸는 듯 도취되어 있지 않은가.

"하!"

관우는 길게 탄식하며 언제까지나 그 그림에서 눈을 떼지 못한다.[18]

뱀과 꽃은 신화적 판타지를 더해준다. 절과 중을 배경으로 하였지만 창세기에서 이야기 되는 아담과 하와를 떠올린다. 꽃으로 둘러싸인 에덴에 살던 아담과 하와는 뱀의 유혹으로 선악과를 먹고 하나님이 정해준 제한선을 넘은 것이다. 먹고 싶어 하는 욕망, 보고 싶어 하는 욕망, 하나님과 같이 되고 싶어 하는 욕망은 인간이 가져야 하고 필요한 것임에는 틀림없지만 이들이 선을 넘어버린 죄로 인간의 방랑은 시작되었다고 보는 것이다.

인간은 이 세상과 대립 없는 삶을 욕망하나 피할 수는 없다. 시공적으로는 가까이 있을 수 없는 많은 신화들에서 유사한 모티프나 공통의 이미지를 발견할 수 있는데, 이 작품에서의 꽃과 뱀의 소재도 불교적으로 서술했지만 기독교적 요소를 벗어나지 못하고 있다.

다음으로는 관우가 죽음을 맞이하는 장면을 보자.

> 진화는 비단치마 자락을 뱃전에 깔고 관우를 앉게 한다. 관우는 비스듬히 진화의 무릎에 기대 앉았다.
> 노를 젓는 사람도 없는데 배는 저절로 연꽃과 연꽃 사이를 돌아 조용히 흘러 나간다.
> 화판은 나비처럼 날라 관우의 이마와 뺨을 간지르는가 하면, 진화는 꿈 같은 정담을 귓속질하고 있다.
> 햇살이 수면에서 수만 대의 금빛 은빛 화살을 날리고, 무사한 비둘기 떼는 연꽃을 씻쳐 푸르륵 창공에 눈송이처럼 흩어진다.

---

18 『바람의 향연』, 50~51쪽.

관우는 눈이 부셔왔다. 강열한 꽃향기에 취했는지, 그는 한없이 달고 편안한 조름이 눈시울이며 목덜미며 어깨며 온 몸에 퍼져가는 것을 느끼고, 진화의 무릎을 벼개삼아 깊은 잠에 빠져 들어갔다.

미음 그릇을 들고 온 난실은 남편의 포근히 잠든 얼굴을 내려다 보았다. 살며시 코 아래로 손바닥을 대보는 것은 관의의 얼굴이 너무도 평화롭기 때문이다.[19]

관우는 진화의 환상을 본다. 현실에서 이루지 못한 사랑은 죽음을 맞는 순간에 함께하게 된다. "아침부터 바람이 일고 등어리는 미칠 듯이 가려워서 난실에게 됩싸게 매를 맞고" 난 뒤였다. 진화와 헤어진 지 15년, 그 세월 동안 관우는 자신의 몸을 학대하고 병들어가면서 그리움을 견디고 있었다. 애욕을 불태웠던 현실보다는 그것으로부터 벗어나서 새로운 사랑과 윤리를 찾고자 하는 관우의 몸부림은 처절하기만 했다.

깨끗하게 늙은 진화는 별로 아픈 곳도 없이 뜰악을 소요하다가 방으로 들어와 누운 것이 그대로 잠자듯 숨이 끊겼다는 것이다.[20]

인용문에서 보듯이 같은 날 관우와 진화의 죽음을 설정한 작위성은 작품의 완성도를 떨어뜨리는 요소이다. 그러나 현실에서 이루지 못하는 사랑을 다소 감성적이고 판타지적인 결말로 이끌어감으로써, 두 사람이 '운명'적으로 묶여 있었고, 세상에는 이런 사랑도 존재함을 작가는 말하고 있다. 관우의 품에 안겨 있던 "방금 꿈틀거릴 듯 징그러운 뱀의 그림"은

19 『바람의 향연』, 211쪽.
20 위의 책, 212쪽.

바로 관우와 진화를 잇는 매개체였다.

　많은 사람들은 현실에서 이루지 못하는 사랑에 대한 환상을 가지고 있다. '성'을 은폐하고 부끄러워하면서도 그것에 대한 욕망은 내재하고 있는 모순을 가진 것이 우리 인간이다. 김말봉은 바로 이런 심리에 부합하는 작품을 선보임으로써 독자의 흥미를 유발시키고 있다.

5. 맺는 말

　김말봉 문학은 『찔레꽃』에 집중되어 있고, 통속성의 범주를 크게 벗어나지 못하고 있었다. 그러나 김말봉 문학의 특질을 제대로 파악하기 위해서는 대중소설과 본격소설이라는 이분법적 논리를 벗어나 연구 방법을 다각화하고, 범위를 확대하는 것이 필요하다고 본다.

　이 글은 김말봉의 문학 연구의 다양성을 위해 지금까지 한 번도 언급이 안 되고 있는 『꽃과 뱀』을 텍스트로, 김말봉 소설의 양면성에 대해 고찰해보았다.

　「꽃과 뱀」에 나타난 양면성은 첫째, 대중성과 예술성이다. 독자들은 등장인물, 특히 주인공의 감정을 공감하게 된다. 때론 응원을 하고, 때론 너무 심하다 싶어 화가 치밀면서도 이 소설은 궁금증을 가지고 끝까지 읽혀지는 장점이 있다. 이것이 바로 김말봉 소설의 매력이 아닌가 한다. 「꽃과 뱀」에서는 김말봉의 인물묘사가 단순한 선과 악의 형상과 대립을 표현하는 데서 그치지 않고, 인물들이 입체적이라는 점이 특징적이다. 관우의 경우, 종교인으로 살아가다가 육체적 쾌락에 빠지는 인물을 사실감 있게 묘사하였고, 진화는 관능미 넘치는 여성이지만 그림을 그리는 예술인으로서의 고뇌를 잘 묘사하고 있다. 단순한 일회적인 인물 설정과 서사 구성을 지양하고, 독자의 흥미를 돋우는 플롯 또한 김말봉 소설의 예술적인 면모가 아닐 수 없다.

둘째, 욕망과 종교의 세계가 공존하고 있다. 진화는 욕망의 중심에 서 있는 인물이다. 그녀는 사랑이라는 이름으로 자기 마음대로 관우를 조정한다. 집안의 강요로 돈 있는 홀아비 고경덕과 결혼은 하지만 끊임없이 관우를 찾는 이중성을 보인다. 사랑과 현실이라는 두 가지 요소로 인해 진화는 천사와 악마의 이미지를 모두 가지게 된다. 관우도 마찬가지의 모순을 가진다. 진화를 욕망하는 마음과 종교의 세계에 있으려는 마음은 내내 그를 괴롭히게 된다. 「꽃과 뱀」은 사랑, 즉 애욕을 다루고 있지만, 종교적 색채를 띠면서 인간애를 암시하고, 실존의 문제를 은유하고 있다. 여기서 바로 김말봉 소설의 양면성을 보게 된다.

셋째, 현실에서 이루지 못하는 사랑은 판타지적 요소를 사용해서 묘사하고 있다. 현실에서 이루지 못하는 사랑을 다소 감성적이고 판타지적인 결말로 이끌어감으로써, 두 사람이 '운명'적으로 묶여 있었고, 세상에는 이런 사랑도 존재함을 작가는 말하고 있다.

김말봉 소설은 신소설적인 우연성의 남발과 감정의 극단화 등 소설 기법상 미흡함이 눈에 띄지만, 애욕과 당대 사회상을 밀착시킴으로써 독자에게는 인기가 많았다. 이야기의 흐름이나 결말을 독자가 눈치채게 하는 면에서는 결함이 있지만, 대중들의 정서에 부합하는 이야기를 담아냄으로써 독자와의 소통에는 성공한 셈이다. 또 독서 인구 확산이라는 점도 김말봉 문학을 재평가해야 할 부분임을 염두에 두어야 하겠다.

제3장

단편소설에 재현된 웃음의 미학
—「편지」「고행」을 중심으로

1. 들어가는 말

김말봉은 신문이나 잡지에 장편소설을 연재하면서 대중적 인기를 끈 작가였다. 문학성보다는 통속성으로 평가받으면서도 그의 소설이 사랑을 받은 이유는 멜로드라마적 연애 이야기로 당시 독자들에게 충분한 공감대를 얻었고, 여성의 심리를 섬세하게 묘사한 독특한 매력이 있었기 때문이다.

이 연구는 김말봉의 초기 단편인 「편지」(1934)와 「고행(苦行)」(1935)[1]을 텍스트로 하여, 소설적 재미를 높여주는 유머적 요소, 웃음에 대해 살펴보려고 한다. 1930년대의 단편을 텍스트로 삼은 이유는 이 시대는 풍자, 난센스, 만담, 만문 등의 웃음 양식에 이어 '유모어 소설'이라는 이름으로 작품이 발표되던 때였고, 대중들은 웃음으로서 일제강점기의 우울을 이

---

1   「편지」(1934)와 「고행(苦行)」(1935)은 『신가정』에 발표한 단편소설이다.

겨냈던 시기이기 때문이다. 무엇 때문에 독자들이 김말봉을 찾았을까 하는 의문은 재미와 웃음의 충족이라는 답에 이르렀다. 그래서 해학적 요소[2]라 할 수 있는 유머(Humor)와 웃음에 대한 고찰이 그의 소설적 기법을 이해하는 데 도움이 될 것이라고 본다.

소설에서 유머나 해학이 드러나는 방식은 여러 가지가 있지만 일반적으로는 상식의 파괴, 비정상성, 극적 반전을 보여줌으로써 통쾌함과 웃음을 유발한다. 이 웃음은 어떠한 악의나 대립을 가지는 것이 아니라 대상을 깊게 통찰하면서 따뜻한 시선으로 감싸준다. 유머의 속성은 실수, 부족을 즐거운 마음으로 함께 시인하는 공감적인 태도라고 할 수 있다. 불일치를 발견하되 자신도 그런 불일치가 자행되는 사회의 일원임을 암시하는 일종의 뱃심 좋은 겸허와 아량을 보이는 것이다. 즉 세상과 더불어 세상을 웃는 태도이다.[3] 소설에서 웃음을 주는 유머적 특징은 대중들의 욕망과도 밀접한 관계가 있다. 이 유머는 현실의 어려움을 극복하며 시대를 비꼬기도 하고, 현실에 순응하는 태도를 보이기도 하면서 웃음을 선물하게 된다.

유머라는 말은 1930년대 초반에 유행하기 시작하였는데, 그 당시 유머

---

2   해학이란 '익살스러우면서도 풍자적인 말이나 짓'을 가리키는 말이다. 비슷한 뜻인 유머는 기지(wit), 혹은 해학으로 옮겨지고 있으며, 풍자 혹은 골계, 익살과도 친연성을 지니고 있다. 해학과 유머는 익살, 공격성을 띠지 않은 웃음, 무해한 웃음, 따뜻한 웃음의 성격을 지닌다. 반면 풍자는 빈정거림, 조소, 비꼼, 의도를 숨긴 웃음, 차가운 웃음, 공격성을 띤 웃음(무기로서 사용되어지는 웃음), 냉소적 웃음을 말한다. 열등한 도덕적, 지적 대상과 상태를 공격한다는 점에서 유머와 다르다(한용환, 『소설학사전』, 고려원, 1992, 78~80쪽, 452~453쪽 참조).
3   위의 책, 79쪽.

는 '난센스'[4]와 '아이러니'와 함께 쓰이며 웃음이라는 효과를 유발하는 문화 상품을 가리키는 용어로도 사용되었다.[5] 유머는 기지와 함께 코믹한 것의 한 갈래로 해석되기도 한다. 즉 독자나 청중에게 해학과 즐거움을 주는 문학에 있어서의 어떤 요소라는 의미이다.[6] 우리의 식민지 현실과 맞물려 우울하고 힘든 현실에서 벗어나고 싶은 희망을 웃음이라는 방식으로 표출했던 유머 소설[7]은 1930년대와 1940년대에 유행하다가, 해방 이후 1950년대 중반에서 1960년대로 넘어가면서 소설의 장르 명칭으로 정착하게 된다.[8] 김말봉의 소설을 유머 소설로 분류할 수는 없지만, 그는

---

4   1934년 3월 『중앙』에서 '난센스'는 '멍텅구리 같이 우습고 무작의한 것'이라면, '유머'는 '웃음을 자극시키는 익살'이라고 뜻을 구분하였다. 웃음을 전달하는 산문 형식으로는 '만문(漫文)', '만담(漫談)'으로 지칭되기도 했는데 '유머소설'과 혼용되었다(이주라, 「식민지시기 유머소설의 등장과 그 특징」, 『현대소설연구』 제51호, 한국현대소설학회, 2012, 222~224쪽).

5   소래섭, 「1930년대 웃음과 이상(李霜)」, 『한국현대문학연구』 제15호, 한국현대문학회, 2004, 254쪽.

6   임선애, 「유모어 소설의 성격과 의의—1930년대 작품을 대상으로」, 『한민족어문학』 제26호, 한민족어문학회, 1994, 244쪽.

7   유머 소설은 1930년대 『별건곤』 등 월간 잡지를 통해 많이 소개되었다. 유머소설을 담당했던 작가들은 소설가에서 만화가에 이르기까지 다양하였으며, 채만식, 이기영, 박태원 등의 작품들을 자주 발견할 수 있다. 이 외에 방인근이나 김내성 그리고 이종명 등도 유머 소설에 관심을 가졌다 (이주라, 「식민지시기 유머 소설의 등장과 그 특징」, 『현대소설연구』 제51호, 한국현대소설학회, 2012, 228~229쪽 참조). 유머 소설은 유우머 소설, 울다 웃을 이야기, 폭소 소설, 골계소설, 해학소설, 명랑소설 등의 명칭으로 발표되었다 (임선애, 「유모어 소설의 성격과 의의—1930년대 작품을 대상으로」, 『한민족어문학』 제26호, 한민족어문학회, 1994, 241쪽 참조).

8   유머 소설(유모어 소설)은 당대에 분명한 장르 의식을 갖고 사용된 명칭으로 폭넓고도 지속적으로 사용되었다. 유머 소설은 두 가지의 탄생 배경을 갖는다. 하

단편을 중심으로 기법상 유머적 요소, 기지와 위트가 묻어나는 요소를 상당히 많이 사용하고 있다. 논의하게 될 초기 단편[9] 외에도 그는 1953년의 「바퀴 소리」와 1955년 발표한 「여심」에서도 위트와 반전을 통해 소설적 재미를 보여 준다. 김말봉의 단편소설에서 유머와 위트가 자주 보이는 것은 당시 일제강점기의 서사 장르들에서 유행하던 웃음의 전달 방식을 반영한 것으로 여겨진다. 특히 텍스트로 삼은 「편지」와 「고행」에서는 식민지의 어려운 현실에서도 웃음을 찾는 문학의 긍정적 기능을 찾을 수 있다. 본고에서 이 작품들의 웃음과 재미의 고찰을 통해 김말봉 문학의 독자접근성과 흡입력의 한 요소를 이해하려고 한다.

나는 다양해진 발표 매체들의 경쟁에서 이기기 위해 대중들의 기호를 적극 반영하여 가볍고 재미있는 읽을거리는 찾은 점이고, 또 다른 하나는 1930년대가 도시화와 자본주의화 그리고 대중문화의 성숙화가 진전된 시기임과는 별도로 세계 대공황의 여파로 극도의 경제난과 실업난이 닥쳐왔고 일제가 경제난을 극복하고 침략 전쟁을 강화하기 위해 식민 지배 체제를 한층 더 강화한 점과 관련이 있다. 즉 정치적, 경제적 상황이 악화되면서 대중들이 의도적으로 불가피하게 사회적, 정치적 질곡으로부터 벗어나 즐거움과 웃음 그리고 명랑한 전망을 갈구하고픈 소망적 의도가 유머 소설의 탄생에 작용한 것이다(강현구, 「'유모어' 소설의 세계관과 웃음의 기법—1930~1950년대 '유모어 소설'을 중심으로」, 『한국문예비평연구』 제14호, 한국현대문예비평학회, 2004, 25쪽).

9 김말봉의 단편소설은 등단작 「망명녀」(1932)를 시작으로 여성들의 생활상을 섬세하게 스케치하고 있다. 그는 장편소설 외에도 단편을 100여 편 남기며 왕성하게 창작 활동을 하였다.

2. 현모양처의 조롱

「편지」는 1934년 발표한 김말봉의 초기 단편으로, 남편에게 온 편지로 인해 일어나는 사건을 다루고 있다. 남편 '영준'이 급성 폐렴으로 죽고 난 뒤 '은희'는 뜻밖의 사실을 알게 된다. 그녀는 그 편지로 남편이 동경 유학생 '박인순'의 학비를 대주고 있었던 사실을 알게 되었고, 아무런 비밀도 없는 줄로만 믿었던 남편에 대한 배신감과 함께 인순에 대한 질투심으로 힘든 시간을 보낸다.

은희는 여섯 살 길남이의 엄마로, 전형적인 현모양처의 삶을 사는 여인이었다. 점잖고 믿음직스럽던 남편이 갑자기 사망하게 되었지만 그녀는 남편의 인격을 의심 없이 믿고 따랐기에 추억만으로도 사는 보람이라 생각한다.

> '남편은 갔거니. 그러나 그의 사랑만은 영원히 내 가슴에 새겨 있거니. 그리하여 나도 마침내 죽어지리니. 같이 묻혀 같은 흙으로 변하려니.'[10]

살아 있을 때도 은희에게 남편은 최고였고, 한 달 전 공동묘지에 묻어두고 돌아설 그때도 남편에 대한 존경과 사랑은 변함이 없었다. 심지어 죽어서도 같이 묻히기를 바랄 정도였다. 마지막 순간까지 남편을 살리려고 애를 쓴 아내가 바로 은희였다.

은희가 보여준 모습처럼 가부장제 사회에서 아내는 남편의 말과 남편

---

10 김말봉, 「편지」, 『김말봉의 문학과 사회』, 종로서적, 1986, 335쪽. 이후에는 도서명과 쪽수로 간략하게 표기한다.

의 사랑을 아무 의심 없이 믿고 따르는 역할을 충실히 수행한다. 평생 남편을 섬기고 남편과 가족, 그리고 자녀들을 돌보는 것이 당연하며 그것이 최선이다. 밀렛에 의하면 가부장제 이데올로기는 남성과 여성 사이의 생물학적 차이점을 과장하여 남성은 항상 지배적인 또는 '남성적인' 역할을, 여성은 항상 종속적인 또는 '여성적인' 역할을 맡도록 규정짓는다.[11] 대부분의 여성은 열등감을 내면화하고 남성에 대한 종속을 받아들이게 된다. 따라서 가부장제는 현모양처가 최고의 가치인 양 여성에게 아내와 어머니의 역할을 강요하는 것이다. 현모양처라는 말의 역사적 맥락을 살펴보면 '약함과 부드러움, 보호되어야 할 대상' 등의 뜻이 내포되어 남성성이 강조되고 있음을 알 수 있다. 일제가 요구한 '양처현모'의 교육[12]이 우리나라에 들어왔을 땐 전통적인 모자 관계가 더 강조되어 '현모양처'라는 말로 정착되었는데, 가부장제의 현모양처 요구는 모성이나 출산에 여성의 성 역할을 한정하는 것이다.[13] 은희도 아내의 역할과 어머니의 역할을 당연하게 받아들이는 여성으로, 남편에 대한 사랑이 지극하다. 그런데 은희의 지극한 마음은 분노와 질투로 가득하게 되었고, 현모양처였던

---

11 Millett, Kate. *Sexual Politics*. Carden City, N. J. : Doubleday, 1970, p. 25; 로즈마리 통, 『페미니즘 사상』, 이소영 역, 한신문화사, 1995, 147쪽.

12 현모양처형의 여성은 일제의 여성 정책이 목표로 삼은 여성상으로, 일제는 식민 통치에 순응하고 가부장적 사회 체제에 적합한 여성을 양처현모주의 교육을 통해 양성하려고 하였던 것이다. 더 구체적으로는 '부덕의 양성'을 강조한 수신과 함께 '가사, 재봉, 수예' 등의 가정생활에 필요한 교육을 중시하였다(한국여성연구소 여성사연구실, 『우리 여성의 역사』, 청년사, 1999, 284~288쪽).

13 송명희, 「이문열의 『선택』, 왜 반페미니즘인가」, 『섹슈얼리티 · 젠더 · 페미니즘』, 푸른사상사, 2000, 179쪽.

그녀가 순종적 여성상을 벗어버리고 죽은 남편과 숨겨진 여인에 대한 복수를 계획한다. 계략을 꾸미는 은희의 일탈적 행동에서 보이던 미소는 따뜻함과 은근함으로 포장하고 있지만 분노와 긴장감이 묻어난다. 그녀는 힘든 상황이 해결되기만을 기다리거나 아예 포기하는 수동적인 태도가 아닌, 적극적이면서도 당돌하게 문제를 돌파하려고 한다. 이런 은희의 적극성은 결과에 관계없이 그녀의 기존 사고와 관습을 깨트리는 용기 있는 행동이다. 여기에는 현모양처로서의 삶이 준 대가나 보상은 아무것도 없었다는 은희의 조롱을 담고 있다.

「고행」의 아내 '정희'도 「편지」의 은희와 흡사한 현모양처로 묘사된다. 서술자인 '나'는 유부남이며, 아내 정희는 어린 아들 용주를 키우며 '나'의 뒷바라지를 행복으로 여기는 순종적인 여성이다. 그녀는 "풍금을 잘 타고, 에이프런, 베갯잇, 책상보, 전등갓 같은 것을 잘 만들며" 천사 같다. 남편과 같이 활동사진을 구경하러 간다는 설렘으로 잠을 설칠 정도로 순진하기도 하다. 남편이 집으로 돌아오면 "한달음에 나와서 꾸러미를 받고 모자를 받으며", 세숫대야에 세숫물을 떠다 놓는 살림꾼이기도 하다. 서술자인 '나'는 정희의 자세가 바람직한 아내, 사랑받는 여성의 특성이라고 말하고 있다. 또 나와 정희의 관계는 남편과 아내의 권력 관계라는 패러다임을 보여 준다. 자본주의 사회에서 가족은 중요한 이데올로기적 성격을 가지는 집단이다. 즉 보편적인 제도로 인정받은 가족은 결혼을 통해 자녀를 출산하고 양육하는 등 주요 기능을 수행하며, 여성에게 어머니 역할의 줌으로써 도덕적 순종이라는 힘을 갖게 된다.[14] 정희의 경우를 보

---

14 서동수 · 여지선, 『성담론과 한국문학』, 박이정, 2003, 228쪽.

더라도 남편의 지배를 거부하지 않고 순종적이며 좋은 어머니인 현모양처의 삶을 당연하게 받아들이고 있음을 알 수 있다.

그런데 '나'는 현모양처인 아내 정희가 있음에도 불구하고 '미자'를 정부로 두고 지척에다 살림까지 차린다. 아내는 남편에게 지극하지만, 남편은 가부장적 · 남성적 사고로 아내 위에서 군림하는 모습을 고스란히 담고 있는 부분이다.

> 사실 나는 아내가 싫거나 밉거나 해서 미자에게 홀린 것은 아닙니다. 내 아내는 키가 호리호리하고 얼굴이 갸름하고 살빛이 흽니다. 그리고 어린아이를 둘이나 낳아도 한번도 아내가 밉게 보인 때는 없었습니다. 그러면 왜 미자와 그렇게 되었느냐고요? 말하자면 미자의 유혹의 든 셈이지요. 미자는 속눈썹이 길고 얼굴이 약간 파름하고 머리칼이 굵고, 내가 작년 가을에 회사 일로 ××에 가서 한달 남짓이 있는 동안 알게 된 여자인데 물론 전신(前身)이 기생입니다.[15]

아내가 싫거나 미운 것이 아닌데 아내 이외의 여자와 살림을 차린 남편은 별다른 죄책감이 없다. 미자가 기생 출신이라는 점을 굳이 이야기함으로써 남성 외도의 비도덕성에 대한 비난을 벗어나려고 하는 면도 눈에 띈다. 바로 남성은 여성의 성을 돈으로 충분히 지배할 수 있다는 자본주의적 가부장 의식이 나타나는 부분이다. "언제든지 미자는 나의 육체의 소유자밖에 되지 않는다"는 서술에서는 여성을 대하는 남성의 이중적이고 모순적인 행태가 선명하게 보인다.

---

15 김말봉, 「고행」, 『한국현대문학전집』 18, 삼성출판사, 1978, 64~65쪽. 이후에는 도서명과 쪽수로 간략하게 표기한다.

그 때문에 나는 미자와 같이 있는 시간을 단지 〈장난〉으로 생각
을 하였습니다. 언제라도 그만둘 수 있다는 자신이 뚜렷하면서도
나는 그날그날 미자의 끄는 대로 끌려가고 있었습니다. 그러나 나
는 물쓰듯하는 미자의 일용돈을 반년이나 대어 왔다는 것보다도 초
인적인 미자의 정력에 차츰 압박을 느끼게 된 나는 인제 이 〈장난〉
이 차츰 싫증이 나기 시작하였습니다.[16]

　　남편은 미자와의 관계를 "장난"으로 생각하고 그녀의 육체를 탐하였다.
언제라도 그만둘 수 있다는 남편의 생각은 경제력을 이용한 남성의 권력
행사를 입증한다. 장난이 싫증나면 그만두는 건 언제든지 가능한 일이고
그 모든 것은 남성이 선택할 수 있다는 것이다.

　　그런데 뜻하지 않은 경쟁자가 나타나서 맹렬한 기세로 미자를 손에 넣
으려 하는 것을 알게 되자 '나'는 슬며시 미자를 놓기 싫은 생각이 든다.
게다가 그 경쟁자라는 인물이 학교에서도 일이등을 다투었고 지금 회사
에서도 지위를 다투고 있는 "최"가라는 사실에 '나'는 지고 싶지가 않다.
미자가 다른 남자와 있다는 것에 질투심을 느낀 '나'는 활동사진을 함께
보러 가겠다던 아내와의 약속을 어기고 미자 집으로 간다. 아내는 "발끈
성을 내는 것"으로 불만을 표시하지만 남편을 원망하지는 않는다. 오히
려 화자인 남편은 "결혼 후 처음" 화를 낸 아내에 대해 "무척 아니꼽기도
하고 화도 불끈 솟아올랐다"고 표현하고 있다.

　　"그럼! 집에서 가끔 병창을 하지만 난 여자라도 그이 목소리엔
　　아주 황홀해지는 걸."

---

16 『한국현대문학전집』 18, 66쪽.

"아이, 형님두 남편 자랑은 무척 하시네."

"아니야, 정말야. 그 어른같이 모든 것이 구비한 이가 몇이나 있어?"

"……." [17]

"그런데 형님, 결혼 후 오빠가 오입하는 것 못보았어요? 바른 대로 말해요. 호호호."

"아니 절대로, 그이가 어떤 이라고. 글쎄 여간한 퓨리탄이 아니라니까!"

"퓨리탄이 뭐예요?"

"도학자라고만 해 둡시다그려. 우리 동무 중에 남자 때문에 화가 나서 죽네사네하고 야단법석을 하는 이가 얼마나 많기에. 위선 아우님을 보구려. 그렇지만 난 정말야, 그 점에는 행복이거든." [18]

위의 인용문에서처럼 정희는 남편의 목소리에 황홀해하며 완벽한 사람으로 여기고 있으며, 남편은 다른 여자에게 절대 한눈팔지 않는다고 믿는다. 그녀는 자신을 형님이라 부르는 이웃의 미자가 남편의 정부일 줄은 꿈에도 생각지 못한다. 그렇게 현모양처로 사는 정희에게 남편은 오히려 배신을 안겨준다. 여기서 우리는 살림을 잘하고, 아이를 잘 키우는 것보다 미자처럼 성적으로 즐기고, 경제적으로 누리면서 사는 것이 더 세련된 신여성의 모습으로 그려진 점에 주목할 필요가 있다. 남편에게 성적 매력이 있거나 말이 통하는 여성은 결국은 미자였고, 아내 정희는 '어머니'로서의 역할만 성실하게 수행하고 있었을 뿐이다. 현모양처라는 굴레는 정

---

17 『한국현대문학전집』18, 71쪽.

18 위의 책, 73쪽.

희를 초라하게 만들 뿐이다.

「편지」에서 무조건적으로 남편을 믿고 의지하는 은희나, 「고행」의 정희가 남편을 한 치의 의심도 없이 완벽하고 깨끗한 사람으로 믿는 것은 가부장제의 현모양처 서사로 보면 지극히 당연한 일이다. 그러나 김말봉은 이 여성들의 이야기에 반전과 유머 요소를 덧붙여 웃음으로 유도하며, 현모양처의 모습이 전부가 아니라고 조롱하고 있는 셈이다.

3. 극적 반전의 재미

1930년대의 사회 상황이 현실에 대한 적극적 인식을 문학작품으로 담는 것은 쉬운 일이 아니었다. 본격소설 내지 리얼리즘 소설을 쓴다고 해서 작가의 이상과 삶에 대한 열정을 높이 평가할 수는 없다. 마찬가지로 문학작품이 '통속적 재미'와 '웃음'으로 독자들의 흥미를 자극한다고 해서 경박하거나 작품의 가치가 떨어진다고 비난할 수만은 없다. 통속적 재미라는 측면은 시대의 흐름에 맞추는 작가의 감각으로 볼 수도 있으며, 문화적·상업적 요구의 수용이라고 보아도 될 것이다. 김말봉도 대중소설가로서 독자들과 긴밀한 소통을 한다. 그는 「편지」와 「고행」에서 의외성과 극적 반전의 기법을 사용하여 웃음과 소설적 재미를 증대시키고 있다.

「편지」에서 은희는 남편에게 온 박인순의 편지를 보고 복수를 계획하게 된다. 남편이 살아생전 인순과 편지를 주고받았으며 몰래 학비를 대주고 있었다는 사실, 그보다 남편에게 여자가 있었다는 사실을 그녀는 용납할 수가 없다.

'전문학교의 졸업반이라. 그러면 나이는? 스물 셋? 넷? 얼굴은 흴까? 까무잡잡해? 하여간 미인인 것만은 틀림없겠지.'

은희의 그리 크지 아니한 그러나 어디까지나 반짝거리는 그 두 눈은 마치 쥐를 노리는 고양이의 눈과 같이 한곳에서 움직이지 않는다.[19]

여자로부터 온 편지는 은희를 분노와 독기로 가득하게 하고, 히스테리를 표출하게 만들었다. 가버린 남편의 애정을 추억하는 것만이 그녀의 사는 보람이었는데 여자의 편지가 튀어나와 "이글이글 타는 숯불에다 찬재(冷災)를 끼얹는 듯" 일찍 느껴보지 못하던 원망과 질투에 혼란을 겪는다. 그러나 순하고 착한 아내로만 머무는 게 아니라 발작 상태의 히스테리를 부리면서 오히려 은희는 어떤 쾌감까지 느낀다고 묘사된다.

'글씨도 아주 달필이야. 처녀일까? 처녀겠지. 그러나 벌써 그이 (자기 남편)와 어떻게 되어 있는지 알 수 있나?[20]

은희는 바르르 떨면서 편지를 찢어버렸다가 다시 한 조각 한 조각 찾아 모아서 인순의 주소를 알아낸다. 그녀는 금비녀와 금가락지를 전당포에 맡기고 현금 백 원을 만들어서, 돈과 함께 동경에 있는 인순에게 집으로 들르라는 전보를 보내게 된다. 물론 전보는 남편의 이름으로 보낸다. "죽은 줄 알게 될 때 어떤 얼굴을 하는지 좀 찬찬히 보아야지" 하는 마음이었다. "좌우간 어떻게 생긴 얼굴인지" 보려던 절대의 호기심과 또 그만한 적

---

19 『김말봉의 문학과 사회』, 333~334쪽.
20 위의 책, 334쪽.

개심으로 인순을 기다린 은희는, 사흘 후 아들 길남이에게 새 옷을 갈아 입히고 자기도 얼굴과 머리를 단장하고 손님을 맞이하였다.

> 급박하여 오는 호흡을 늦추기 위하여 두어 번 숨을 크게 쉬고 자 주 침을 삼켜 목을 적시면서 천천히 발을 옮겨 놓았다. 그러나 은희 의 호리호리하고 날씬한 몸이 바깥방 방문 가까이 갔을 때 그는 갑 자기 걸음을 멈추고 그 자리에 서버렸다.
> (중략)
> "저는 지금 동경서 오는 길입니다. 박인순이라고 합니다. 무어라 고…말씀을……."
> 손님의 눈에서는 또다시 굵다란 눈물이 쏟아졌다.
> '그러면 박인순이란 게 여자가 아니고 남자이었던가?'
> 속으로 부르짖는 은희의 등골에는 화끈하고 진땀이 솟았다.[21]

그러나 은희의 계획은 순식간에 물거품이 되어버린다. 그녀가 기다린 "남편의 여인" 인순은 이마에 울긋불긋한 여드름이 두어 개 돋친 청년이 었던 것이다. 질투심과 적개심, 그리고 초조와 분노로 기다리던 "인순" 이 여학생이 아니라 남학생이라는 반전으로 작가는 독자들에게 놀람과 함께 허탈한 웃음을 던져준다. "사랑을 도적한 여인에 대한 분노와 그 비 밀을 발견하였다는 상쾌감이 마치 꿀을 섞어 겨자즙을 먹는 때와 같았" 던 은희의 호기심이 무참히 무너지는 순간이다. 사실이 밝혀진 뒤 은희 는 "터져 나오는 울음을 막을 듯이 손수건으로 두 눈을 쌌지만" 뜨거운 눈물은 방울방울 굴러 떨어졌다. 의심하던 남편의 결백이 증명되었다고

---

21 『김말봉의 문학과 사회』, 337쪽.

"새삼스럽게 남편을 추모하는 마음은 아니었다"고 서술한 점에서, 그녀는 이미 죽은 남편에 대한 마음이 정리가 되었음을 짐작할 수 있다. 단지 인순에게 부끄러운 모습을 보인 것과 자신에 대한 자괴감으로 슬퍼할 뿐이다.

> "왜 제게는 부고를 주시지 않았어요?"
> 통분한 듯이 바라보는 청년의 시선을 피하여 은희는 방바닥으로
> 눈을 떨어뜨리었다.[22]

그동안 은희는 남편과 인순으로 인해 자기 자신은 인생의 패배자로서 모욕과 분노를 느끼며 그 원인 제공자인 인순을 비웃고 원망하고 있었지만, 오히려 인순 쪽에서는 은인의 죽음을 알리지 않은 일을 섭섭히 생각하고 있었다.[23] 은희의 울음과 함께 "어디서 꼬끼요오 하고 우는 닭의 소리가 오월의 한낮을 길게 울려왔다"는 마지막 문장에서 낮에 우는 닭 울음소리는 잘못된 암탉의 울음소리임을 연상시킨다. 우리 민족은 닭 울음소리와 함께 새벽이 오고, 밤을 지배하던 마귀나 유령도 물러간다고 생각하였다. 그러나 제때에 울지 않거나 울 시각이 아닌데 닭이 울면 불길한 일이 생긴다고 여겼다.[24] 그래서 은희의 울음이 "천박한 동물"처럼 질투

---

22 『김말봉의 문학과 사회』, 338쪽.
23 신동욱, 『한국 문학과 시대의식』, 푸른사상사, 2014, 252쪽.
24 닭이 새벽과 시간을 알리는 상징적 동물이라는 생각은 우리나라와 중국 일본 등 동양 삼국 어디에서나 공통적이다. 그런데 장닭의 울음일 때만 정당성을 갖는다. "암탉이 울면 집안이 망한다"라는 속담처럼 암탉의 울음은 재수가 없다. 여기서 암탉은 여성을 의미하며, 울음은 여성의 발언권이다. 예전에 집안일은 여성,

를 한 것에 대해 부끄러워서 우는 것이라며 여성의 가벼움을 꼬집는 것처럼 보인다. 그러나 이 울음은 "지극한 자기 연민"이었지 남편에 대한 배신감이 사라진 것은 아니라고 밝히고 있으므로 은희의 자각과 새로운 출발의 의미도 있다고 하겠다.

「고행」에서는 아내 몰래 정부를 만나던 '나'가 벽장에 숨어 곤욕을 치르게 되는데, 그것을 훔쳐보는 독자는 긴장과 재미를 함께 맛보게 된다. 이 작품은 '나'는 정희의 남편으로, 같은 날에 아내와는 영화 관람, 정부인 미자와는 온천행을 약속해서 곤경에 빠지게 되는 인물이다. 아내에게는 회사 일로 나간다는 거짓말을 하고 미자 집으로 갔으나 뜻밖에도 아내가 미자한테로 찾아오면서 일이 꼬이게 된다. 얼떨결에 방바닥에 붙어 있는 자그마한 벽장 속에 숨게 된 '나'의 체면이 말이 아니다.

> 미자가 벽장문을 닫으려니 여기저기 하오리 자락이 삐죽삐죽 나오고 옷을 다 집어넣으면 문이 잘 아니 닫혀집니다.
> "나와요."
> 미자가 가늘고 급하게 부르짖습니다. 나는 벽장에서 엉금엉금 기어 나왔습니다. 미자는 후다닥 하오리를 벗겨 버리고 나를 알몸으로 벽장 속에다 쓸어 넣습니다. 나는 조금 전에 경험이 있는 까닭에 앉지는 않고 엎드렸습니다. 고개를 두 손으로 받치고 무릎을 꿇고……혼자 예배당에서 경건한 신도가 꿇어 기도하는 자세를 생각하면 됩니다.[25]

바깥일은 남성이 책임진다는 생각으로 여성이 바깥일에 나서서 왈가왈부하는 것을 못마땅하게 여긴 것이다 (천진기, 「여명·축귀의 닭」, 『경향신문』, 2005. 1. 1 참조).

25 『한국현대문학전집』 18, 67~68쪽.

좁은 벽장에서 숨이 갑갑해 문틈으로 코를 대며 방 안의 형편을 살피던 '나'에게 설상가상으로 "무슨 벌레가 배 가장자리로 스멀스멀 기고" 불쾌한 곰팡이 냄새까지 나기 시작한다. 작가는 좁고 지저분한 곳에서 힘들어하는 '나'의 상황을 우스꽝스럽게 묘사한다. 해학이 두드러진 소설은 객관 현실의 본질을 인식하는 데는 다소 부족할 수 있으나 그 대신 민중들의 삶을 생생한 생활 모습으로 형상화할 수 있는 장점이 있다.[26] '나'의 이중생활은 외도에 대해 별다른 죄의식이 없는 남성들의 의식을 고스란히 담고 있다. 이에 작가는 벽장에 숨어 난감한 처지에 빠진 남편의 황당한 모습을 통해서 당시 남성들의 성에 대한 인식과 결혼 생활에 대한 태도를 조롱하고 골탕 먹이려 한다. 그러나 '나'의 고난은 쉽게 끝나지 않는다.

> 벽장속이 무덥고 갑갑한 것은 고사하고라도 벼룩인지 빈대인지가 사정없이 몸뚱이를 쑤시기 시작하는 것입니다. 차차 몸에 땀이 흐르고, 그리고 등 다리 배 할 것 없이 따끔따끔 쏘고 무는데 큰일 났습니다. 손을 돌릴 수가 있어야지 긁어 볼 수가 있지요. 고문을 받는 사람처럼 나는 입술을 깨물었습니다.[27]

아내가 꽤 오랜 시간 미자와 이야기를 나누는 동안 벽장 속에 숨어 있는 '나의 방광'은 터질 듯해진다. 벽장 속은 시루 속처럼 김이 서리고 후

---

26 나병철, 「김유정 소설의 해학성과 현실인식」, 『비평문학』 제18호, 한국비평문학회, 1994, 173쪽 참조.
27 『한국현대문학전집』 18, 69쪽.

끈거리며 공기가 부족해 숨이 갑갑해지는데도 아내는 돌아갈 생각을 않는다.

> 그러면 한 손으로 얼굴을 가리고 한손으로는 아랫도리를? 그렇다면 한손으로 얼굴이 잘 가리어질까? 만약에 아내가 내 얼굴을 알아본다면 십년공부 나무아미타불이 아닐까. 됐다 됐어. 두 손으로 얼굴을 가리우고 궁둥이부터 먼저 나간다.[28]

인용문은 더 이상 참을 수 없어 아내가 있건 말건 밖으로 나가려는 '나'의 갈등이 절정을 이루는 부분이다. 다행히도 아랫배의 고통과 벌레의 고문으로 질식하기 직전, 아내는 어린 아들 용주가 엄마를 찾을 것 같다면서 집으로 돌아간다. 겨우 위기 상황에서 벗어난 남편이 집으로 돌아가 아내와 아들을 안고 울었다는 고백으로 소설이 끝나고 있다. 이렇게 「고행」은 남편의 무절제한 성생활과 외도를 야유하면서, 남편을 응징하는 익살로 극적 효과를 이룬다. 금방이라도 아내에게 들킬 것 같은 아슬아슬함으로 재미와 긴장감을 느끼는 동시에 뻔뻔한 남편을 어떤 식으로든 벌하고 싶다는 독자의 생각은 작가의 노련한 필체를 따라간다. 남편이 겪는 고충은 단순한 웃음만이 아닌 여성적 공감 쾌감을 증대시키며 극적 효과로 잘 형상화된다. 게다가 다분히 익살스러운 면과 남성에 대한 야유조의 서술은 작품의 미적 효과를 살리고 있다.[29]

---

28 『한국현대문학전집』18, 74쪽.
29 신동욱, 「여성의 운명과 순결미의 인식」, 『김말봉의 문학과 사회』, 종로서적, 1986, 60~61쪽 참조.

사실 유머 소설류 속의 남편들은 자신의 욕망을 좇아서 살아가는 인물형으로, 그들은 가정을 유지하기 위한 노력보다 현실을 즐기는 욕망에 사로잡혀 있다. 아내들이 자발적 희생을 통해 현실적 성공을 이루고자 하는 현실적인 인물형이라면, 남편들은 놀이에 대한 욕망에 사로잡힌 유아적 인물형으로 보는 것이다. 「고행」에서 남편인 '나'도 육체적 욕망을 좇아가는 인물로, 사생활이 복잡하고 허세에 빠진 남편이며 분명 일탈의 욕망을 갖고 있는 남성이다. 그런데 작가가 '나'의 우스꽝스럽고 이기적이고 비윤리적인 행동을 다시 가정으로 돌려놓음으로써, 아내는 아무것도 모른 체 남편을 믿고 살아가는 가부장적 가족을 재현하는 것처럼 보인다. 그러나 아내가 벽장 속에 "무엇이" 들었음을 알고 "미간을 좀처럼 펴지 않았다"는 서술로 미루어보면, 남편의 이중성을 알아채고도 일부러 시간을 끌며 모르는 것처럼 행동했다는 짐작을 하게 된다. 정희에게 당당함과 자아찾기를 요구하는 작가의 바람이 그대로 독자에게 전이되고 있다.

4. 맺는 말

1930년대에는 소설의 발표 매체가 신문, 잡지, 단행본 등으로 다양화되고 상업적 경쟁이 치열해지면서 소설의 양식도 다양하게 분화되었다. 김말봉은 대중문학 범주의 작품 활동을 했던 작가로 대중들의 기호와 정서를 적극 반영하여 창작하는 작가였으며 사랑과 배신, 돈과 사랑, 권력과 사랑 등 대중들의 통속적인 흥미를 유발하는 내용을 담아냈다. 당시 유행하던 '유모어 소설'이라는 명칭을 달지는 않았지만, 이 글에서는 김말봉의 단편 중 웃음을 유발하고 극적 반전의 효과로 즐거움과 재미를 주는 「편지」와 「고행」을 살펴보았다. 이 작품들이 발표된 1930년대는 일제 강점기 우울함의 시대로 즐거움과 희망이 없는 시기였다. 소설로 읽는 웃음의 요소는 현실을 즐기는 순응의 한 방법이기도 하고 현실 도피의 방편이기도 하였지만 독자들은 위안을 얻으며 잠시 현실의 고통은 잊기도 하였다. 그러므로 반전과 웃음을 주는 작품이 서민들의 삶에 깊숙이 들어와 있다는 측면에서 그 가치는 가볍지 않다고 본다.

「편지」와 「고행」에서 두 부부는 '절대적 힘을 가진 남편'과 '가족의 소유물로 인식되었던 아내'가 암묵적으로 인정되는 가부장적 관계에 있다. 남편은 절대적인 힘을 가지며 아내는 남편과의 관계, 즉 남편에게 귀속되는 사람이다. 그런데 은희와 정희가 하늘같이 믿었던 남편들은 여자 문제로 배신감을 주게 된다. 현모양처의 사회적 요구는 은희와 정희의 삶을 가정의 울타리 안에 구속시키고 개인적 발전과 성장을 막지만, 작가는 우울한 아내의 삶을 보여주는 것에 그치지 않고 의외성과 극적 반전으로 웃음을 주며 소설적 재미를 증대시킨다. 여자인 줄만 여겼던 '박인순'이 남자로 밝혀지고, 좁은 벽장에 숨어서 죽을 듯이 고행을 겪는 정희의 남편으로 인해 독자들은 통쾌하게 웃게 된다.

또한 은희와 정희를 통해서 현모양처의 삶이 그리 행복한 것만은 아니라는 뜻을 작가는 은근히 내비친다. 남편이 하자는 대로 이끌려 다니며, 가족에 대한 희생을 우선으로 생각했지만 남편은 비밀을 만들고 딴 여자를 만날 뿐이다. 그녀들에게 돌아오는 건 노력과 희생에 대한 보상이 아니라 배신과 상처였다. 행복이나 보상이 따르지 않는다면 여성들에게 현모양처의 삶이 무슨 의미가 있을까. 작가는 여성들이 현실을 직시할 것을 요구하며 자신의 삶, 즉 자아정체성을 확립하여 주체적인 삶을 영위할 것을 바라고 있다.

긴 시간 연재되며 독자를 스토리에 몰두하게 했던 장편소설과는 달리 김말봉의 단편은 명료함과 창조적 발상이 돋보이며 의외의 웃음으로 미적 효과를 거두고 있다. 특히 텍스트인 「편지」와 「고행」을 통해서 부부간의 믿음과 신뢰, 가족의 의미에 대한 성찰을 다루었는데, 그 이면에는 여성의 현실에 대한 냉정한 시선이 있음을 확인하였다.

1) 기본서

김말봉, 『밀림』 상·하, 영창서관 출판부, 1955(1935. 9. 26~1938. 2. 7, 『동아일
　보』 연재).

──, 『찔레꽃』, 삼성문화사, 1984(1937. 3. 31~10. 31, 『조선일보』 연재).

──, 『화려한 지옥』, 문연사, 1951(1945년, 『부인신보』 연재).

──, 『별들의 고향』, 정음사, 1953(1950년 발표).

──, 『푸른날개』(국문학전집 15 김말봉), 민중서관, 1958(1954. 3. 26~9. 13,
　『조선일보』 연재).

──, 『생명』(국문학전집 15 김말봉), 민중서관, 1958(1956. 11~1957. 9, 『조선
　일보』 연재).

──, 「꽃과 뱀」, 『바람의 향연』, 청산문화사, 1976.

──, 「고행」, 『한국현대문학전집 18』, 삼성출판사, 1978.

──, 「편지」, 『김말봉의 문학과 사회』, 종로서적, 1986.

──, 「망명녀(亡命女)」, 『김말봉의 문학과 사회』, 종로서적, 1986(1932년 『중앙
　일보』 신춘문예 당선).

──, 「편지」, 『한국단편문학(3)』, 금성출판사, 1987(1934년 「신가정」 발표).

──, 「고행(苦行)」, 『한국단편문학(3)』, 금성출판사, 1987(1935년 「신가정」 7월
　호).

──, 「망령(亡靈)」, 『한국여류문학전집 1』, 삼성출판사, 1967(1952년 「문예」 1월호).

──, 「어머니」, 『한국단편문학(3)』, 금성출판사, 1987(1952년 「신경향」 1월호).

────, 「바퀴 소리」, 『한국단편문학(3)』, 금성출판사, 1987(1953년 「문예」 1월호).

────, 「전락(轉落)의 기록(記錄)」, 『한국단편문학(3)』, 금성출판사, 1987(1953년 「신천지」 8월호).

────, 「여심(女心)」, 『한국여류문학전집 1』, 삼성출판사, 1967(1955년 「현대문학」).

────, 「여적(女賊)」, 『한국현대문학전집 18』, 삼성출판사, 1978.

2) 단행본

강내희, 『공간, 육체, 권력』, 문화과학사, 1995.

강명수, 『소비 대중 문화와 프스트모더니즘』, 민음사, 1993.

강옥희, 『한국 근대 대중소설 연구』, 깊은샘, 2000.

강현두 편, 『현대사회와 대중문화』, 나남, 2000.

권택영, 『소설을 어떻게 볼 것인가』, 문예출판사, 1995.

김경수, 『문학의 편견』, 세계사, 1994.

────, 『페미니즘과 문학비평』, 고려원, 1994.

김경일, 『여성의 근대, 근대의 여성』, 푸른역사, 2004.

김대행 외, 『한국의 웃음문화』, 소명출판, 2008.

김미현, 『한국여성소설과 페미니즘』, 신구문화사, 1996.

김영민, 『한국현대문학비평사』, 소명출판, 2000.

김영수, 『한국문학 그 웃음의 미학』, 국학자료원, 2000.

김윤선, 『한국 현대소설과 섹슈얼리티』, 월인, 2006.

김은실, 『여성의 몸, 몸의 문화정치학』, 또하나의문화, 2001.

김일렬, 『한국소설의 구조와 의미』, 형설출판사, 1984.

김정자, 『소외의 서사학』, 태학사, 1998.

김중현 외, 『대중문학의 이해』, 예림기획, 2005.

김지영, 『연애라는 표상』, 소명출판, 2007.

김항명, 『MBC 여성실화 찔레꽃 피는 언덕─김말봉』, 명서원, 1976.

김해옥, 『페미니즘 이론과 한국 현대 여성 소설』, 박이정, 2005.

나병철, 『영화와 소설의 시점과 이미지』, 소명출판, 2009.

대중문학연구회 편, 『대중문학이란 무엇인가?』, 평민사, 1995.

────────, 『신문소설이란 무엇인가?』, 국학자료원, 1996.

─────────, 『연애소설이란 무엇인가?』, 국학자료원, 1998.

대중서사장르연구회, 『대중서사장르의 모든 것1-멜로드라마』, 이론과실천, 2007.

류동민, 『마르크스가 내게 아프냐고 물었다』, 위즈덤하우스, 2012.

박종성, 『탈식민주의에 대한 성찰』, 살림, 2006.

백철, 『신문학사조사』, 신구문화사, 1992.

서동수 · 여지선, 『성담론과 한국문학』, 박이정, 2003.

서동진, 『누가 성정치학을 두려워하랴』, 문예마당, 1996.

서정자, 『한국근대여성소설연구』, 국학자료원, 1999.

───, 『한국 여성소설과 비평』, 푸른사상사, 2001.

서지영, 『한국여성문학비평론』, 개문사, 1995.

송명희, 『문학과 성의 이데올로기』, 새미, 1994.

───, 『페미니즘과 우리시대의 성담론』, 새미, 1998.

───, 『섹슈얼리티 · 젠더 · 페미니즘』, 푸른사상사, 2000.

───, 『페미니스트, 남성을 말한다』, 푸른사상사, 2000.

───, 『타자의 서사학』, 푸른사상사, 2004.

───, 『현대소설의 이론과 분석』, 푸른사상사, 2006.

───, 『젠더와 권력 그리고 몸』, 푸른사상사, 2007.

───, 『여성과 남성에 대해 생각한다』, 푸른사상사, 2010.

───, 『페미니즘 비평』, 한국문화사, 2012.

신동욱 편, 『한국현대문학사』, 집문당, 2003.

───, 『한국 문학과 시대의식』, 푸른사상사, 2014.

여성문화이론연구소 정신분석팀, 『페미니즘과 정신분석』, 여이연, 2003.

오생근 · 윤혜준 공편, 『성과 사회』, 나남출판, 1998.

오용득, 『섹슈얼리티의 철학』, 이담북스, 2011.

우리어문학회, 『국문학사』, 신흥문화사, 1950.

유제분, 『페미니즘의 경계와 여성 문학 다시 읽기』, 서울대학교 출판부, 2001.

윤석진, 『한국 멜로드라마의 근대적 상상력』, 푸른사상사, 2004.

이덕화, 『여성 문학에 나타난 근대체험과 타자의식』, 예림기획, 2005.

이명옥, 『팜므 파탈 : 치명적 유혹, 매혹당한 영혼들』, 다빈치, 2003.

이미향, 『근대 애정소설 연구』, 푸른사상사, 2001.

이상경, 『한국근대여성문학사론』, 소명출판, 2002.

이상진, 『한국 현대소설사의 주변』, 박이정, 2004.

이여봉, 『가족 안의 사회 사회 안의 가족』, 양서원, 2010.

이정옥, 『1930년대 한국대중소설의 이해』, 국학자료원, 2000.

이재선, 『한국 현대소설사』, 민음사, 2002.

이헌재, 『여성의 정체성―어떤 여성이 될 것인가』, 책세상, 2007.

임헌영, 『문학과 이데올로기』, 실천문학사, 1988.

임 화, 『문학의 논리』, 서음출판사, 1989.

─────, 신두원 편, 『문학의 논리』(임화문학예술전집3), 소명출판, 2009.

장미진, 『대중예술의 이해』, 집문당, 2003.

장용호, 『팜므 파탈』, 어드북스, 2004.

장필화, 『여성 몸 성』, 또하나의문화, 1999.

장휘숙, 『여성심리학―여성과 성차』, 박영사, 1996.

정문길, 『소외론 연구』, 문학과지성사, 1986.

정순진, 『한국문학과 여성주의 비평』, 국학자료원, 1992.

정영자, 『한국현대여성문학론』, 도서출판지평, 1988.

─────, 『한국현대여성문학사』, 세종출판사, 2010.

정재철 편, 『문화연구이론』, 한나래, 1998.

정하은 편, 『김말봉의 문학과 사회』, 종로서적, 1986.

정한숙, 『현대한국소설론』, 고려대학교 출판부, 1977.

정호웅 외, 『장편소설로 보는 새로운 민족문학사』, 열음사, 1993.

정희진, 『페미니즘의 도전』, 교양인, 2005.

조동일, 『한국문학통사』 3권, 지식산업사, 1984.

조주현, 『여성 정체성의 정치학』, 또하나의문화, 2000.

최미진, 『한국 대중소설의 틈새와 심층』, 푸른사상사, 2006.

최혜실, 『신여성들은 무엇을 꿈꾸었는가』, 생각의나무, 2000.

태혜숙, 『연애소설을 어떻게 읽을 것인가?』, 여성사, 1993.

태혜숙 외, 『한국의 식민지 근대화 여성공간』, 여이연, 2004.

한국성폭력상담소 편, 『섹슈얼리티 강의』, 동녘, 2005.

한국여성문학학회, 『한국여성문학의 이해』, 예림기획, 2003.

한국여성소설연구회, 『페미니즘과 소설비평 : 근대편』, 한길사, 1995.

한국여성연구소 여성사연구실, 『우리 여성의 역사』, 청년사, 1999.

한국여성연구소, 『여성의 몸』, 창비, 2005.

한명환, 『한국현대소설의 대중미학 연구』, 국학자료원, 1997.

한용환, 『소설학 사전』, 고려원, 1992.

현길언, 『문학과 사랑과 이데올로기』, 태학사, 2000.

홍덕선 · 박규현, 『몸과 문화』, 성균관대학교 출판부, 2009.

홍성민, 『문화와 아비투스』, 나남, 2000.

홍인숙, 『근대계몽기 여성 담론』, 혜안, 2009.

3) 연구논문

강옥희, 「1930년대 후반 대중소설 연구」, 상명대학교 박사학위 논문, 1998.

강현구, 「'유모어 소설'의 세계관과 웃음의 기법-1930년~1950년대 '유모어 소설'을 중심으로」, 『한국문예비평연구』 제14호, 한국현대문예비평학회, 2004.

권선아, 「1930년대 후반 대중소설의 양상 연구-『찔레꽃』의 구조와 의미를 중심으로」, 고려대학교 석사학위 논문, 1994.

권혁웅, 「대중문학시대에 있어서의 작가상」, 『문학사상』 4월호, 문학사상사, 1997.

김강호, 「1930년대 한국 통속소설 연구」, 부산대학교 박사학위 논문, 1994.

김미영, 「김말봉의 〈밀림〉과 〈찔레꽃〉의 독자수용과정에 대한 인지심리학적 고찰」, 『어문학』 제107호, 한국어문학회, 2010.

김미현, 「이브의 몸, 부재의 변증법-한국 여성 소설에 나타난 여성의 몸」, 『기호학 연구』 제12호, 한국기호학회, 2002.

김복순, 「'지배와 해방'의 문학 -김명순론」, 『페미니즘과 소설비평 : 근대편』, 한길사, 1995.

김연종, 「이데올로기, 헤게모니, 문화자본」, 『문화연구이론』, 한나래, 1998.

김영찬, 「1930년대 후반 통속소설 연구-『찔레꽃』과 『순애보』를 중심으로」, 성균관대학교 석사학위 논문, 1994.

김양선, 「1950년대 세계여행기와 소설에 나타난 로컬의 심상지리-전후 여성 작가들의 작품을 중심으로」, 『한국근대문학연구』 제22호, 한국근대문학회, 2010.

김윤선, 「1920년대 한국 소설에 나타난 성담론 연구 : 성매매 문제를 중심으로」, 고려대학교 박사학위 논문, 2001.

———, 「1930년대 한국 소설에 나타난 성담론 연구—강경애의 『어머니와 딸』에 나타난 여성 의식을 중심으로」, 『한성어문학』 제22호, 한성대학교 한성어문학회, 2003.

김은실, 「대중 문화와 성적 주체로서의 여성의 재현」, 『한국 여성학』 제14권 1호, 한국여성학회, 1998.

김은하, 「소설에 재현된 여성의 몸 담론 연구—1970년대를 중심으로」, 중앙대학교 박사학위 논문, 2003.

김종수, 「1930년대 대중소설의 멜로드라마적 성격연구: 『찔레꽃』을 중심으로」, 『한국민족문화』 제27호, 부산대학교 한국민족문화연구소, 2006.

———, 「멜로드라마적 인물과 자본주의 가치의 내면화 —『찔레꽃』을 중심으로」, 『대중서사장르의 모든 것』, 이론과 실천, 2007.

김종헌, 「메를로 퐁티의 몸과 세계 그리고 타자」, 『범한철학』 제30호, 범한철학회, 2003.

김준오, 「국문학 연구에 있어서의 골계론—해학과 풍자 이론의 반성」, 『한국현대장르비평론』, 문학과지성사, 1990.

김지영, 「'연애'의 형성과 초기 근대소설」, 『현대소설연구』 제27호, 한국현대소설학회, 2005.

김창식, 「한국신문소설의 대중성과 그 즐거움에 대한 연구」, 『우암어문론집』 제7호, 우암어문학회, 1997.

김태영, 「신문소설의 백미」, 『김말봉의 문학과 사회』, 종로서적, 1986.

김한식, 「김말봉의 『찔레꽃』과 '본격통속'의 구조」, 『한국학연구』 제12-1호, 고려대학교 한국학연구소, 2000.

나병철, 「김유정 소설의 해학성과 현실인식」, 『비평문학』 제18호, 한국비평문학회, 1994.

류보선, 「환멸과 반성, 혹은 1930년대 후반기 문학이 다다른 자리」, 『민족문학사연구』 제4호, 민족문학사학회, 1993.

명혜영, 「한일 근대문학에 나타난 섹슈얼리티의 변용」, 전남대학교 박사학위 논문, 2009.

문화라, 「1930년대 한국 대중소설의 여성 인물과 연애서사 연구」, 『겨레어문학』 제37호, 겨레어문학회, 2006.

박산향, 「김말봉 소설 『꽃과 뱀』에 나타난 양면성 고찰」, 『인문사회과학연구』 제

14-1호, 부경대학교 인문사회과학연구소, 2013.

―――,「김말봉 단편소설에서의 웃음의 미학 : 「편지」, 「고행」을 중심으로」, 『한국 문학이론과 비평』 제18-3호, 한국문학이론과비평학회, 2014.

박일용,「조선후기 애정소설의 서술시각과 서사세계」, 서울대학교 박사학위 논문, 1988.

박종홍,「김말봉의 『밀림』의 통속성 고찰」, 『어문학』 제76호, 한국어문학회, 2002.

반건우,「1930년대 대중 연애소설의 서사 구조 연구-김말봉의 『찔레꽃』과 박계주 의 『순애보』를 중심으로」, 한양대학교 석사학위 논문, 2009.

배기정,「『찔레꽃』의 전개 양상과 그 의미」, 『국어교육연구』 제26-1호, 국어교육학 회, 1994.

백운주,「1930년대 대중소설의 독자 공감요소에 관한 연구-『흙』, 『상록수』, 『찔레 꽃』, 『순애보』를 중심으로」, 제주대학교 석사학위 논문, 1996.

서영채,「1930년대 통속소설의 존재방식과 그 의미-김말봉의 『찔레꽃』론」, 『민족문 학사연구』 제4호, 한국민족사학회, 1993.

―――,「한국 근대소설에 나타난 사랑의 양상과 의미에 관한 연구」, 서울대학교 박사학위 논문, 2002.

서정자,「아나키즘과 페미니즘」, 『한국문학평론』 제5-34호, 범우사, 2001.

―――,「삶의 비극적 인식과 행동형 인물의 창조 -김말봉의 『밀림』과 『찔레꽃』연 구」, 『여성문학연구』 제8호, 한국여성문학학회, 2002.

―――,「김말봉의 현실인식과 그 소설화」, 『문명연지』 제4-1호, 한국문명학회, 2003.

서재원,「1950년대 강신재 소설의 여성 정체성 연구」, 『한국문학이론과 비평』 제54 호, 한국문학이론과비평학회, 2012.

서지영,「부상하는 주체들 : 근대 매체와 젠더정치」, 『여성과 역사』 제12집, 한국여 성사학회, 2010.

소래섭,「1930년대 웃음과 이상(李霜)」, 『한국현대문학연구』 제15호, 한국현대문학 회, 2004.

손경빈,「손창섭 소설의 여성 인물 연구」, 『한국문학이론과 비평』 제18호, 한국문학 이론과비평학회, 2003.

손종업,「『찔레꽃』에 나타난 식민도시 경성의 공간 표상체계」, 『한국근대문학연구』 제16호, 한국근대문학회, 2007.

송명희, 「이문열의 『선택』, 왜 반페미니즘인가」, 『섹슈얼리티 · 젠더 · 페미니즘』, 푸른사상사, 2000.

———, 「근대소설에 나타난 신여성 모티프」, 『인문사회과학연구』 제11-2호, 부경대학교 인문사회과학연구소, 2010.

———, 「김훈 소설에 나타난 몸담론 : 「화장」을 중심으로」, 『한국문학이론과 비평』 제48호, 한국문학이론과비평학회, 2010.

신동욱, 「여성의 운명과 순결미의 인식」, 『김말봉의 문학과 사회』, 종로서적, 1986.

신수정, 「한국 근대소설의 형성과 여성의 재현 양상 연구」, 서울대학교 박사학위 논문, 2003.

심영희, 「일상생활과 권력」, 『성과 사회 - 담론과 문화』, 나남출판, 1998.

안미영, 「김말봉의 전후 소설에서 선 · 악의 구현 양상과 구원 모티프」, 『현대소설연구』 제23호, 한국현대소설학회, 2004.

안창수, 「『찔레꽃』에 나타난 삶의 양상과 그 한계」, 『영남어문학』 제12호, 한민족어문학회, 1985.

양동숙, 「해방후 공창제 폐지운동과 김말봉의 '화려한 지옥'」, 『함께 보는 우리 역사』 제46호, 역사학연구소, 1998년 가을.

———, 「해방 후 공창제 폐지과정 연구」, 『역사연구』 제9호, 역사학연구소, 2001.

엄묘섭, 「시각문화의 발전과 루키즘」, 『문화와 사회』 제5호, 한국문화사회학회, 2008.

오세철, 「빌헬름 라이히의 사회사상과 정신의학의 비판이론」, 『현상과 인식』 제7-1호, 한국인문사회과학원 1983.

오혜진, 「근대 대중소설에 나타난 장르믹스의 변모양상」, 『우리문학연구』 제27호, 우리문학회, 2009.

유문선, 「애정갈등과 통속소설의 창작 방법-김말봉의 『찔레꽃』에 관하여」, 『문학정신』 6월호, 열음사, 1990.

유승호, 「한국현대소설의 구현원리로서 웃음의 미학적 특성과 의미」, 성균관대학교 박사학위 논문, 2006.

유연실, 「근대 한 · 중 연애담론의 형성-엘렌 케이 연애관의 수용을 중심으로」, 『중국사연구』 제79호, 중국사학회, 2012.

유정숙, 「페미니즘 문학 비평에서의 여성 '재현 담론'의 역할과 방향」, 『우리어문연구』 제31호, 우리어문학회, 2008.

윤광옥, 「근대 형성기 여성 문학에 나타난 가족연구: 김명순, 나혜석, 김일엽을 중심으로」, 동덕여자대학교 박사학위 논문, 2008.

윤옥희, 「1930년대 여성 작가 소설 연구 : 박화성, 강경애, 최정희, 백신애, 이선희를 중심으로」, 성균관대학교 박사학위 논문, 1997.

윤정헌, 「30년대 애정통속소설의 갈등양상」, 『어문학』 제60호, 한국어문학회, 1998.

이덕화, 「자기 길 찾기로서의 여성 문학」, 『현대문학이론연구』, 현대문학이론학회, 2002.

이명호, 「히스테리적 몸 : 몸으로 말하기」, 『현대 담론으로 다시 읽는 "여성의 몸"』, 한국여성연구소 워크숍자료집, 2003.

이병순, 「김말봉의 장편소설 연구—1945~1953년까지 발표된 소설을 중심으로」, 『한국사상과 문화』 제61호, 2012.

이상경, 「여성의 근대적 자기표현의 역사와 의의」, 『민족문학사연구』 제9호, 민족문학사학회, 1996.

───, 「한국 여성문학론의 역사와 이론」, 『한국여성연구』 제1호, 한국여성문학학회, 1999.

───, 「1930년대 신여성과 여성 작가의 계보 연구」, 『여성문학연구』 제12호, 한국여성문학학회, 2004.

이상진, 「대중소설의 반페미니즘적 경향 – 김말봉론」, 『페미니즘과 소설비평 : 근대편』, 한길사, 1995.

이소희, 「메를로 퐁티의 '체험된 몸'과 '살'에 대한 그로츠(E. Grosz)의 페미니스트적 독해」, 『한국여성철학』 제11호, 2009.

이영자, 「이상화된 몸, 아름다운 몸을 위한 사투」, 『사회비평』 제17호, 나남, 1997.

───, 「성에 관한 담론 연구」, 『성평등연구』 제2호, 가톨릭대학교 성평등연구소, 1998.

이임하, 「1950년대 여성의 삶과 사회적 담론」, 성균관대학교 박사학위 논문, 2002.

이정숙, 「김말봉의 통속소설과 휴머니즘」, 『한양어문』 제13호, 한국언어문화학회, 1995.

이정옥, 「대중소설의 시학적 연구—1930년대를 중심으로」, 서강대학교 박사학위 논문, 1999.

이주라, 「식민지시기 유머소설의 등장과 그 특징」, 『현대소설연구』 제51호, 한국현대소설학회, 2012.

이주형, 「1930년대 한국 장편소설 연구」, 서울대학교 박사학위 논문, 1983.

이태숙, 「근대성과 여성성 정체성의 정립」, 『여성문학연구』 제3호, 한국여성문학회, 2000.

이혜령, 「한국 근대소설의 섹슈얼리티 연구―1920~1930년대를 중심으로」, 성균관대학교 박사학위 논문, 2001.

임선애, 「유모어 소설의 성격과 의의 ―1930년대 작품을 대상으로」, 『한민족어문학』 제26호, 한민족어문학회, 1994.

임옥희, 「히스테리 : 여성의 몸 언어/권력/욕망」, 『현대 담론으로 다시 읽는 "여성의 몸"』, 한국여성연구소 워크숍자료집, 2003.

장두식, 「근대 대중소설 연구」, 단국대학교 박사학위 논문, 2002.

정영자, 「김말봉 소설 연구 : 김말봉 소설의 양면성」, 『부산문학』, 부산문인협회, 1986.

―――, 「김말봉의 페미니즘 문학 연구」, 『여성과 문학』 제1호, 여성문학회, 1989.

정정순, 「가부장제 담론과 성 정체성 형성에 관한 문학교육적 고찰」, 『여성문학연구』 제1호, 한국여성문학학회, 1999.

정종대, 「염정소설구조연구」, 고려대학교 박사학위 논문, 1989.

정진성, 「억압된 여성의 주체 형성과 군 위안부 동원」, 『사회와 역사』 제54호, 한국사회사학회, 1998.

정혜경, 「한국 현대소설에 나타난 여성 정체성의 변모과정 연구」, 부산대학교 박사학위 논문, 2007.

정한숙, 「대중소설론」, 『인문논총』 제21호, 고려대학교, 1976.

정희진, 「김말봉의 『찔레꽃』 연구」, 공주대학교 석사학위 논문, 2000.

조성면, 「한국의 대중문학과 서구주의 : '비서구 문화의 정전성과 타자성'의 맥락에서」, 『한국학연구』 제28호, 인하대학교 한국학연구소, 2012.

천정환, 「식민지 조선인의 웃음 : 『삼천리』 소재 소화와 신불출 만담의 경우」, 『역사와 문화』 제18호, 2009.

최미진 · 김정자, 「한국전쟁기 김말봉의 『별들의 고향』 연구」, 『한국문학논총』 제39호, 한국문학회, 2005.

―――――――, 「한국 대중소설의 상호텍스트성 연구 : 김말봉과 최인호의 『별들의 故鄕』을 중심으로」, 『어문학』 제89호, 한국어문학회, 2005.

최미진, 「광복 후 공창 폐지 운동과 김말봉 소설의 대중성」, 『현대소설연구』 제32

호, 한국현대소설학회, 2006.

최미진·임주탁, 「한국 근대소설과 연애담론-1920년대『동아일보』연재소설을 중심으로」, 『한국문학논총』제44호, 한국문학회, 2006.

최지현, 「해방기 공창 폐지 운동과 여성 연대 연구-김말봉의『화려한 지옥』을 중심으로」, 『여성문학연구』제19호, 한국여성문학학회, 2008.

하응백, 「자기정체성 확인과 모성의 지평」, 『작가세계』여름호, 세계사, 1995.

한명환, 「30년대 신문연애소설의 심미적 모티프 연구」, 『현대소설연구』제3호, 한국현대소설학회, 1995.

──, 「1930년대 신문소설 연구」, 홍익대학교 박사학위 논문, 1995.

홍성암, 「한국 여류소설의 두 경향」, 『한민족문화연구』제5호, 한민족문화학회, 1999.

황영숙, 「김말봉 장편소설 연구-「푸른 날개」와「생명」을 중심으로」, 『한국문예비평연구』제15호, 한국현대문예비평학회, 2004.

황정미, 「섹슈얼리티의 정치-담론의 양상」, 『성과 사회』, 나남출판, 1998.

홍은영, 「푸코와 생물학적 성 담론」, 『철학연구』제105호, 대한철학회, 2008.

홍은희, 「김말봉 소설 연구」, 대구가톨릭대학교 석사학위 논문, 2002.

홍정선, 「한국 대중소설의 흐름」, 『문학의 시대』제2호, 풀빛, 1984.

4) 번역서

가야트리 스피박, 『다른 세상에서』, 태혜숙 역, 여이연, 2004.

──────, 『경계선 넘기-새로운 문학연구의 모색』, 문학이론연구회 역, 인간사랑, 2008.

게오르크 루카치, 『역사와 계급의식』, 박정호·조만영 역, 거름, 1986.

기 드보르, 『스펙타클의 사회』, 이경숙 역, 현실문화연구, 1996.

다비드 르 브르통, 『근대성과 육체의 정치학』, 홍성민 역, 2003.

레지스 드브레, 『이미지의 삶과 죽음』, 정진국 역, 글항아리, 2011.

로제 카이와, 『놀이와 인간』, 이상률 역, 문예출판사, 1994.

로즈마리 통, 『페미니즘 사상』, 이소영 역, 한신문화사, 1995.

──────, 이소영·정정호 역, 『21세기 페미니즘 사상』, HS MEDIA, 2010.

르네 지라르, 『폭력과 성스러움』, 김진식 · 박무호 역, 민음사, 2000.

몰린 머천트, 『희극』, 석경정 역, 서울대학교 출판부, 1981.

마가렛 L 앤더슨, 『성의 사회학』, 이동원 · 김미숙 역, 이화여자대학교 출판부, 1987.

마리아 미즈, 『가부장제와 자본주의』, 최재인 역, 갈무리, 2014.

미셸 푸코, 『성과 권력』, 박정자 역, 인간사, 1988.

─────, 『감시와 처벌─감옥의 역사』, 오생근 역, 나남, 1997.

─────, 『성의 역사 1─지식의 의지』, 이규현 역, 나남, 2004.

─────, 『성의 역사 2─쾌락의 활용』, 문경자 · 신은영 역, 나남, 2004.

─────, 『성의 역사 3─자기배려』, 이혜숙 · 이영목 역, 나남, 2004.

미하일 바흐친, 『장편소설과 민중언어』, 전승희 외 역, 창작과 비평사, 1988.

베아트리즈 콜로미나 편, 『섹슈얼리티와 공간』, 강미선 외 역, 동녘, 2005.

벤 싱어, 『멜로드라마와 모더니티』, 이위정 역, 문학동네, 2009.

벨 훅스, 『행복한 페미니즘』, 박정애 역, 큰나, 2002.

빌헬름 라이히, 『문화적 투쟁으로서의 성』, 박설호 역, 솔, 1996.

─────, 『성(性) 혁명』, 윤수종 역, 도서출판 중원문화, 2010.

─────, 『성정치』, 윤수종 역, 도서출판 중원문화, 2011.

삐에르 부르디외, 『구별짓기─문화와 취향의 사회학 上』, 최종철 역, 물결, 2006.

브라이언 터너, 『몸과 사회』, 임인숙 역, 몸과마음, 2002.

수잔나 D. 월터스, 『이미지와 현실 사이의 여성들』, 김현미 외 역, 또 하나의 문화, 1999.

수전 보르도, 『참을 수 없는 몸의 무거움』, 박오복 역, 또 하나의 문화, 2003.

수지 오바크, 『몸에 갇힌 사람들』, 김명남 역, 창비, 2011.

스티븐 코헨 · 린다 샤이어스, 『이야기하기의 이론』, 임병권 · 이호 역, 한나래, 1997.

슬라보예 지젝, 『삐딱하게 보기』, 김소연 · 유재희 역, 시각과언어, 1995.

아네트 쿤, 『이미지의 힘─영상과 섹슈얼리티』, 이형식 역, 동문선, 2001.

앙리 베르그송, 『웃음』, 정연복 역, 세계사, 1992.

앤소니 기든스, 『현대사회의 성 · 사랑 · 에로티시즘』, 배은경 · 황정미 역, 새물결, 1996.

앨런 스윈지우드, 『문화사회학 이론을 향하여─문화이론과 근대성의 문제』, 박형신 · 김민규 역, 한울아카데미, 2004.

앨렌 식수 · 카트린 클레망, 『새로 태어난 여성』, 이봉지 역, 나남, 2008.

자크 데리다, 『해체』, 김보현 역, 문예출판사, 1996.

자크 라캉, 『욕망이론』, 민승기 · 이미선 · 권택영 역, 문예출판사, 1994.

조르주 바타유, 『에로티즘』, 조한경 역, 민음사, 1997.

조지 모스, 『내셔널리즘과 섹슈얼리티』, 서강여성문학연구회 역, 소명출판, 2004.

존 버거, 『영상 커뮤니케이션과 사회』, 강명구 역, 나남, 1987.

존 스토리, 『문화연구와 문화이론』, 박모 역, 현실문화연구, 1994.

존 홀, 『문학사회학』, 최상규 역, 혜진서관, 1987.

제프리 윅스, 『섹슈얼리티 : 성의 정치』, 서동진 · 채규형 역, 현실문화연구, 1997.

질 들뢰즈, 『감각의 논리』, 하태환 역, 민음사, 1995.

카월티, 『대중예술의 이론들』, 박성봉 역, 동연, 1994.

칼 구스타프 융 외, 『무의식의 분석』, 권오석 역, 홍신문화사, 1993.

케이트 밀렛 외, 『영미여성소설론』, 조정호 외 역, 정우사, 1995.

케이트 밀렛, 『성 정치학』, 김전유경 역, 이후, 2009.

케티 콘보이 외, 『여성의 몸 어떻게 읽을 것인가?』, 고경하 역, 한울, 2001.

콜로드니. A, 『페미니즘과 문학』, 김열규 외 역, 문예출판사, 1988.

크리스 쉴링, 『몸의 사회학』, 임인숙 역, 나남출판, 1993.

크리스티안 노스럽, 『여성의 몸 여성의 지혜』, 강현주 역, 한문화, 2000.

클레어 콜브룩, 『이미지와 생명, 들뢰즈의 예술 철학』, 정유경 역, 그린비, 2008.

판스워드, 『알렉산드라 콜론타이』, 신민우 역, 풀빛, 1987.

팸 모리스, 『문학과 페미니즘』, 강희원 역, 문예출판사, 1997.

피터 버크, 『이미지의 문화사』, 박광식 역, 심산, 2009.

피터 부룩스, 『육체와 예술』, 이봉지 · 한애경 역, 문학과지성사, 2000.

프란츠 파농, 『검은 피부 하얀 가면』, 이석호 역, 인간사랑, 1998.

프랭크 랜트리키아, 『문학연구를 위한 비평용어』, 정정호 역, 한신문화사, 1994.

호미 바바, 『문화의 위치-탈식민주의 문화이론』, 나병철 역, 소명출판, 2003.

작품, 도서

인명, 용어

김말봉 소설의
여성성과 대중성